शिवेन्द्र

शिवेन्द्र का जन्म 6 अप्रैल, 1987 को वाराणसी, उत्तर प्रदेश में हुआ। वे बनारस हिन्दू विश्वविद्यालय से हिन्दी-साहित्य में स्नातक हैं और माखनलाल चतुर्वेदी राष्ट्रीय पत्रकारिता व संचार विश्वविद्यालय से जनसंचार में स्नाकोत्तर किया है। अब तक उनकी दो पुस्तकें—'चॉकलेट फ्रेंड्स और अन्य कहानियाँ' (कहानी-संग्रह) और 'चंचला चोर' (उपन्यास) प्रकाशित हैं।

उन्हें 'विजय मोहन सिंह स्मृति पुरस्कार' और भारतीय भाषा परिषद के 'युवा पुरस्कार' से सम्मानित किया गया है। आजकल मुम्बई में रहते हुए पटकथा लेखन कर रहे हैं।

ई-मेल : writershivendra@gmail.com

सतरूपा

शिवेन्द्र

लोकभारती पेपरबैक्स

लोकभारती पेपरबैक्स में
पहला संस्करण : 2025

लोकभारती पेपरबैक्स : उत्कृष्ट साहित्य के जनसुलभ संस्करण

लोकभारती प्रकाशन
पहली मंजिल, दरबारी बिल्डिंग, महात्मा गांधी मार्ग
प्रयागराज-211 001
द्वारा प्रकाशित

शाखाएँ : 1-बी, नेताजी सुभाष मार्ग, दरियागंज, नई दिल्ली-110 002
अशोक राजपथ, साइंस कॉलेज के सामने, पटना-800 006
1, अनमोल सोराबजी सन्तुक लेन, धोबी तलाव, मरीन लाइंस, मुम्बई-400 002

वेबसाइट : www.lokbhartiprakashan.com
ई-मेल : info@lokbhartiprakashan.com

विकास कम्प्यूटर एंड प्रिंटर्स
ट्रॉनिका सिटी-201 102
द्वारा मुद्रित

मूल्य : ₹299

SATRUPA
Stories by Shivendra

ISBN : 978-93-49180-29-1

रहस्य-रोमांच और जादुई यथार्थ से भरी शिखा को
जिसकी संगत में कई युग,
अनेक समय और हर आयाम के द्वार खुले...

क्रम

जादू

यह बारिश वाले दिन थे और साइकिल वाले भी। चुक्कड़ की खारी चाय (आँसुओं की वजह से) पीते हुए और उस जादू के बारे में सोचते हुए जो मेरे, तुम्हारे और बारिश के दरम्यान घट सकता था, मैं उस गली में खड़ा था। जहाँ से हर रोज भोर के अँधेरे में एक शायर गुजरता था।

यह सोनारपुरा मुहल्ले की आखिरी गली थी और इस गली के बाद किसी सम्मोहन की तरह गंगा की सीढ़ियाँ शुरू हो जाती थीं। बोर्ड के एक्जाम के साथ ही 18 की उम्र शुरू हो चुकी थी। अब हमने भगवान से डरना बन्द कर दिया था और माँ के लिए पत्थरों से दुआएँ माँगना भी। अब सोने के सिक्कों से भरे हुए घड़े आधी रात को तालाब में नहीं उतराते थे और ना ही सुनसान दोपहरी में वह औरत कुएँ पर आती, जिसकी पायलों की आवाज भर लोगों को सुनाई देती थी।

ये बारिश वाले दिन नहीं थे और ना ही साइकिल वाले। ये वो दिन थे जब दुनिया से जादू खत्म हो रहे थे। जादू जो बचपन से हमारे साथ रहते आए थे। तितली के पंखों से नाजुक, जुगनू से और अँधेरे बाथरूम में बिल्ली की आँखों से चमकते हुए।

"तू सारी रात रोता रहा हुटुक-हुटुक कर...।"

मेरे घुटने माँ के पेट पर लगे थे, जोर से। बस इतना ही मुझे याद है, फिर मैं तीन-चार महीने का बच्चा बन गया था।

एक अजीब जादू था यह। बोर्ड के एक्जाम से भी अधिक डरावना! मैं दोपहर तक सुबह होने का इन्तजार करता रहा था।

"सुबह हो गई।" माँ बार-बार मुझे जगाने की कोशिश करती रही थी।

"अभी कहाँ...!"

"अरे बारह बज रहे है...!"

"हाँ तो दोपहर हो गई होगी पर सुबह नहीं हुई।"

माँ हँसने लगीं।

"माँ!!!" मैं जोर से चिल्लाया।

माँ पर आप चिल्ला सकते हो, यह घरेलू हिंसा के अन्तर्गत नहीं आता।

दूर कहीं स्कूल की घंटियाँ बज रही थीं, छुट्टियों-सी। मैं स्कूल लौटना चाहता था, पर अब मेरे पास हाफ पैंट नहीं बचे थे, ना ही वह करधन जिसके धागे से बटन टूट जाने के बाद पैंट को सँभाला जाता है।

"तुझे ऐसा क्या दुख है। इतना तो तू कभी नहीं रोया, बचपन में भी नहीं!" माँ के पास मेरे हर चीज का हिसाब था—बचपन का भी।

ये वो दिन नहीं थे जब दुनिया से जादू खत्म हो रहे थे, ये वो दिन थे, जब जादू को बचाए जाने की जरूरत थी।

उस दिन जो तुम्हारी खिड़की बन्द थी तो बन्द ही रही। ना खुली, ना झिझकी, ना हँसी, ना शरमाई। मैं भागता रहा था घाट-घाट, गली-गली और मुहल्ला-मुहल्ला, पर ऐसा लग रहा था कि पूरे बनारस का जादू खत्म हो चुका था। एक दिन पहले हमने सब तय कर लिया था और तुमने गंगा की लहरों को एक दिया अर्पित किया था।

पर अब मैं दुनिया के सारे अस्पतालों को मिटा देना चाहता था।

हरे पत्ते के दोने में रक्खा हुआ दिया लहरों के साथ बहता चला जा रहा था। हम मुरझाए फूल की तरह लौटे थे। मुझे बाद में पता चला था कि जब हम लौटते है तो अकेले होते हैं, ना जाने कब तुमने वैतरणी पार कर ली थी।

कुछ देर बाद एक तैराक कूदा था—"अरे! दौड़ा हो...कोई लड़की डूबी..."

उस रोज बारिश इतनी हुई थी कि समुन्दर बनारस में किराये का मकान खोज रहा था। मैं उस गली में खड़ा था जो थी ही नहीं।

साँसें अटक रही थीं।

चाय खत्म होते ही कुल्हड़ निर्जीव हो गया था।

यह एक हल्का-सा स्ट्रोक था—इस दुनिया को अलविदा कहने का एक तरीका।

माँ रो नहीं रही थी, वह सदमे में थी। उसका चेहरा बिल्ली के पंजे से घायल हुई चिड़िया-सा लग रहा था, कोमल, सर्द, भयभीत, भीगा हुआ। मेरे मुँह में गंगाजल डाला गया। पर भय अब तक मेरे भीतर काँप रहा था। पेट और पसलियों के बीच कहीं—बिछुड़ने का भय।

"आज से ठीक तीसरे दिन मरे हुए लोग जिन्दा हो जाएँगे," ईशु ने कहा। "परमपिता उन्हें जिन्दगी सौंपेंगे, ताकि वे अपनी आखिरी इच्छा पूरी कर सकें।"

बेसब्र तीन दिन। मन्दिर के अहाते में साँसें गिनता और साइकिल की पीठ पर खानाबदोश की तरह भटकता हुआ। पहली, आखिरी और एकमात्र इच्छा तुम। तुम्हारा मिलना एक प्राकृतिक षड्यंत्र था।

मन्दिर का दरवाजा। सामने किशन-कन्हैया धोती पहन रहे थे। एक पंडित उनकी बाँसुरी धो रहा था। सुबह समय से पहले अँगड़ाई ले रही थी। दरवाजे का हल्का-सा झरोखा। अन्तः में फुसफुसाती हवा—"वह आ गई।"

मैं पलटा—अलसाई पलकें, सपनों से भरी आँखें और जागती साँसें, बन्द मुट्ठी की तरह ताला लगे होंठ, गालों पर ठहरा हुआ हैरान गुलाबी रंग, गम्भीरता के तल में नींद-सी उचटी हुई अल्हड़ता—"क्या लाए हो?"

"पोखर किनारे की सोंधी मिट्टी और आम के बौर।" मैंने अपनी दोनों मुट्ठियाँ खोल दीं।

यह वह जादू था जो मैं तुम्हें जीवित रहते देना चाहता था—अस्पताल के पते की जगह। पर मैं शायद भूल गया था या मेरी उम्र इतनी नहीं थी कि संविधान मेरा साथ देता।

किशोर कल्पनाओं से सजा हुआ बचपन और जवानी को अलगाता और उन्हें जोड़ता मोड़। बचपन-सी सुकुँवार हँसी—"अगले जन्म में इसे

याद रखना। इस मन्दिर को और इस मोड़ को भी, जहाँ जिन्दगी और कहानी ने आज मुहब्बत का फूल काढ़ा है। इस समय को भी मत भूलना, जो इस मोड़ पर एक पल के लिए ठहर गया है। सिर्फ और सिर्फ मेरे और तुम्हारे लिए।"

रात के चुम्बन से सँवलाए तुम्हारे होंठ उस दिन काँपे थे और बारिश के बावजूद इन्द्रधनुष एक उम्मीद की तरह ठीक हमारे ऊपर निकल आया था, कि यह वो दिन था, जब दुनिया में जादू लौट रहे थे...।

गेम

जेवी जब अपनी गर्लफ्रेंड की मिसिंग रिपोर्ट लिखाने पहुँचा तो पूरा थाना गेम में डूबा हुआ था। उसने चौकन्नी नजर से चारों ओर देखा—गेम न खेलने पर गोली मार देनेवाले कमांडो अभी दिख तो नहीं रहे थे, पर उनका क्या भरोसा, वे किसी भी पल कहीं से भी प्रकट हो सकते हैं! इसलिए जेवी ने भी अपना मोबाइल निकाल लिया और गेम खेलने लगा।

अभी कल की ही बात है जब उसे अचानक से लगा था कि यह जो समय है, इसमें कुछ तो है जो छुपा हुआ है। आँखों के ठीक सामने कुछ बिलकुल ओझल। वह ऑफिस से लौटते हुए एक अंडरग्राउंड मेट्रो स्टेशन पर खड़ा था। उसके चारों ओर लोग ही लोग और सारे के सारे बस मोबाइल में मगन। वैसे उसकी भी हॉबी यही थी, पर आज वह यहाँ से निकलकर सिगरेट पीने के खयाल में गुम था कि तभी किसी ने उसकी कनपटी से ए.के. 47 सटा दी—"गेम खेलो।"

जेवी ने कनखियों से देखा। लोगों के बीच हजारों की तादाद में कमांडो मौजूद थे और शायद सब के सब उन्हीं लोगों को खोज रहे थे जो गेम नहीं खेल रहे थे। जेवी की उँगलियाँ अपने आप मोबाइल पर चलने लगीं और वह तब तक सिर गोते खड़ा रहा जब तक कि मेट्रो नहीं आ गई। एनाउंसमेंट सुनकर भी उसने डरते-डरते ही नजर उठाई—अब सब कुछ नॉर्मल हो चुका था। लोगों को नियंत्रित करनेवाले कमांडो फिर से अदृश्य हो गए थे। लेकिन जेवी की तो जैसे अन्तर्दृष्टि खुल गई हो। उस एक पल की अनहोनी ने उसे सारी कहानी कह दी थी।

मेट्रो में बैठते ही उसने सबसे पहले अपनी गर्लफ्रेंड को कॉल किया, "बुकी! कहाँ है यार तू?"

बुकी ऑक्सफोर्ड में थी—यूनिवर्सिटी नहीं, बुक स्टोर। वह अक्सर किताबों के बीच या किताबों की दुनिया में ही खोई रहती और जेवी गेम जोन में मस्त। यहाँ तक कि जब दोनों मिले थे, तब भी ऐसी ही अजीबो-गरीब स्थिति थी। यह जेवी के किसी दोस्त की बर्थडे पार्टी थी और तब बुकी उसके दोस्त की गर्लफ्रेंड की फ्रेंड थी। पार्टी होके खत्म हो चुकी थी और दोनों को अब भी कोई होश नहीं था। दोनों अपने-अपने संसार में रमे थे। जेवी का दोस्त बहुत पी चुका था और अब उसे सेक्स करना था। पर मेहमान टलें तब तो! वह और उसकी गर्लफ्रेंड इशारों-इशारों में यही डिस्कशन कर रहे थे कि वह अपने दोस्त को बोले और वह अपने। अन्ततः जेवी के दोस्त को बोलना ही पड़ा, "यार जेवी तू बुकी को उसके घर छोड़ देगा?"

जेवी कोई अपना ही रिकॉर्ड तोड़ रहा था। उसने अपनी तशरीफ तो उठा ली पर मोबाइल से अपनी नजरें नहीं हटाईं, "मैं तो दौड़ ही रहा हूँ, बुकी से कहो कि वह भी मेरे साथ हो ले।"

"आई कैन गो बाई मायसेल्फ।"

यह आवाज जेवी को गेम की दुनिया से बाहर खींच लाई। उसने नजरें उठाईं और बुकी को देखा। एक पल से भी कम का समय और उधर वह खाईं में गिर चुका था, "ओह!"

जब तक वह खुद को बचा पाता बहुत देर हो चुकी थी, "कोई नहीं, आप मुझे छोड़ दो।"

बुकी मुस्कुराई। वह समझ रही थी कि जेवी उसे लाइन मार रहा है, पर किसी-न-किसी को तो पहल करनी ही थी। दोनों ने अपने-अपने दोस्तों से विदा ली। रास्ते भर दोनों एक दूसरे से बोलना चाह रहे थे और चुप रहे। बुकी का घर पहले था, इसलिए वह पहले आ गया। घर के बाहर दोनों थोड़ी देर के लिए रुके।

"सोचो! अगर कोई किसी टापू पर छूट जाए अकेला तो वह क्या करेगा?" बुकी अक्सर ऐसे ही सोचा करती थी।

"कंट्रोल प्लस अपवर्ड की" जेवी ने कहा।

"ह्वट?"

"जम्प।" जेवी बोला, "गेम की दुनिया में अगर कोई किसी टापू पर छूट जाए तो 'कंट्रोल प्लस अपवर्ड की' दबाते ही वह बड़ी से बड़ी खाई जम्प कर जाता है।" और किताबों की तरह सीरियस दिखनेवाली बुकी हँस पड़ी थी और जेवी को लगा था कि गेम की दुनिया के बाहर भी कुछ है, जिसमें रमा जा सकता है।

बुकी से मिलने वह ऑक्सफोर्ड पहुँचा। वह बहुत घबराया हुआ था और बुकी सब कुछ से बेखबर बिलकुल चिल्ल। जेवी एक साँस में उसे सब कुछ बता देना चाहता था, पर उसने देखा कि वे कमांडो यहाँ भी मौजूद हैं—कोई किताबों को अपनी मोटी तशरीफ से दबाए बैठा है, कोई अश्लील तरीके से दाँत खोद रहा है और कोई अपनी गन को गर्लफ्रेंड की तरह सहला रहा है। सबकी नजर बुक-स्टोर में भटकनेवाले लोगों पर गहरी धँसी हुई है और सबके चेहरे से शिकारी कुत्तों के लार-सी हिंसा चू रही है।

जेवी ने बुकी का हाथ जोर से पकड़ा और उसे वहाँ से ले भागा। दोनों चाय की एक टपरी पर गए। गेम के संरक्षक वहाँ भी आ धमके। तब उन्हें एक महँगे रेस्तराँ में जाना पड़ा, जहाँ दरबान होते हैं। गेम-कमांडोज के चेहरे पर पहली बार एक मजबूरी दिखी। वे ऑटोमेटिक खुलनेवाले शीशे के दरवाजे के उस पार ही रुक गए। वे वहाँ से जेवी को देख तो सकते थे पर उसकी बातें नहीं सुन सकते थे। जेवी को अब समझ में आया कि क्यों अमीर लोग इतने महँगे रेस्तराँ में आते हैं!

इस भागदौड़ में बुकी को बड़ा मजा आ रहा था। उसे अभी शादी नहीं करनी थी, पर अपनी सहेलियों की देखा-देखी वह भी चाहती थी कि कोई उसे भी शादी के लिए प्रपोज करे, लेकिन जब जेवी ने उसका हाथ अपने हाथों में लेकर उसे उन अदृश्य कमांडोज के बारे में बताया, जिन्हें लोगों

पर नजर रखने के लिए गेम कम्पनियों की तरफ से अपॉइंट किया गया था और जो लोगों के गेम न खेलने पर उन्हें गोली तक मार सकते हैं तो पहले तो बुकी 'ह्वट द फक' वाले अन्दाज में आश्चर्यचकित हुई और फिर उसने लॉजिक से जेवी को हराने की कोशिश की, "देश में लोगों की सरकार है, कम्पनी रूल नहीं।"

लेकिन हार मानने के बदले जब जेवी ने उसे उल्टे यह समझा दिया कि आजकल लोग भी उसी को चुनते हैं, जिसकी सरकार बनाने का ठेका बड़ी कम्पनियाँ लेती हैं, तो बुकी के पास और कोई रास्ता नहीं रह गया सिवा यह कहने के कि, यह सब उसका वहम है बस।

पर जेवी आँखों देखी को अपना वहम कैसे मान लेता? अपने तर्क में उसने उन कमांडोज की ओर इशारा किया, जो अब भी रेस्टोरेंट के बाहर खड़े थे। बुकी ने खिड़की से बाहर की ओर देखा—जैसा कि दिखना था, उसे वे नहीं दिखे और इसका परिणाम यह हुआ कि उसने जेवी के लिए 'जेन्यवन्ली कंसर्न' फ़ील किया। जैसा कि माँ को अपने सबसे प्रिय बच्चे के लिए होता है। वह जेवी को अपने घर ले आई। उसे शराब पिलाई और जब जेवी ने इतनी पी ली कि वह खुद को भूल सके तो उसने उसके माथे पर अपना हेयरबेंड लगा दिया ताकि वह इधर-उधर की ना सोचे और केवल उसकी सुने। फिर उसने अपनी सेल्फ से एक सकारात्मक सोच की किताब निकाली और उसे पढ़कर सुनाने लगी। जेवी भाँग खाए हुए आदमी की तरह हँसने लगा। अब तक बुकी भी नशे के रसातल तक पहुँच चुकी थी। उसे यह हँसी नागवार गुजरी, "क्या हुआ (बेंचो)?"

"तुझे क्या लगता है—मैं क्या हूँ?" वह यह पूछना चाहता था कि क्या मैं चूतिया हूँ और यह पूछने के बाद उसके होंठों पर एक भावुक मुस्कान आ गई, जैसा कि अक्सर खुद पर तरस खाने से आती है। इस पर बुकी मर-मिटी और उसके गले में बाँहें डालकर उसकी ठुड्डी चूमते हुए बोली, "तू मेरा टट्टी है।"

उसके यह कहने में इतना प्यार था कि जेवी पिघल गया। शाम से रोका हुआ अब तक का सारा तनाव उसकी आँखों से बहने लगा। बुकी उससे

लिपटकर उसका पीठ सहलाने लगी, "चुप हो जा बे नहीं तो टट्टी गीली हो जाएगी।"

जब जेवी की नींद खुली तो कोई घंटी बजाकर कचड़ा-कचड़ा चिल्ला रहा था। बुकी ने तकिये से अपना कान दबाते हुए जवाब दिया, "नहीं है।"

उसके बाद भी दरवाजे पर थपथपाहट हुई। जेवी ने नजर दौड़ाई। आस-पास बीयर की बोतलें और चिप्स के रैपर पड़े हुए थे। उसे थोड़ा अजीब लगा कि उसका कचड़ा समेटने के लिए कोई दूसरा इतना परेशान है। उसने बुकी को चादर ओढ़ाई। सब कुछ डस्ट-बिन में डाला और दरवाजा खोला। बाहर एक आदमी खड़ा गेम खेल रहा था। जेवी ने डस्ट-बिन उसकी ओर बढ़ाया—"कचड़ा"

"दूध" गेम खेलते आदमी ने बिना जेवी की ओर देखे दूध का एक पैकेट बढ़ा दिया। जेवी को यह समझते देर नहीं लगी कि उसने देर कर दी है। पर दूधवाले को भी गेम खेलता देख वह चौकन्ना हो गया—"क्या यहाँ भी कोई ए-के 47 लिए खड़ा है? बाहर तो उसे कोई नहीं दिखा, पर जैसे ही उसने दरवाजा बन्द किया, उसे एक भारी-भरकम आवाज सुनाई पड़ी—"गेम खेलो।"

वह आवाज की ओर मुड़ा—खिड़की के बाहरी ओर, जो बित्ते भर की जगह छूटी होती है, बस उतनी ही जगह में एक पूरा का पूरा कमांडो पसर कर बैठा था और उसकी बन्दूक जेवी के माथे का निशाना ले रही थी। जेवी को बड़े जोर की लगी थी पर पहले उसने अपना मोबाइल खोजा। वह समझ चुका था कि जिन्दा रहने के लिए अब यह जरूरी हो गया है कि आदमी हगते हुए भी गेम खेले।

ऑफिस जाने से पहले जब वह बुकी को 'गुडबाइ किस' देने के लिए झुका तो बड़ी चालाकी से उसे आगाह भी कर गया, "देखो! तुम मानो या नहीं पर यदि कोई तुम्हारे सिर से गन सटा दे तो गेम खेलने लगना।"

बदले में बुकी ने इतना किया कि उसके गाल पर काट लिया और जेवी अपना गाल सहलाते हुए रास्ते भर यह सोचता रहा कि कौन अधिक वाइल्ड है, "ये बन्दूकधारी या बुकी?"

सुबह के मेट्रो में भी सभी लोग मोबाइल के योद्धा बने हुए थे। जेवी ने भी झटपट अपना मोबाइल निकाल लिया और 'कैंडी क्रश सागा' खेलने लगा। उसके बगल में बैठा आदमी आतंकवादियों का सफाया कर रहा था। जेवी फुसफुसाया, "क्या तुम्हें भी कमांडो दिखते हैं?"

वह आदमी इतना डरा हुआ था कि कुछ बोला ही नहीं। जेवी हदस गया और इसलिए ऑफिस जाते ही वह किसी खुफिया एजेंट की तरह लोगों पर नजर रखकर गेम खेलने के रूल समझने की कोशिश करने लगा—ऑफिस में कमांडोज का इतना आतंक था कि लोग बॉस से नजर बचाकर सबसे पहले गेम खेलने का कोटा पूरा करते थे। इसके अलावा लंच के बाद गप-शप करने की छूट खत्म कर दी गई थी और सिगरेट पीते हुए भी एक हाथ से गेम खेलना जरूरी हो गया था। लिफ्ट का इन्तजार करते हुए, सड़क क्रॉस करते हुए, ऑटो या मेट्रो से घर जाते हुए गेम न खेलनेवालों को तो शायद देखते ही गोली मार देने का आदेश था। जेवी को हैरानी हुई कि देश में इतना बड़ा बदलाव हो गया है और उसे पता ही नहीं! बुकी और उसकी किताबों की संगत में रहकर वह कितना पिछड़ गया था। वह तो सौभाग्य से उसकी आँख खुल गई नहीं तो पता नहीं किसी को उसकी लाश भी मिलती या नहीं।

स्थिति की भयावहता को समझते ही उसे बुकी की चिन्ता हो आई। उसने गेम खेलते हुए ही बुकी को फोन किया। उसका फोन 'आउट ऑफ कवरेज एरिया' था। जरूर ही वह किसी कहानी की दुनिया में चली गई होगी। वह रास्ते भर बुकी को फोन करता रहा। पर बुकी एक बार भी नेटवर्क क्षेत्र में नहीं आई। थक-हारकर वह बुकी के घर गया। उसे घंटी बजाने की जरूरत नहीं पड़ी, क्योंकि दरवाजा पहले से ही खुला हुआ था। वह बुकी को पुकारता

हुआ घर में घुसा पर भीतर माजरा ही कुछ और था—सारा सामान बिखरा पड़ा था। वे कपड़े, जिनमें कितनी ही बार उसने बुकी को प्यार किया था, सब फर्श पर पड़े हुए थे और किताबें जिनके बिना बुकी सू-सू भी नहीं जाती थी, किसी ने उन्हें बाथरूम में ही पहुँचा दिया था और उन्हें फ्लश करने की कोशिश की थी। 'सकारात्मक सोच' के तो चिथड़े उड़ गए थे और वह हेयर-बेंड, जिसे रात बुकी ने उसे लगाया था, ताकि वह इधर-उधर की न सोचे, टुकड़े-टुकड़े हो चुका था। किसी आशंका से जेवी की धड़कनें बढ़ गईं—"कौन कर सकता है ऐसा?"

उसने वहाँ-वहाँ फोन किया, जहाँ-जहाँ बुकी को होना चाहिए था, लेकिन हर जगह से रिपोर्ट नेगेटिव मिली। वह ऑक्सफोर्ड गया, उन लाइब्रेरियों तक भागा-भागा फिरा, जहाँ के चक्कर अक्सर बुकी लगाया करती थी। वह वहाँ भी नहीं थी। वह कहीं भी नहीं थी। एक पूरी की पूरी लड़की सिगरेट के धुएँ की तरह गायब हो गई थी।

जेवी ने अपने जीवन के बारे में बहुत कुछ सोचा था, पर कभी यह नहीं सोचा था कि उसे किसी दिन पुलिस स्टेशन भी जाना पड़ेगा। लेकिन जब, वह बुकी का पता लगाने में पूरी तरह फेल हो गया तब वह जिन्दगी में पहली बार पुलिस-स्टेशन गया।

पुलिस-स्टेशन में रंगाई-पुताई का काम चल रहा था और कई नई तख़्तियाँ लगाई जा रही थीं। उनमें से एक पर लिखा था, "कृपया गेम खेलनेवाले पुलिस-कर्मियों को परेशान न करें, यह एक दंडनीय अपराध है" और तब जेवी ने यह नोटिस किया कि यहाँ भी सब के सब लोग काम-धाम छोड़कर बस गेम में लगे हुए हैं। उसने अपनी चौकन्नी नजर से चारों ओर देखा। गेम न खेलने पर गोली मार देनेवाले कमांडो अभी दिख तो नहीं रहे थे, पर उनका क्या भरोसा वे किसी भी पल कहीं से भी प्रकट हो सकते हैं! इसलिए जेवी ने भी अपना मोबाइल निकाल लिया और गेम खेलने लगा। गेम खेलते हुए ही वह थाना इंचार्ज के डेस्क तक पहुँचा। डेस्क के पीछे छुपा हुआ इंचार्ज अपने मोबाइल में मौजूद साँप को खाना खिलाने में व्यस्त था। जेवी के सामने असमंजस आ खड़ा हुआ। गेम में अपनी प्रॉब्लम से

लड़ना जितना आसान था, बाहर की दुनिया में वह उतना ही जटिल। अगर बात बुकी की न होती तो वह यहाँ से उल्टे पाँव लौट जाता। लेकिन बुकी के लिए और केवल बुकी के लिए उसने इंस्पेक्टर से हम्बल रिक्वेस्ट की, "सर मेरी गर्लफ्रेंड मिसिंग है!"

इंस्पेक्टर का साँप जितना खा रहा था, उतना ही बड़ा हो रहा था और वह जितना बड़ा हो रहा था, उसकी भूख उतनी ही बढ़ती जा रही थी। इसलिए इस समय साँप को खिलाते रहना जरूरी था, न कि किसी की मिसिंग रिपोर्ट लिखना।

"एक काम कर तू दूसरी गर्लफ्रेंड कर ले।" इंस्पेक्टर ने कहा।

अभी बुकी को गायब हुए इतना कम समय हुआ था कि जेवी का इस ओर ध्यान ही नहीं गया था। सभी झंझटों से मुक्त होने का उसे यह एक आसान उपाय लगा। लेकिन फेफड़े में भर गए सिगरेट के कश की तरह, उसके भीतर से बुकी को खोजने की याचना ही बाहर निकली।

इंस्पेक्टर का साँप बढ़ते-बढ़ते इतना बड़ा हो गया था कि अब अपनी पूँछ को ही खाना समझकर उसी की ओर लपक रहा था। उसे बचाने की जद्दोजहद करते हुए उसने अपनी मेज के उस ओर इशारा किया जहाँ पे-टीएम का बार कोड चिपका हुआ था—"अपनी गर्लफ्रेंड की डिटेल्स हवलदार को दे देना...देखते हैं।"

जेवी को इंस्पेक्टर से अधिक पे-टीएम पर भरोसा था। इसलिए पे-टीएम करने के बाद, हवलदार को सारी डिटेल्स देते हुए उसकी आँखों में सिगरेट सुलगानेवाली आग की सी चमक थी। यह बदले हुए समय की ही देन थी कि वह थाने से बिना किसी को डिस्टर्ब किए और एक उम्मीद लिए हुए बाहर निकला।

अभी कुछ देर वह गेम से दूर बस बुकी की यादों के साथ रहना चाहता था। इसलिए थाने से निकलकर वह सीधे उस महँगे रेस्तराँ में आ गया, जहाँ कमांडो नहीं आ सकते थे। उसने मोबाइल निकाला और बुकी की पुरानी तस्वीरें देखने लगा—पढ़ती हुई बुकी, हँसती हुई बुकी, उसे किस करती बुकी, नहाती हुई बुकी। कल तक बुकी की नंगी तस्वीरें देखते हुए

वह उत्तेजित हुए बिना नहीं रह सकता था; पर आज उसे ऐसा लग रहा है जैसे वह उगता हुआ सूरज देख रहा है—घने अँधेरे के बाद की उम्मीद, सब कुछ के खत्म हो जाने के बाद भी कभी न खत्म होनेवाली रोशनी के बच जाने की अकूत शक्ति।

अब तक उसने बुकी के मम्मी-डैडी को सच नहीं बताया था। उनका फोन आया भी था तो उसने बहाना कर दिया था, "बुकी का मोबाइल बनने गया है।"

पर अब उसे लग रहा है कि उन्हें भी इस दूर से आती हुई रोशनी में भीगने का हक है। उसने उन्हें कॉल किया और सब कुछ सच-सच बता दिया। वे भागते-भागते आए और सारे शहर को आँसुओं से भिगो दिया। जेवी के मना करने के बाद भी वे थाने पहुँच गए और पुरानी पीढ़ी की अकुलाहट और नई तख़्तियों को न पढ़ पाने की अज्ञानता के कारण उन्होंने पूरे थाने को डिस्टर्ब कर दिया।

जब जेवी को यह बात पता चली तो वह टेंशन में आ गया। उसने मम्मी-डैडी को समझाया कि इस नये समय में पुराने ढंग से किसी को भी नहीं खोजा जा सकता। वे उस समय तो मान गए लेकिन जैसा कि पैरंट्स करते हैं, जेवी के ऑफिस जाते ही वे फिर से अपने तरीके से ही बुकी को खोजने लगे। इससे इंस्पेक्टर नाराज हो गया और उसने ऊपर शिकायत कर दी। ऊपर वाले जेवी के ऑफिस आए और उन्होंने उसे बताया कि उसके भावी सास-ससुर को वे अपने साथ लेकर जा रहे हैं, ताकि नये बने नियमों को उन्हें ठीक से समझा सकें। जेवी यह समझ नहीं पाया कि यह अरेस्ट है या उपकार!

लेकिन शाम, घर को बुजुर्गों से मुक्त पा वह अपने बेतरतीब खयालों-सा सोफे पर फैल गया और टेबल पर टाँगों का पुल बनाते हुए बुकी को याद करने लगा, पर तभी उसे अपनी जिम्मेदारियाँ याद दिलाने के लिए एक गन उसकी कनपटी से सट गई—"गेम खेलो"

उसने तुरन्त सॉरी कहा और अपना मोबाइल उठा लिया। गेम में गटागट सोने के सिक्के घोंटते हुए उसने पाया कि यह उतना भी मजबूरी

का मामला नहीं, जितना वह सोच रहा था। यह दिन-भर की दुविधा मिटाने की बस एक नई सुविधा है। असल दुनिया तो इस हद तक करप्ट हो गई है कि वहाँ चुपचाप काम करनेवालों को बस प्रॉब्लम के ब्रेकर ही मिलते हैं लेकिन यहाँ खामोशी से मेहनत किए जाओ और एक के बाद एक फाटक तोड़ते जाओ। इससे एक काल्पनिक दुनिया में वह पाने का सन्तोष होता है जो आज की वास्तविक दुनिया में सम्भव नहीं रह गया है!

अब जेवी को जब भी बुकी की याद आती, वह गेम में चला जाता। इससे उसका सारा क्षोभ सोफे के पीछे दुबक जाता, सारी पीड़ा दो गज की दूरी बनाकर चलती और बुकी के न होने की हर छोटी-बड़ी उलझन, स्वयं उसके अस्तित्व की तरह अनुपस्थित हो जाती। अब उसे कमांडो दिखते भी तो बस दोस्ताना ढंग से मुस्कुराते हुए।

ऑफिस, गेम और महँगे रेस्तराँ, भला जिन्दगी में इससे अधिक और क्या चाहिए? शायद एक गर्लफ्रेंड, जो पिछले कई दिनों से एक व्यस्त आदमी के इत्मिनान की तरह गायब है। शायद जेवी भरे हुए कमरे की खाली जगह की तरह इसका आदी भी हो जाता लेकिन तभी एक दिन जब पानी छूने के लिए उसने अपना मोबाइल सामने के नलके पर रखा तो वह वाइब्रेट हो उठा। एक हाथ में पाइप पकड़े हुए और दूसरे से पानी की फुहार एडजस्ट करते हुए वह केवल इतना ही देख पाया कि यह बुकी का कॉल है, पर इससे पहले कि वह फोन उठा पाता या उसे सँभाल पाता, उसका मोबाइल नल के नीचे रखी पानी भरे बाल्टी में गिर गया।

"फक!" वह चिल्लाया।

उसने झटपट मोबाइल बाहर निकाला। उसे खोला, सुखाया, बैटरी को रगड़-रगड़कर गर्म किया, लेकिन कोई फायदा नहीं। जीने की सारी संभावना क्षीण। उसे झटपट बाइक-एम्बुलेंस पर लेकर वह सरपट अस्पताल की ओर भागा। वहाँ के सर्जन ने मोबाइल की गहन जाँच-पड़ताल की और बोला, "इसे दो तीन दिन के लिए ऐडमिट करना पड़ेगा।"

जेवी परेशान हो उठा, "लेकिन तब तक मैं गेम कैसे खेलूँगा?"

"मैं आपकी प्रॉब्लम समझता हूँ," शॉप-ऑनर ने किसी रिसेप्शनिस्ट की सी ठंढई दिखाई, "लेकिन आ!प भी तो मेरी प्रॉब्लम समझो।"

जेवी बेमन और बे-मोबाइल के ऑफिस गया। ऑफिस का काम खत्म कर लेने के बाद उसकी आँखों के सामने लैपटॉप के ब्लैक स्क्रीन का सा अँधेरा छा गया। उसे समझ नहीं आ रहा था कि अब वह क्या करे? गेम की तलब को वह सिगरेट के धुएँ से दाबने की कोशिश करता रहा। जब भी धुआँ छँटता कोई न कोई कमांडो उसके सामने आ जाता। किसी ने भी आज कहा कुछ नहीं, लेकिन सबकी चुप्पी में एक ही धमकी थी—"डू इट क्विक"

रात सोते हुए भी जेवी को उनकी घूरती आँखें सताती रहीं। उनसे ध्यान हटाने के लिए उसने बुकी को याद किया। उसके भीतर वर्षों से बन्द कोई दरवाजा खुला—धूल-धूसरित कमरा; सतह पर बुकी के पैरों के निशान और सतह के ऊपर आँसुओं का एक उछाल मारता सैलाब और कमरे के ठीक बीचोंबीच, इन सभी भावों से बेखबर, गेम खेलता एक आदमी।

जेवी काँप-सा गया—"तो क्या बुकी को किसी और ने नहीं बल्कि मेरे गेम ने गायब किया है?"

वह जितना ही इस बारे में सोचता रहा, उतना ही एक गिल्ट के नीचे दबता रहा। इस पेन (Pain) से छुटकारा पाने का अब उसके पास एक ही पेन-रिलीफ था—अलसुबह थाने जाकर उसने इंस्पेक्टर के सामने सरेंडर कर दिया। उसकी भावुकतापूर्ण बातें सुनकर पहले तो इंस्पेक्टर हँसा और फिर उसने हवलदार से बुकी का मोबाइल मँगवाया।

पुलिस के पास गर्लफ्रेंड का मोबाइल देखकर जेवी चौंक गया—"यह कब मिला आपको?"

"उससे भी अधिक जरूरी बात क्या है मालूम...? इसमें एक भी गेम नहीं है!"

"तो?"

"यह तो मुझे भी नहीं पता पर ऐसे लोग आजकल काफ़ी गायब हो रहे हैं...!" इंस्पेक्टर ने अपना क्लोजिंग स्टेटमेंट दिया, "इसलिए इस गलतफहमी

में मत रहना कि बुकी का गायब होना तेरा भ्रम है, गेम खेलते रहना नहीं तो अपनी गर्लफ्रेंड की तरह तू भी गायब कर दिया जाएगा।”

थाने से जेवी एक सदमे और हदस के साथ बाहर निकला। अब बुकी के खयालों में गुम रहना उसे अच्छा लग रहा था लेकिन अगर वह गेम न खेले तो मारा जा सकता है। बुकी के प्यार में आकंठ डूबे हुए भी उसने यह पाया था कि वह सबसे अधिक खुद से प्यार करता है और प्यार उसके लिए वैसे ही जिन्दगी जीने का एक टूल है जैसे कि गेम। तो मोबाइल शॉप के बाहर घंटों खड़े रहने और टनों सिगरेट फूँकने के बाद भी जब उसने अपना बना हुआ मोबाइल न लेने का निर्णय किया तो जरूर ही इससे पीछे बुकी के प्यार से भी अधिक, उसका अपना खुद का गुस्सा रहा होगा। लेकिन गुस्से में वह यह भूल गया था कि उसे कई अदृश्य आँखें घूर रही हैं। जैसे ही वह पलटा उसके पीछे दसों बन्दूकधारी प्रकट हो गए और बिना किसी वार्निंग के ही उस पर गोली दागने लगे। जेवी उल्टे पाँव भागा और सड़क के ट्रैफिक की ओट लेते हुए, एक सँकरी-सी गली में घुस गया। शिकार में ट्रेंड कमांडो उस गली में भी आ धमके। तब जेवी किसी हिरण की तरह कुलाँचे भरने लगा। कई गोलियाँ बिलकुल उसके अगल-बगल से गुजर गईं। गिरता-पड़ता वह एक ऐसी जगह निकला जहाँ गेम-कमांडो नहीं आ सकते थे—एक महँगे हॉटेल के पिछवाड़े में।

इससे पहले कि रिसेप्शनिस्ट उसे देखकर मुँह बनाए, उसने अपना क्रेडिट-कार्ड उसके सामने रख दिया और होटल में दो दिनों के लिए एक कमरा बुक कर लिया। बैरे को बमुश्किल यह समझाकर कि उसे एकान्त के सिवा और कुछ नहीं चाहिए, उसने दरवाजा बन्द किया और खिड़की के परदे की फाँक से बाहर झाँका—सड़क के दूसरी ओर कमांडो एकदम मुस्तैद थे। जेवी सहमकर पीछे हट गया। वहाँ खड़े-खड़े जब उसके पाँव थक गए तब वह बेड पर पड़ गया और छत में उम्मीद ढूँढ़ने लगा। छत ऐसे चुप थी जैसे अभी उस पर टूटकर गिर पड़ेगी। जेवी समझ गया कि अब उसका अन्त करीब है। बस कुछ ही दिनों में उसका कार्ड खाली हो जाएगा, फिर होटल वाले उसे घसीटकर यहाँ से बाहर फेंक देंगे और फिर—धाँय...धाँय...धाँय...।

अगले कुछ दिनों तक वह होटल में किसी भूत की तरह भटकता रहा—अस्तित्वहीन। यहाँ शराब के लिए भी अलग जगह थी और सिगरेट के लिए भी और चाहे जब तक मन करे जागे रहो, क्योंकि यहाँ हमेशा कुछ लोग रहते थे, जो कभी नहीं सोते थे। यहाँ लोग अब भी ऐसे जिन्दगी जी रहे थे, जैसे बाहर कोई गेम-रूल आया ही ना हो। एक दिन बहुत नशे में उसने शराब ढालनेवाले साका से पूछ ही लिया, "दिन-रात यहाँ लोग क्या भुनभुनाते रहते हैं?"

"भुनभुनाते नहीं सर।" साका ने नपी-तुली मुस्कुराहट के साथ उसे बताया, "प्लानिंग करते हैं।"

और तब उसे पता चला कि यहाँ हर टेबल पर कोई न कोई प्लान बन रहा है और इतने रुपए खर्च करके लोग यहाँ प्लान इसलिए बनाते हैं क्योंकि महँगी जगहों पर बनाए गए प्लान कभी फेल नहीं होते।

"इम्पॉसिबल प्लान भी?" जेवी ने पूछा।

"खासकर इम्पॉसिबल प्लान सर।" साका ने जवाब दिया।

जेवी बहुत दिनों बाद सचमुच का हँसा। उसकी अब तक की जिन्दगी में यह सबसे लम्बी फेंकी गई बात थी। लेकिन लड़खड़ाते कदमों से जब वह अपने रूम की ओर बढ़ रहा था, तब पता नहीं कैसे उसे इस फेंकी गई बात पर धीरे-धीरे विश्वास होने लगा और रूम तक पहुँचकर वह फिर से पलट गया। वह नीचे लौटा। उसने एक टेबल बुक किया और एक प्लान बनाने लगा—कमांडोज के लिए इन्विजिबल हो जाने का प्लान।

हर पैग के साथ उसके दिमाग में एक नया फितूर आकार ले रहा था—अपनी सारी आई-डी जलाकर कम्पनी और सरकार की नजर में मृत घोषित हो जाना, कोई ऐसा घातक वाइरस बना देना जो सारे गेम-सिस्टम को ही करप्ट कर दे और अगर कुछ नहीं तो गेम में घुसकर पूरी दुनिया में सचमुच का परमाणु युद्ध शुरू करा देना, ताकि इस दुनिया के साथ ही सारी दुनियावी समस्याओं का भी अन्त हो जाए। लेकिन इन सब में बहुत मेहनत थी। अब इतना रुपया भी खर्च हो और मेहनत भी करनी पड़े तो ऐसी महँगी जगह प्लान बनाने का क्या फायदा? इसलिए अन्तिम पैग के

साथ उसने अपने इन्विजिबल हो जाने का एक असम्भव मार्ग चुना—उसने यह डिसाइड कर लिया कि आज और अभी से वह गेम-कमांडोज को नहीं दिखेगा...बस।

केवल सोच भर लेने से जेवी में इतना जोश आ गया कि वह उसी वक्त दरवाजे की ओर बढ़ने लगा लेकिन फिर उसे लगा कि अपनी इन्वेस्ट की गई पूँजी को काम करने के लिए कम-से-कम एक रात का समय तो देना ही चाहिए...।

रात-पूरी रात बेसब्र रही। उम्मीद और सन्देह के बीच करवट बदलते हुए। यहाँ तक कि जब सुबह हुई तो वह भी असमंजस से भरी हुई थी। जेवी ने परदे की ओट से झाँका। कमांडो अब भी सड़क के उस पार डटे हुए थे। मूसल उसे देख पा रहे हैं या नहीं, यह पक्का करने का अब एक ही रास्ता था—ओखली में सिर देना। भय उसे ऐसा करने से रोक रहा था। जेवी ने अपना बैंक-बैलेंस चेक किया। उसकी तरह वह भी अपनी अन्तिम साँसें गिन रहा था। किसी चूहे की तरह कोने-अँतरे में सड़ने से कहीं बेहतर था, किसी विद्रोही की तरह सड़क पर मरना। उसने एक चाय ऑर्डर की और उसे दो सिगरेट के साथ खत्म किया, फिर उसने बुकी को याद किया और मन-ही-मन उससे वादा किया कि अगर वह बच गया तो अपनी जिन्दगी की अन्तिम साँस तक उसे खोजेगा। वह काउंटर तक आया। अपना सारा बिल क्लियर किया और फिर एक लम्बी साँस लेकर एक झटके के साथ होटल से बाहर निकल आया। बाहर तनी सभी बन्दूकें उसी का निशाना ले रही थीं। भय से जेवी की आँखें मुँद गईं और हाथ खड़े हो गए।

वह उम्मीद कर रहा था कि कम-से-कम उसे अन्तिम चेतावनी दी जाएगी—"गेम खेलो या मरो।"

लेकिन जब ऐसा कोई स्वर सुनाई नहीं दिया तो वह गोलियों से अपना शरीर छलनी होने की कल्पना करने लगा। परन्तु जब कोई गोली भी नहीं चली तो उसने डरते-डरते पहली आँख खोली और फिर दूसरी। सारे कमांडो उसी की ओर देख रहे थे पर शायद कोई भी उसे नहीं देख रहा था। जेवी

की हिम्मत बढ़ी। हाथ खड़े किए हुए ही वह आगे बढ़ा। जब अब भी गोली नहीं चली तो उसने पहले एक हाथ नीचे किया और फिर दोनों। शायद उसका प्लान काम कर रहा था? उसके पास भागने का यह सबसे सुनहरा मौका था, पर अब वह कन्फर्म कर लेना चाहता था। सधे कदमों से वह कमांडोज के बीच पहुँचा। वे अब भी होटल के मुख्य द्वार की ओर निशाना साधे खड़े थे। जेवी के चेहरे पर मुस्कुराहट आ गई—"आखिरकार पैसा बोलता है।"

अब जेवी कमांडोज के लिए वैसे ही अदृश्य था जैसे कि वे कभी बुकी जैसे लोगों के लिए हुआ करते थे। उनके बीच शान से खड़े होकर उसने एक सिगरेट जलाई और सुकून के कश भरने लगा। कभी जिससे प्यार हो उसकी नजर में रहने से बढ़कर और कोई ख्वाहिश नहीं थी, अब नजर रखनेवालों की आँखों से ओझल होने से बड़ी और कोई नेमत नहीं। अन्तिम कश लेकर जेवी ने सिगरेट को अपने जूतों तले इस तरह रौंदा जैसे वह गेम कम्पनियों को रौंद रहा हो और फिर बे-बस कमांडोज को वहीं छोड़ वह उनके बीच से किसी शूरवीर की तरह बाहर निकल आया।

इतनी बड़ी जंग जीतने के बाद भी जेवी की हालत उस टिटहरी की तरह थी, जिसके अंडे समुद्र चुरा ले गया था। इसलिए घर पहुँचकर उसने सबसे पहले एक हेयरबैंड खरीदा ताकि वह इधर-उधर की न सोचे और एक बड़ी-सी तख्ती बनाई, जिस पर उतने ही बड़े-बड़े अक्षरों में उसने लिखा—
"WHERE IS BUKI?"

बुकी के नाम की वह तख्ती लेकर अब वह हर सुबह शहर के मुख्य मेट्रो स्टेशन पहुँच जाता है और आखिरी मेट्रो के गुजर जाने तक वहीं बैठा रहता है। उसे पूरी उम्मीद है कि पुराने समय की तरह धीरे-धीरे लोग उससे जुड़ते जाएँगे और फिर बुकी का गायब होना इतना बड़ा आन्दोलन बन जाएगा कि गेम में गुम अधिकारियों, कम्पनियों और दुनिया भर की सरकारों को बुकी की सुध लेनी ही पड़ेगी।

बुकी के प्यार में शायद वह भूल चुका है कि उसने गेम-कमांडोज की नजर से केवल अपने अदृश्य होने की प्लानिंग की थी, सबके नहीं और ना ही उसकी तरह सबकी गर्लफ्रेंड मिसिंग है और ना ही अब बेमतलब में इधर-उधर देखनेवाला वो पुराना जमाना बचा है और सबसे बढ़कर देश में अब भी गेम-रूल चल रहा है और इसलिए सबके बीच होने के बावजूद कोई भी उसकी ओर देखता तक नहीं। उसके बेहद करीब से गुजरने के बाद भी सबका सिर हर पल झुका रहता है और स्टेशन आने-जानेवाले सभी लोग दिन-रात बस गेम खेलते रहते हैं...।

क्वीन ऑफ रेड हार्ट

(फणीश्वरनाथ 'रेणु' की 'लाल पान की बेगम' को आधार बनाकर रची गई कहानी।)

मिसेज पटेल के हसबैंड की नौ और पत्नियाँ हैं—हेमा, अपर्णा, चन्दा, मुंडा, पद्मा, कात्यायनी, रजनी, गौरी और सिद्धि। सब एक साथ रहती हैं; सिंक में धुले जा रहे जूठे बर्तनों की तरह—घिसिर, घिसिर, धम्म, ठड़म्, थाड़, चिंव। एक दूसरे से लड़ते-झगड़ते और हजारों समझौते करते। सब में सबसे अधिक बागी कात्यायनी है, पर मिसेज पटेल के रहते वह कोई क्रान्ति कर नहीं सकती, इसलिए मन की कथरी के नीचे बस दुख टाँकती रहती है। जब उसकी कसक कथरी में नहीं अमाती, तब वह उठकर मखनी फुआ के पास आ जाती है, लेकिन मिसेज पटेल यहाँ भी उसका साथ नहीं छोड़तीं; ऐसे जैसे बिजुरी और गर्जना।

कात्यायनी के जाने मखनी फुआ इस दुनिया की सबसे सुखी औरत हैं। उसके बिहार की ही हैं। पर उस पुराने जमाने में भी उनके पति उन्हें हनीमून पर लेकर गए थे और वह आज तलक उसका गुन गाती हैं—"एह! एक गो होता है कि गाय को बाँध दो और दूहो और एक बात ऊ होता है कि गाय के थन से खुद्दे झर-झर-झर दूध बहने लगे, ऐसा जानती हैं पटेल बो कब होता है?...हनीमून पर।"

मिसेज पटेल का जब ब्याह हुआ था, तब न तो हनीमून का ट्रेंड था और न ही हनीमून पर जाने की उनकी कूवत। जरूरत के मारे इच्छाओं की लाश लिए फिरते उनके घरवाले भला उनका जन्मदिन क्या याद रखते पर

वह इतना जानती हैं कि महीना शुरू हुए अभी उन्हें ठीक से चार साल भी नहीं हुआ था। लड़के के बारे में उन्होंने बस इतना सुना था कि वह बम्बई में रहता है और इतना पैसा पीटता है कि गाँव में पक्का मकान खड़ा कर लिया है। वह तो शादी के बाद उन्हें पता चला कि लड़का टेम्पू चलाता है। पहली नजर में उन्हें बम्बई अजीब लगी—भेड़ों की किसी रेवड़-सी घनी, पेशाब की तरह गन्धाती गली और कबूतर के दड़बे-सी जिन्दगी। राहत ये कि सास-ननद की कोई बाड़ नहीं। दुख अपना और सुख सरहंग और पति भी ऐसा कि जल्दी ही उनका पोस मान गया। समस्या बस एक ही थी—उनकी नौ और पत्नियाँ। सब अपने मन की बेफायाँ; पर मंत्र, औषध और इन्द्रजाल से मिसेज पटेल ने सब पर काबू पा लिया। शेष बाँदी और वह सबकी लाल पान की बेगम। अब घर में अक्सर वही होता जो वह कहतीं। उन्हीं के कहने से उनके हसबैंड ने फिजूल में गाँव पैसे भिजवाने बन्द किए, अपर्णा ने फ्लैट वालों के घर में झाड़ू-कटका शुरू किया, चटोरी मुंडा की जीभ पर लगाम लगी, सिद्धि ने घर का काम सँभाला। सबने मिलकर बचत की और रुपए जोड़े, जिससे उनके हसबैंड ने पहले खुद का ऑटो लिया और फिर अपनी खोली और अभी साल भर पहले जब उनकी खोली की जगह नई बिल्डिंग बुलन्द हुई तो बित्ते भर खोली के बदले उन्हें भी अपना फ्लैट मिला। चाहे भले ही वह एक ही कमरे का है पर फ्लैट तो है। हेमा को इन सबसे मतलब नहीं। वह बस अपने मायके को लेकर जीती-मरती है। हाँ चन्दा को जरूर बच्चे चाहिए थे। इस बात पर उसकी मिसेज पटेल से बहुत टन्न-टुन्न हुई। वह उनसे जीत तो नहीं पाई पर चोरी-छुपे उसने दो बच्चे कर ही लिए—चम्पा और बिरजू। यूँ खुरचन की तरह पाना और बन्द घड़ी की तरह रिक्तता से भरते जाना कात्यायनी को दिन-रात सालता है। अक्सर तो वह सह लेती है, पर आज बहुत रोकतेरोकते भी मखनी फुआ के सामने उसकी रुलाई छूट गई—"सब सुख है फुआ, पर ऐसा लगता है जैसे सब छन मर रही हूँ।"

फुआ हर रुलाई को रुपए-पैसे से जोड़कर देखती हैं। उनका सूद का बिजनेस है—"देख तुझे कुछ रुपया चहिए तो बोल, पर ब्याज तीन परसेंट ही लगेगा।"

"पैसे की पुड़िया से ही सब दुख मिट जाते फुआ तो अमीर लोग भगवान के चौखट पर सर पटकने क्यों जाते?" मिसेज पटेल ने कात्यायनी के आँसू पोंछे। वह कितना कहती हैं कि बेकार ही दूसरों के आगे अपना दिल मत खोला करो, पर उनकी कोई सुने तब ना! उन्होंने कात्यायनी को इशारा किया यहाँ से चलने का, लेकिन कात्यायनी ने पाया कि फुआ बड़े ध्यान से उसे देख रही हैं। जैसे वैद्य रोगी को देखता है। उसने मिसेज पटेल को नजरअन्दाज कर दिया। फुआ ने अपने अनुभव से उसका रोग बताया—"देख! औरत के पास सब कुछ हो, मगर पति का प्यार न हो न तो वह पानी में रहकर भी प्यासी रहती है।"

मिसेज पटेल को यह बर्दाश्त नहीं कि कोई उनके निजी मामले में दखल दे। वह भक्क से जल उठीं—"फुआ कम-से-कम हमारे पास हसबैंड तो है।"

फुआ के पति जवानी में ही चल बसे थे, लेकिन उन्होंने फुआ को जो सुख दिया है, वो आज की औरतें अगर नाक रगड़कर मर जाएँ तो भी नहीं पा सकतीं। आग के लिए वह केरोसिन हैं। मिसेज पटेल की बात से भभक गईं—"बारह बरिस तक कुत्ता पोसने से वह नहीं मिल जाता जो दो दिन की घुड़सवारी करके इनसान पाता है, एह! पर जो कभी हनीमून पर ही न गया हो उसे क्या मालूम?"

मिसेज पटेल ने कात्यायनी की ओर देखा। ऐसे, जैसे इस फज़ीहत का कारण वही हो। कात्यायनी इसे मानने को अब भी तैयार नहीं थी। मिसेज पटेल किसी विचार की तरह उस पर चढ़ गईं और उसे जबरी लेकर वहाँ से चुपचाप निकल आईं—"जब अपनों से ही लड़ाई खत्म न हुई हो तो दूसरों से क्या लड़ना!"

घर आकर उन्होंने कात्यायनी का कारनामा और फुआ का ताना सबके सामने रखा। हेमा के लिए ससुराल की सारी बातें निरर्थक और अपर्णा तो थी ही त्याग की मूरत। मुंडा खाने में ही सनी रही और चन्दा बच्चों के लिए पकाने में। हाँ रजनी जरूर तिड़क गई। वही है जो उनके हसबैंड से

सबसे अधिक प्यार करती है। वह फुआ के दलदल में उतरकर अभी उनसे कुश्ती लड़ना चाहती थी, पर मिसेज पटेल ने उसे रोका। उन्हें कुछ कारगर हथियार चाहिए था। कुछ ऐसा, जिससे फुआ का फिचिर-फिचिर हमेशा के लिए बन्द किया जा सके। अकुलाए लोगों के पास अक्सर नये विचार होते हैं। जब मिसेज पटेल को कुछ नहीं सूझा तब सूजे मुँह से कात्यायनी ने प्रस्ताव रखा—"अगर हम भी हनीमून पर चलें तो?"

अँधियारे में पड़ी औरतों के मन में जुगनू पंख फड़फड़ाने लगे। इस प्रस्ताव में सबके लिए कुछ-न-कुछ था। मायके नहीं तो हेमा के लिए घूमने की नई जगह ही सही। सिद्धि को घर के काम-काज से आराम। मुंडा की जीभ के लिए कुछ नये स्वाद और रजनी की अपनी रंगीन कल्पनाएँ। चन्दा को अपने बच्चों की चिन्ता जरूर हुई, पर उसे भी लगा कि दो एक दिन घूम-फिर लेने से उसके बच्चे खिया नहीं जाएँगे! हाँ पद्मा और गौरी ने जरूर इस पर ऐतराज किया। पद्मा ने इसलिए क्योंकि उसका दिल यहीं पहले फ़्लोर पर रहनेवाले तिवारी में रमा रहता है और गौरी ने जिन्दगी भर कुँवारी बने रहने का हठ किया है। उसे लगता है कि अगर उसका ब्याह न हुआ होता तो पढ़-लिखकर उसकी नाक पर चश्मा चढ़ गया होता और वह कहीं नौकरी करते हुए सब पर धौंस झाड़ रही होती। लेकिन बाक़ी सभी हनीमून के पक्ष में थीं इसलिए पद्मा को धमकाकर और गौरी को यह समझाकर कि घूमना भी पढ़ने का ही एक तरीका है, तैयार कर लिया गया और यह तय हो गया कि सबकी ओर से मिसेज पटेल यह बात उनके हसबैंड के सामने रखेंगी।

"सुनिए" रात जब मिसेज पटेल को लगा कि बच्चे सो गए हैं तब वह हसबैंड से बोलीं—"ये हनीमून पर क्या-क्या होता है?"

बिरजू अभी सोया नहीं था। बातें जानने के लिए उसके पेट में बुलबुले उठते हैं। इसलिए सोने का बहाना कर अक्सर वह बड़ों की बातें सुनता है। ऐसे ही उसने कई बड़ी-बड़ी बातें पता की हैं।

बिरजू के डैडी को हँसी आ गई, "क्यों? क्या तुम्हें नहीं पता?"

मिसेज पटेल खुँसा गईं—"हाँ! हमें तो पड़ोसी लेकर जाते रहते हैं ना हनीमून पर?"

उनकी बस यही खराबी है। कोई भी बात मौके के नहीं मन के हिसाब से कहती हैं। वैसे तो बिरजू के डैडी नरम आदमी हैं पर खरी बात सभी को बुरी लगती है—"अब अचानक से यह हनीमून की बात कहाँ से उठ गई?"

"गुस्सा क्यों होते हो?" बात बिगड़ती देख मिसेज पटेल को पीछे धकेल रजनी आगे आ गई—"आजकल तो सभी जाते हैं, हमें भी ले चलो न एक बार।" पान पर चूना लगाने की तरह उसने अपने होंठ, उनके होंठों पर रख दिए। उसके बाद फुसफुसाहटों में कुछ बातें हुईं, जिसे बहुत कान देने पर भी बिरजू सुन नहीं पाया। अँधेरे में कुछ खींचा-तानी और मारा-पीटी और अन्त में उसे डैडी की बस इतनी बात सुनाई पड़ी कि जब घर में हो सकता है हनीमून तो होटल की फिज़ूल खर्ची क्यों करनी? इसके आगे या तो बात नहीं हुई या बिरजू को नींद आ गई।

सुबह स्कूल जाते हुए उसने चम्पा से पूछा, "दीदिया! ये हनीमून क्या बला है?"

चम्पा सच ताड़ गई—"तूने फिर सुनी मम्मी-डैडी की बातें?"

"सोचता हूँ न सुनूँ, पर इतने बुलबुले उठते हैं पेट में कि सुनना ही पड़ जाता है।"

"एक दिन उन बुलबुलों की तरह तेरा पेट भी फट जाएगा, तब चैन मिलेगा तुझे।"

डाँट खाकर बिरजू शट लगा गया, लेकिन वह मजबूर था—"अब अगर कोई कुछ बताएगा नहीं तो मुझे बातें तो सुननी पड़ेंगी ना?"

पति और बच्चों से बँधी औरतों ने उनके घर से जाते ही अपना-अपना खूँटा तोड़ा लिया और इस बात की जंग लड़ने लगीं कि रात की असफलता का दोषी कौन? मिसेज पटेल का कहना था कि रजनी को बीच में नहीं आना चाहिए था। रजनी इस बात पर ताल ठोंक रही थी कि उसने बिगड़ी बात सँभाली। इस पर सिद्धि ने जूठी थाल पटक दी—"अगर बात सँभल गई है तो बताओ मुझे कब छुट्टी मिलेगी ये बासन घिसने से?"

सब चुप हो गईं। एक पल को लगा कि बात खत्म, पर हेमा ने दबे स्वर में फिर वही मुद्दा उठा दिया, "जब ले ही नहीं जाना था, तब सपने क्यों दिखाना?"

इस पर बहुत कम बोलनेवाली गौरी ने भी रंग-रोगन कर दिया, "यह आइडिया ही गलत था। शादी के बारह साल बाद कौन हसबैंड अपनी वाइफ को हनीमून पर ले जाएगा?"

कात्यायनी को यह बुरा लगा कि समझदार होकर भी गौरी, मिसेज पटेल के बदले उसे दोष दे रही है। जब सब लहूलुहान हो गईं और कोई दोषी नहीं निकला, तब पद्मा ने जड़ पर वार किया, "मैं तो कहती हूँ कि आज रात इनके खाने में सल्फ़ास मिलाकर खिला देते हैं, सारा झमेला ही खत्म।"

"उसके बाद हमें पालेगा कौन, तेरा तिवारी?" रजनी ने उसका गला पकड़ लिया।

पद्मा उसे धक्का दे गुर्राई, "हाँ तो उसमें बुराई क्या है?"

जवाब चन्दा ने दिया, "अगर कोई बुराई नहीं होती, तो उसकी औरत उसे छोड़कर उस जिम वाले के साथ क्यों भागती?"

रोज की तरह यह बर्तन घिसाई दिन-भर भी चल सकती थी। या तब तक जब तक कि उनके बच्चे या हसबैंड न आ जाते। लेकिन मिसेज पटेल ने बीच-बचाव करके सबको शान्त किया और उन्हें असल मुद्दे की ओर मोड़ा, "हनीमून पर चलना है या इसी झाँय-झाँय से सब शौक पुराना है?"

सबने एक दूसरे को देखा। जाना तो सबको था, पर समस्या यह थी कि हसबैंड साहब को मनाया कैसे जाए?

इससे पहले कि कोई समाधान निकल पाता, दरवाजे की घंटी बजी। चम्पा और बिरजू स्कूल से लौट आए थे। चन्दा को चिन्ता हुई कि अब वे खाएँगे क्या? मिसेज पटेल ने तुरन्त उन्हें मैगी पकड़ा दी। दरवाजा खुलते ही मम्मी के हाथ में मैगी देख बच्चे खुश हो गए। बाक़ी सब झट-झट अपने काम निपटाने लगीं। मैगी खाते हुए इतना सन्नाटा था कि बिरजू को कुछ देर पहले हुआ शोर, सुनाई देने लगा। वह चम्पा के कान में फुसफुसाया, "दिदिया! कुछ तो गड़बड़ है, नहीं तो बिना माँगे मैगी क्यों मिलती?"

"हाँ तो अब रात में जगकर मम्मी-डैडी की बातें मत सुनने लगना?"

"रात में तो बस फुसफुसाहटें और खर्राटे ही मिलते हैं," बिरजू ने यह चम्पा से नहीं अपने पेट के बुलबुलों से कहा, "असली रहस्य पाना है, तो अब दिन पर भी नजर रखनी होगी।"

काम-धाम में फँसी औरतों ने सोचने का जिम्मा गौरी को दे दिया था। जब सब खाली हुईं, गौरी ने उन्हें समाधान बताया, "पतिदेव को कोई ऐसा फायदा बताना होगा, जिससे हनीमून उन्हें घर की पटका-पटकी से ज्यादा लगे।"

हनीमून के फायदे तो मखनी फुआ ही बता सकती थीं, पर मिसेज पटेल उनसे लड़ आई थीं। कात्यायनी को लगा कि अब सबको समझ आएगी उसकी अहमियत। लेकिन उसे किसी ने भाव नहीं दिया। इसके उलट सिद्धि मिसेज पटेल की चिरौरी करने लगी। रजनी ने उन्हें फुआ को मनाने के गुर सिखाए—"बस उनकी थोड़ी खातिरदारी कर दो, दो मीठे बोल, बोल दो और इतना पूछ लो कि नाराज हो क्या फुआ? फिर देखो फुआ से अधिक और कोई सगा नहीं!" मिसेज पटेल जानती हैं, ऐसा करते ही तुरन्त फुआ के होंठों पर कोई मीठी गाली आ जाएगी, "हरजाई! कौन सा मेरे भतार से तेरी बेटी ब्याही है, जो मेरे नाराज होने के तू नखड़े उठाएगी?" वह मुस्कुरा उठीं।

सब समझ गईं कि वह फुआ के पास जाने को तैयार हैं। पद्मा तुरन्त कूदकर आगे आई, "कोल्ड ड्रिंक लेने मैं भी चलूँगी तुम्हारे साथ परचून की

दुकान तक।" कात्यायनी जानती है वह उसे मना नहीं करेंगी। इन्हीं तिकड़मों से तो वह सबपे राज कर रही है।

परचून की दुकान पर कभी-कभी तिवारी दिख जाता है। पद्मा के लिए उसे देख लेना ही जिन्दगी है। कात्यायनी सही थी। मिसेज पटेल ने पद्मा को अपने साथ आने से नहीं रोका, लेकिन जब तिवारी को देखकर वह वहीं थम गई तो उन्हें रजनी को बुलाना पड़ा, उसे वापस ले जाने को। पद्मा से निजात पा वह सीधे फुआ के घर पहुँचीं। उन्हें देखते ही फुआ ने बिंग कसा, "एह! कल तो तू ऐसे भागी थी, जैसे फिर कभी दिखेगी ही नहीं?"

मिसेज पटेल ने इस बात का बिलकुल बुरा नहीं माना, मुस्की मारकर बोलीं, "पुराना मकान न जाने कब ढह जाए, इसलिए देखने चली आई फ़ुआ, कहो तो चली जाती हूँ?"

फुआ ने कुर्सी उनकी ओर बढ़ाते हुए कहा, "हाँ! अब फ्लैट वाले झोपड़पट्टी में क्यों बैठने लगे?"

दोनों औरतें हँस पड़ीं और उनके बीच की रंजिश पुराने चक्कू की तरह भोथर हो गई।

फुआ "आन क दाना, तान के खाना" वाले मत की समर्थक हैं। उनकी मानें तो फिर क्या जग में आना है और आना भी है तो क्या किसी ने पहचाना है? और इसलिए सामनेवाले का माल उड़ाते हुए, वह चहक उठती हैं, "जिन औरतों के मरद नहीं होते, उनके अन्दर की गरमी को ये कोला कितनी ठंडक देता है मालूम?"

मिसेज पटेल हँस पड़ीं, लेकिन बस आधी हँसी। आधा ध्यान उनका अपने मकसद पर था, "अच्छा फुआ! तुमने फूफा को ऐसा कौन सा मन्तर दिया था, जो उस जमाने में वो तुम्हें हनीमून पर ले गए?"

"उस जमाने में कुँवारी औरत और सस्ती शराब एक साथ आदमी जिन्दगी में एक ही बार पा सकता था," फुआ ने मिसेज पटेल को पास आने का इशारा किया और मन्तर देने की तरह ही उनके कान में फुसफुसाईं, "अगर उसका हनीमून गोवा में हो।"

फुआ ने चाहे यह बात मजाक में कही हो, पर मिसेज पटेल को रास्ता सूझ गया। अगले दिन हसबैंड और बच्चों की अनुपस्थिति में उन्होंने अपना सुझाव सबके सामने रखा। सुझाव में गोवा की सस्ती शराब के लालच के साथ-साथ गौरी का समर्पण भी शामिल था।

गौरी बिदक गई, "तुम लोगों के लिए मैं क्यों बनूँ बलि का बकरा?"

बात जायज थी और गौरी के हक की थी। लेकिन एक को हक मिलने से नौ को नुकसान हो रहा था। मिसेज पटेल ने उसे जिन्दगी का यह सीधा गणित समझाया, "देख बहन! बारह साल तक तू अछूती इसलिए तो रही क्योंकि तेरी जगह भी हम ही भरती रहीं।"

यह पूरा सच नहीं था। गौरी शुरू से ही चाहती है कि उसके हसबैंड उसे महसूस करें, लेकिन उसके सच्चे अस्तित्व की उन्हें खबर ही नहीं और बाक़ियों की तरह उसे यह पसन्द नहीं कि वह जबरदस्ती किसी को भी अपने वजूद का अहसास कराए—हसबैंड को भी नहीं। इसलिए वह आज तक उनसे दूर दूर रही। उसकी भावना का वजन मिसेज पटेल के गणित से ज्यादा था। वह चुप लगा गई। इससे सब चिन्ता में पड़ गईं, अब आगे क्या?

मिसेज पटेल ने सबसे साफ कह दिया कि अब मैं कुछ नहीं कर सकती। सबका दिल टूट गया। बस एक अपर्णा थी, जिसे कोई फरक नहीं पड़ा। जैसे वह पहले से जानती हो कि औरतों के अपने सपने कभी सच नहीं होते। औरत का तो अर्थ ही होता है औरों के लिए जीना। दूसरों पर अपर्णा के इस प्रवचन का कोई असर नहीं हुआ। वे उदासी से मुँह ढाँक पड़ गईं। कात्यायनी को इसमें अपने लीडर बनने का अवसर दिखा। वह चोरी-छुपे सबको मिसेज पटेल के विरुद्ध भड़काने लगी, "ऐसी कोई बात है जो वह जोर देकर कहें और हमारे हसबैंड न माने? मुझे तो लगता है कि वही नहीं चाहती कि हमें कोई सुख मिले।"

अधिकतर तो इस पर चुप रहीं। पर रजनी मिसेज पटेल से नहीं डरती। उसने यह जलता हुआ सवाल उनके सामने रख दिया। मिसेज पटेल का स्पष्ट मत था, "अब अगर हनीमून पर जाने के लिए भी किसी के साथ जबरी करना पड़े, तो कैसा हनीमून!"

घर में पातक लग गया। सभी औरतें आत्माओं की तरह मौन हो गईं। बच्चे बेफाँया और चीज़ें बेतरतीब। खाना बे-नून हरदी की तरह बेस्वाद। बिरजू के डैडी ऐसे गोबर आदमी नहीं थे कि घर में लाश पड़ी हो और वो बेखबर रहें। बस वे हिम्मत से जरा कमजोर थे। इसलिए मिसेज पटेल से पूछने के बदले उन्होंने बिरजू से पूछा, "तेरी मम्मी गुस्सा है क्या रे, बिरजू?"

"गुस्सा नहीं, दुखी हैं" सात साल का बिरजू आजकल दिन पर भी नजर रख रहा है। उसे ऐसी-ऐसी बातें पता चली हैं कि उसके बुलबुले भी कन्फ़्यूज हो गए हैं। लेकिन उसने डैडी को केवल वही बताया जो उसे पक्का पता था, "आप उन्हें हनीमून पर नहीं ले गए ना इसलिए।"

बिरजू के डैडी को पछतावा हुआ। खामखा उन्होंने परिवार का दिल दुखाया। थोड़ा खर्चा तो होगा पर बड़े लोग अगर हनीमून में इतना रुपया बहाते हैं तो कुछ सोचकर ही बहाते होंगे। सुबह जब उन्होंने ऑटो निकाला तो सीधे गोरेगाँव स्टेशन चले गए और बिना मगजमारी किए गोवा का टिकट कटा आए। आठ दिन बाद की टिकट मिली थी।

टिकट देख सिद्धि की आँखें भर आईं। हेमा झूम उठी। किसी कॉलेज स्टूडेंट की तरह गौरी की चीख निकल गई। रजनी तो सीधे अपने हसबैंड की बाँहों में गिर पड़ी। मिसेज पटेल ने हँसकर उसे उसकी मदहोशी से उबारा, "यह सब हनीमून के लिए बचाकर रख।"

कात्यायनी को जलन हुई कि बिना कुछ किए भी मिसेज पटेल सब कुछ करने का क्रेडिट लिए जा रही हैं। उसने बेमतलब का अड़ंगा लगाया, "लेकिन बच्चे?"

"जब तक हम हनीमून पर रहेंगे, बच्चों के साथ मखनी फुआ रह लेंगी।" मिसेज पटेल को खुशी हुई कि उनके हसबैंड ने इसका तोड़ सोच रखा है।

"पर क्या वो मानेंगी?" कात्यायनी के बाद पद्मा ने सिर उठाया।

बिरजू के डैडी हँसे, "अरे! खोलीवालों को फ्लैट वालों से बहत्तर काम पड़ते रहते हैं, मानेंगी क्यों नहीं?"

पद्मा और कात्यायनी ने एक दूसरे को देखा। दोनों के ही पास अब खुश दिखने के अलावा और कोई चारा नहीं था। मुंडा ने रात के खाने में

मटन बनाया और खाने के बाद चन्दा के विशेष अनुरोध पर उनके हसबैंड सबको फालूदा खिलाने ले गए। चम्पा ऐसे खुश थी, जैसे सुखी परिवार के विज्ञापन में दिखाए जानेवाले बच्चे, लेकिन बिरजू किसी उलझन में था। वह कुछ गिन रहा था, "चार...पाँन...छे"

चम्पा ने उसे हल्के से चपत लगा दी, "एक, दो, तीन कहाँ गया?"

"वह तो पहले ही गिन लिया था न!" बिरजू चिड़चिड़ा उठा। चम्पा ने उसे ऐसे देखा जैसे वह पगला गया हो, "ज्यास्ति बाबा मत बन, चुपचाप फालूदा खा।"

मिसेज पटेल ने उन्हें ऐसे मौके पर भी लड़ते देखा तो बिगड़ गईं, "क्या दिन-भर चूँटी-माँटा बने रहते हो तुम लोग?"

"मेरी कोई गलती नहीं, बिरजू के पेट में ही नये-नये बुलबुले उठते रहते हैं।" चम्पा ने तुरत अपना पल्ला झाड़ा।

चन्दा तक को इन बुलबुलों का क़िस्सा नहीं पता था। उसने बिरजू को फुसलाना चाहा, "कैसा बुलबुला बिरजू बेटा?"

बिरजू ने इसका कोई जवाब नहीं दिया। उसने मन-ही-मन अपनी गिनती आगे बढ़ाई, "सात...आठ" और चुपचाप डैडी की ओर खिसक लिया।

सबके हीरो बनकर उसके डैडी की आँखों में चमक आ गई थी। अपने निर्णय पर वह मन-ही-मन मुग्ध थे, "परिवार को खुशी दो तो खुद के खुदा होने जैसा मजा आने लगता है।"

रात के लिए रजनी ने कुछ खास तैयारियाँ की। होंठ रँगे, मुँह पर सुगन्धित क्रीम और गले पर पति का प्रिय इत्र। करगोली की तरह महकनेवाला कमरा गुलाब के फूल की तरह गमगमा उठा। बिरजू के डैडी को आकृष्ट होना ही था। उन्होंने रजनी को कसके चूम लिया, "मेरी लाल पान की बेगम।"

मिसेज पटेल को बुरा लगा—इन मर्दों के लिए रूप ही सब कुछ है, जो इन्हें लुभा ले वही इनकी लाल पान की बेगम। उन्होंने हसबैंड और रजनी दोनों से मुँह फेर लिया और बस यहाँ से ध्यान हटाने के लिए मखनी फुआ

के बारे में सोचने लगीं—जिस घड़ी वह हनीमून पर जा रही होंगी, कैसी रही होंगी? आज की तरह चंट नहीं, सीधी-सादी, घूँघट डाले—दुलहिन फुआ। हनीमून के बाद ही वह इतना बदली होंगी। अभी हनीमून का टिकट कटने भर से हम इतनी उत्साहित हैं, हनीमून से लौटने के बाद हमारी जिन्दगी भी जरूर पूरी तरह बदल जाएगी। उन्हें अच्छा लगा और धीरे-धीरे वह आश्वस्ति की चासनी में डूबती गईं। जितना ही वह डूब रही थीं, पद्मा उतराते जा रही थी। एक सवाल उसे बिच्छू की तरह डंक मार रहा था—"मेरे लिए इस हनीमून में क्या है?"

रात-भर वह खयाली दर्द से तड़पती रही। सुबह जब घरों में अलार्म का टनन-टनन और पूजा की टिनिन-टिनिन शुरू हो गई, तब वह चुपके से उठी। मिसेज पटेल अभी भी सो रही थीं। तिवारी से मिलने का यह अच्छा अवसर था। ऑफिस जाते लोगों की पीं-पाँ से बचते हुए वह परचून की दुकान पर पहुँची। वहीं पास में तिवारी अपने टैक्सी को नहला रहा था। एक दूसरे को देखते ही दोनों का ताप बढ़ने लगा और उनके होश बादलों में गुम हो गए। लौटते हुए पद्मा आगे-आगे थी और तिवारी उसके पीछे-पीछे। आखिरकार लिफ्ट का बटन दबाने के बहाने से तिवारी ने पद्मा का हाथ छू लिया। पद्मा के रग-रग में मुस्कान बिखर गई और तभी मिसेज पटेल की आँख खुली। लिफ्ट की सी तेज़ी से वह पद्मा के सामने थीं। उन्हें देखते ही पद्मा की साँस रुक गई। उनके टॉर्चर से बचने का अब एक ही रास्ता था—वह बेफाख्ता सीढ़ियाँ चढ़ने लगी। तिवारी समझ नहीं पाया कि अचानक से क्या हुआ? उसके मन में पद्मा बसी थी। वह मिसेज पटेल को देख ही नहीं पाया। बात बनते-बनते रह गई थी या फिर औरत को समझने में शायद उसने एक बार और भूल कर दी थी।

जब घर के मेहमानों ने अपना-अपना रस्ता पकड़ा, तब औरतों की सभा बैठी। सिद्धि ने जूठे बर्तन सिंक में छोड़ दिए। अपर्णा ने झाड़ू-पोंछा मुल्तवी कर दिया। मुंडा ने खाने की ओर ताका तक नहीं। रजनी और चन्दा ने "छी-छी" की बर्छी से पद्मा को घेर लिया। मिसेज पटेल का सीधा सवाल था, "जब ये हमें हनीमून पर लेकर जा रहे हैं तब क्यों?"

पद्मा जानती है वह कुछ भी कहे उसे "ल ल ल ल" किया जाएगा, लेकिन जब किसी एक को सब चाँपने के लिए तैनात हो जाएँ तो उसके पास बोलने के सिवा और रास्ता ही क्या रह जाता है, "मन पर मेरा जोर नहीं।"

"पर तुम जानती हो कि ये गलत है!" मिसेज पटेल ने मन के बरक्स नैतिकता का बटखरा रखा।

पद्मा के लिए यह ऐसा भार था, जिसे वह गले में पत्थर की तरह बाँधकर बस डूब सकती थी। उसने तैरने का निर्णय लिया, "तिवारी मेरे लिए जैसे तड़पता है, वह मुझे अच्छा लगता है।"

ऐसी दबी हुई आग कहीं-न-कहीं सबके मन में थी। लेकिन जिस आँच से पद्मा का दिल धड़क रहा था, उसी से वे यह सोचकर डरती थीं कि कहीं चूल्हे से बाहर निकलकर यह आग उनका घर न जला दे। पद्मा की ओर बढ़ता झुकाव देख मिसेज पटेल बेचैन हो गईं, भविष्य के गर्भ से वह आत्मा को कौवे की तरह नोचनेवाला सवाल ले आईं, "तो अब तुम तिवारी के साथ हनीमून मनाना चाहती हो?"

सब पर ऐसी ठोर पड़ी कि सब चिचिंयाँकर पीछे हट गईं। बस पद्मा यह नहीं समझ पाई कि इसमें दिक़्क़त क्या है? हमारे स्वर्ग का राजा तक तो दूसरों की पत्नियों के साथ सुहागरात मनाता फिरता है। अगर हम जिन्दगी भर सती-सावित्री बनी रहीं और मरकर स्वर्ग भी पहुँच गईं तो इस बात की क्या गारंटी कि हमारा सत्व वहाँ बचा रहेगा? मिसेज पटेल इस सवाल को काटने के लिए कुल्हाड़ी खोज ही रही थीं कि बच्चे आ गए। सबने एक दूसरे को देखा। सबके माथे पर एक ही चिन्ता थी, "पहले बच्चे या यह बवाल?"

पद्मा का मसला बच्चों के सामने सुलझ नहीं सकता था, इसलिए बेमन से एक-एक कर सभी उठ गईं।

चम्पा ने घर का तनावयुक्त माहौल देखा तो भूख-भूख चिल्लाने के बदले कपड़े बदलकर चुपचाप कार्टून देखने लगी। बिरजू जरूर इधर-उधर ताक-झाँक कर रहा था, "दिदिया! आज न खाना बना है न मैगी मिलने की उम्मीद है।"

चम्पा ने उसे अपने पास बिठा लिया—मम्मी का मूड ठीक नहीं लग रहा, मुफ़्त मार खाएगा बेचारा। बिरजू की आँखें तो टीवी पर जम गईं लेकिन उसके कान घर भर का दौरा कर रहे थे। कहीं पुनुन-मुनुन, कहीं खटर-पटर, कहीं छनन-मनन। बिरजू चम्पा के कान में फुसफुसाया, "दिदिया! काम ऐसे सलट रहे हैं, जैसे जादू से हो रहे हों"।

"औरतें ऐसे ही काम करती हैं मेढ़क।" चम्पा ने अपनी समझ से उसकी कल्पना पर रोक लगानी चाही, लेकिन बिरजू का भूखा मन खाना मिलने तक अपनी कल्पना से ही खुराक लेता रहा—मम्मी किसी देवी की तरह हाथ उठाए खड़ी हैं और काम अपने-आप होते जा रहे हैं या उनके एक ही साथ बीस हाथ हो गए हैं और वो झट-झट काम करके फेंक दे रही हैं! बीस से बिरजू को याद आया उसने गिनती आठ तक ही गिनी थी। दिदिया उसे फिर से न डाँट दे, इसलिए इस बार उसने मन-ही-मन गिना, "नौ...दस।"

दिन बीत गया लेकिन पद्मा पर बाक़ियों के बिंग-बान चलते ही रहे और पद्मा भी चौका-बेलन, तवा-चिपटा जैसे तर्कों से खुद को बचाती रही। इस ढिसुम-ढिसुम में किसी का मुँह फूला, किसी का दिल टूटा और किसी का मन खट्टा हो गया। लड़-झगड़कर सब अपने-अपने अस्तित्व की खोल में सिमट गईं। घर-संसार झन-झन-झन करने लगा। भोजन-पानी पाते हुए बिरजू के डैडी ने इस सन्नाटे को तोड़ने की कोशिश की, "बिरजू! तुझे गोवा से चाहिए कुछ?"

बिरजू समझ गया कि डैडी यह बे-बात की बात क्यों बढ़ा रहे हैं। "आप को चिन्ता करने की कोई जरूरत नहीं।" किचन की ओर देखकर वह फुसफुसाया, "यह मम्मी का आपसी मसला है।"

बिरजू के डैडी यह मसला समझ नहीं पाए। वैसे भी बच्चे से बीवी की कितनी खबर मिल सकती है? इसलिए रात उन्होंने सीधे उनकी माँ से बात की, "सो गई क्या बिरजू की माँ?"

चन्दा कुछ नहीं बोली। उन्होंने हौले से एक कन्धा दबाया, "अब काहे रुसाई हो?"

यह पद्मा का कन्धा था। उसने उनका हाथ झटक दिया। बिरजू के डैडी को यह भ्रम होने लगा कि जरूर उन्होंने ही कोई गलती की है। उनकी बोली और मिठा गई, "बेगम! ओ मेरी लाल पान की बेगम...!"

मिसेज पटेल के पेट में पहले का भी गुस्सा था। अबकी नदी ने बाँध तोड़ दिया, "एक औरत की अनेक तहें होती हैं, प्याज की परत की तरह। वह खाली लाल पान की बेगम नहीं होती।"

रात के हिसाब से यह रुख तेज था। बच्चे जग गए। लेकिन उन्होंने सोने का भ्रम बनाए रखा। उनके डैडी और भी कन्फ़्यूज हो गए, "तुम्हारा महीना चल रहा है क्या?"

"बीवी की बात समझ न आए तो बस उसका महीना चल रहा होगा। अब इन्हें कौन समझाए कि महीना के अलावा भी औरतों की अपनी समस्याएँ होती हैं!" मिसेज पटेल ने झुँझलाकर करवट बदल लिया। उनके हसबैंड की हिम्मत नहीं हुई उनसे कुछ और पूछने की। चुप रहकर उन्होंने स्पर्श की भाषा बोलने की कोशिश की, लेकिन आज रजनी ने भी कोई उत्साह नहीं दिखाया। जब कहीं उनकी दाल नहीं गली, तब उन्हें सो जाना ही बेहतर लगा। पर नींद भी जैसे किसी ट्रैफिक जाम में फँस गई हो। बहुत घिचिर-घिचिर करके वह उन्हें लेने आई।

जब हसबैंड और बच्चे नींद की दुनिया में चले गए तब मिसेज पटेल ने औरतों को जगाया। वे अकेले इस बात का फ़ैसला नहीं कर पा रही थीं कि पतिदेव को पद्मा की सच्चाई बतानी चाहिए या नहीं? पद्मा चुपचाप उठकर खिड़की के पास चली गई। उसे इस दाद-खाज में अब और खुजली नहीं करनी थी। चन्दा को लगा कि वह अब भी ताव खा रही है, इसलिए उसने विपक्ष को वोट दिया, "जरूर कहनी चाहिए। यही एक रास्ता है इसके बढ़े हुए मन को रोकने का।"

पद्मा ने अपने होंठ खिड़की के ठंढे लोहे से सटा दिए। वह तिवारी के लिए कुछ भी सहने को तैयार थी। लेकिन तभी कात्यायनी उसके पक्ष में आ

गई, "पर क्या ये पद्मा को हमसे अलग करके समझेंगे? या इकट्ठे हम सब को दोषी मान लेंगे?" शायद उसने यह थहा लिया था कि पद्मा का सपोर्ट करने में ही उसका अपना फायदा है।

मिसेज पटेल को भी उसका सवाल वाजिब लगा, "इनका दिमाग अखरोट से बड़ा नहीं है। सोचने को वे कुछ भी सोच सकते हैं!" इसलिए पद्मा के कुकरम को अभी उनसे छुपा कर ही रखने का निर्णय लिया गया। लेकिन तब समस्या यह थी कि पद्मा को रोका कैसे जाए? वह तिवारी के इतने प्रबल आकर्षण में थी कि मिसेज पटेल का कोई भी मंत्र उस पर काम नहीं कर रहा था। सारी औरतें रात-भर माथा फोड़ती रहीं, पर दिन निकल आने के बाद भी उनके सामने थे वही ढाक के तीन पात। बच्चे निशब्द ही स्कूल गए। बिरजू के डैडी को बार-बार घरवालों का ताना याद आता रहा, "और चढ़ाओ औरत को कपार पर।" उन्हें अहसास हुआ कि वे सबके मालिक हैं और किसी को भी उनके कपार पर बैठने का कोई हक नहीं है। साम-दाम से हारे हुए मरद की तरह उन्होंने अपने दंड का दाँव चला, "लगता है हनीमून का टिकट करा के ही गलती हो गई?"

"हाँ! तो कैंसल करा दो।" मिसेज पटेल ने रात-भर का तनाव उन पर दे मारा। बिरजू के डैडी ने इससे आगे की लड़ाई कभी नहीं लड़ी थी। तनतनाए हुए वे बिना खाए-पिए ही घर से बाहर निकल गए।

रजनी को उनके लिए बुरा लगा, "तुमको उनसे ऐसे बात नहीं करनी चाहिए थी।"

"कहीं उन्होंने सचमुच में टिकट कैंसल करा दिया तो?" सिद्धि को डर लगा।

मिसेज पटेल को अभी इन सबकी कोई परवाह नहीं थी, "हाँ! जैसे पद्मा को यहाँ छोड़कर तुम्हारा मन हनीमून में लग ही जाएगा?"

ये तो सच था कि अगर पद्मा नहीं गई तो कोई नहीं जा पाएगा हनीमून पर और पद्मा किसी भी तरह मानने को तैयार नहीं थी। कात्यायनी के साथ-साथ अब अपने वजूद की भगत गौरी भी उसके साथ आ गई थी। कोई रास्ता न देख मिसेज पटेल ने हथियार डाल दिए। पिछले बारह सालों

में यह कात्यायनी की पहली जीत थी। वह मन-ही-मन गुनगुना उठी। बाक़ियों को भरोसा नहीं हो रहा था कि उनकी इतनी बड़ी खुशी इस तरह से गारत हो सकती है!

इसके बाद घर में केवल घड़ी बोलती रही—"टिक-ताक-टिक-था...टिक-ताक-टिक-था...टिक-ताक-टिक-था"

बच्चों तक को पता लग गया कि हनीमून कैंसल हो गया है। चम्पा और बिरजू को हनीमून पर न जाने का कोई गम नहीं था, बल्कि उन्हें इस बात की खुशी ही थी कि जिन्दगी के कुछ दिन, मम्मी-डैडी के बिन...। दोनों की अपनी-अपनी योजनाएँ थीं—बिना नहाए स्कूल जाना, बिना ड्रेस बदले खाना खाना। सारा दिन खेलना और रात-भर टीवी देखना। दोनों बच्चे बड़ों से अधिक उदास हो गए। उनके डैडी ने हर बार की तरह न तो मिसेज पटेल को मक्खन लगाया और न ही मिसेज पटेल हमेशा की तरह पिघलीं। घर की कमान कात्यायनी के हाथ में आ गई थी। उसका बस एक ही उसूल था। सबको अपनी-अपनी जिन्दगी जीने दो। न किसी को किसी बात के लिए उकसाओ और न ही टोको। इस चाल से बेगाने खुश हो सकते हैं, अपने नहीं। रजनी ने पाया कि अन्दर ही अन्दर पूरा घर कराह रहा है। एक शाम जब कात्यायनी का गुट तिवारी पर डोरे डालने में व्यस्त था, उसने मौका देखकर मिसेज पटेल से मिन्नत की, "अगर पद्मा पर तुम्हारा मंत्र नहीं चल रहा तो क्यों न उसे किसी ऐसे को दिखाया जाए, जिसने हमसे कहीं अधिक जमाना देखा है?"

मिसेज पटेल समझ गईं कि रजनी किसकी ओर इशारा कर रही है, लेकिन उन्हें यह कत्तई पसन्द नहीं कि घर की बात किसी और से कही जाए। यह समस्या चन्दा ने सुलझाई, "मखनी फुआ को बताना ही क्यों, कि यह हमारे घर की बात है?"

"एक बार को अगर मैं मान भी जाऊँ..." मिसेज पटेल की उदासीनता बोली, "तो केस जीतकर भला पद्मा फिर से पेशी पर क्यों आने लगी?"

इस बात पर दोनों ने मिसेज पटेल को गारंटी दी कि पद्मा को पेशी पर लेकर वे आएँगी, बस वे फुआ की कचहरी में अर्ज़ी लगा दें। भला कौन राजा होगा जो अपनी गद्दी वापस नहीं पाना चाहेगा। मिसेज पटेल मान गईं। उनका गुट एक बदले हुए विहान का इन्तजार लेकर सोया।

सुबह उसी इन्तजार की तरह भारी थी, जैसे ही चम्पा, बिरजू और उनके डैडी घर से बाहर निकले, पद्मा को बन्दी बना लिया गया। कात्यायनी ने सख़्त ऐतराज किया, "यह क्या अन्धेरगर्दी है?"

"तुम्हें लगता है कि पद्मा पर अन्याय हो रहा है, तो तुम उसका मुकदमा लड़ सकती हो।" मिसेज पटेल ने उसे नोटिस पकड़ा दिया।

दोपहर से पहले ही मखनी फुआ के यहाँ कचहरी जम गई। कटघरे में थी पद्मा। वादी, मिसेज पटेल और प्रतिवादी का पक्ष रख रही थी कात्यायनी। कौतुहल की मारी हेमा, अपर्णा, चन्दा, मुंडा, रजनी, गौरी और सिद्धि को जहाँ जगह मिली सब जम गईं। चन्दा के सुझाव से पद्मा का नाम बदलकर रख दिया गया था—मेरी बचपन की एक सहेली। मिसेज पटेल ने बचपन की उस सहेली का सारा गुनाह फुआ के सामने रखा। कात्यायनी ने अपने तर्कों से उसे ध्वस्त कर दिया। फिर वाद और विवाद हुआ। जज बनी मखनी फुआ ने एक-एक बात नोट की। वादी और प्रतिवादी के पास जब कहने के लिए कुछ नहीं बचा, तब फुआ ने अपनी उमर और अनुभव की तलहटी से निर्णय निकाला, "अपनी सहेली से कहना, वह अपने मन का ओसावन करे..."

यह बात न वादी के पल्ले पड़ी न प्रतिवादी के। फुआ ने उनका असमंजस भाँप लिया, "अरे! जब धान दँवाता है तो उसे पुवरा और पईया से अलग करने के लिए पंखा चलाकर..."

"हाँ फुआ जानते हैं ओसावन। हार्वेस्टर के जमाने के नहीं हैं हम लोग भी।" मिसेज पटेल बीच में ही बोल पड़ीं, "पर धान के ओसावन से औरत के मन का क्या लेना-देना?"

फुआ कुछ पल सोचती रहीं। जवाब के रूप में उनके पास एक क़िस्सा था, उनकी शुरुआती दिनों की एक सहेली का क़िस्सा—"वह अपने हसबैंड से मुझसे भी कहीं अधिक प्यार करती थी, पर न जाने कैसे एक चौकीदार से फँस गई और फिर नई-नई आशिक़ी का जोर, उसने एक रोज अपने हसबैंड को शराब में चूहा मारने की दवा मिलाकर पिला दी।"

सब मुँह बाए फुआ को ताकती रह गईं। फुआ के चेहरे की सिलवटें मर्मान्तक पीड़ा, बेचैनी और ग्लानि से भर उठे थे, "लेकिन...!"

"लेकिन क्या?" औरतों की उत्सुकता एक साथ फूट पड़ी।

"एह! लेकिन औरत की मति, फिर उसने अपने आशिक का साथ भी छोड़ दिया।" मखनी फुआ अतीत की उस सहेली से नाराज होती हुई सी बोलीं।

पद्मा को घोर आश्चर्य हुआ, "पर क्यों?"

"उसका दुर्भाग्य और क्या, जो पति के मरने के बाद उसके मन का पंखा चालू हुआ और समय बीत जाने पर उसका ओसावन शुरू हुआ और तब उसे पता चल पाया कि जिस प्यार को वह धान समझ रही थी वह तो बस पईया था।"

किसी भी जज का कोई भी निर्णय इतना उलझानेवाला नहीं रहा होगा। कात्यायनी बिगड़ गई, "तो आप चाहती हैं कि औरत गेहुँवन साँप की तरह बस दिन-रात घर में पड़ी रहे और अपने तईं, अपनी जिन्दगी का कुछ न करे?"

"तू तो फटने के लिए तैयार खड़ी है बहन।" फुआ के होंठों पर एक स्नेहिल मुस्कान उभर आई, "मैं बस इतना कह रही हूँ कि तू अपने अन्दर झाँक। दूसरे वहाँ जो कचड़ा फेंक गए हैं उसे साफ कर। अपने मन को अपनी आँखों से देख और तब कुछ कर।"

उस दिन किसी ने फुआ की बात नहीं मानी। सुरजमुखी भला अचानक से अपने अन्दर कैसे झाँकने लगेगा? पर फुआ की बातों ने कहीं-न-कहीं उनके मन को मथना शुरू कर दिया था और इसलिए अनजाने ही उनके

मन का ओसावन आरम्भ हो गया—जब उन्हें अपने भीतर कोई गन्दगी दिखती, वे उदास हो जातीं और जब गन्दगी के घूरे पर भी हीरे-सा कुछ चमकता दिख जाता, तो वे चहक उठतीं। एक क्षण कोई और ढब; दूसरे पल कोई नया रंग।

इससे बिरजू के डैडी की उलझन और बढ़ गई, "तुझे तेरी मम्मी समझ में आती हैं रे बिरजू?" एक शाम बच्चों के संग सब्ज़ी खरीदकर लौटते हुए उन्होंने पूछा। धीरे-धीरे बिरजू भी डेढ़ सयाना हो गया है। उसने अपनी रिसर्च फ्री में देने से मना कर दिया, "समोसा खिलाओ तो बताऊँ।"

जीभ और मूड दोनों का जाएका बदलने के लिए डैडी ने उसकी बात मान ली। समोसा पाने के लालच में चम्पा भी चुप रही और आखिरकार बिरजू को वह बात कहने का मौका मिल ही गया, जो उसने अब तक केवल अपने पेट के बुलबुलों से कही थी, "हमारी मम्मी दुर्गा माँ है।"

डैडी चौंक गए, "अब ये क्या बक रहा है बे?"

चम्पा ने जलता हुआ आलू तुरन्त गले के नीचे गटकाया, "मैं तो कह-कह के थक गई हूँ डैडी, पर ये ऐसे ही पागलों जैसी बातें करता रहता है!"

बिरजू के पास यही एक मौका था, अपनी मेहनत पर मुहर लगवाने का। चम्पा की आवाज दबाने के लिए वह दम भर बोला, "विद्या कसम डैडी! कम-से-कम दस औरतें तो मैंने गिनी हैं उनके भीतर।"

उसके डैडी हँस पड़े, "बाप पेट में और पूत ब्याहने चला। चुपचाप समोसा खा और घर चल।"

बिरजू समझ नहीं पाया कि क्यों उसकी बात कोई नहीं समझता? आखिर क्यों? जबकि एक रात गुस्से में ही सही पर मम्मी ने भी साफ-साफ कहा था, "औरत के भीतर औरत रहती है, प्याज की परत की तरह। वह खाली लाल पान की बेगम नहीं होती।"

उसने सोचा कि वह डैडी को उस रात की याद दिलाए लेकिन जब कोई विद्या कसम पर हँस दे, तो उससे भला और क्या कहा जा सकता है?

औरतों के मन का पंखा अगले कुछ दिनों तक चलता रहा। जब उनका ओसावन पूरा हुआ, वे अपनी ही हक़ीकत से भौंचक रह गईं—हेमा ने पाया कि उसके भीतर अधिकतर उन्हीं इच्छाओं की बेल बढ़ती रहती है, जिसे उसके मायके वाले रोप देते हैं। अपर्णा को अचानक से साँस लेने में दिक़्क़त होने लगी, तब उसे पता लगा कि न जाने कब से, किसी ने उसे एक पुराने खयालों के बोरे में सी दिया है। चन्दा के पास से एक ममता का आँचल निकला, पर बहुत जोर देने पर भी वह पहचान नहीं पाई कि यह उसका अपना है या किसी और का दिया हुआ। रजनी का प्यार पुआल की ढेर में दबा हुआ था, पर वह मुंडा की भूख और गौरी के वजूद की तरह सच्चा था। सिद्धि के पास से बहुत सारे मरे हुए ख्वाब मिले। पर सबसे अधिक आश्चर्य कात्यायनी को हुआ। उसने पाया कि वह मिसेज पटेल का दूसरा पक्ष है बस और शायद यही उसकी अकुलाहट, बेचैनी और दुख का असल कारण था।

अब सभी टकटकी बांधे पद्मा की ओर देख रही थीं। वह मखनी फुआ के घर से लौटने के बाद से ही गुमसुम हो गई है। न किसी से बोलना न चालना। जाने किन भावों में दिन-रात डूबी रहती है। पर एक रोज अचानक से वह पागलों की तरह हँसने लगी। सबने एक दूसरे को आश्चर्य से देखा। वह सबसे इतना आगे निकल चुकी थी कि अब किसी को भी उसे टोकने में झिझक होती थी। आखिरकार हल्के-फुल्के ढंग से ही मिसेज पटेल ने पूछ लिया, “अब क्या हुआ मुई?”

पद्मा ने अपने दिल में उँगली डालकर वहाँ से कुछ निकाला और हँसते हुए सबको दिखाया, “पईया है!”

पहले तो किसी को विश्वास नहीं हुआ, पर फिर सभी उसी की तरह खखाकर हँस पड़ी।

हॉल में चम्पा और बिरजू कॉपी-किताब लेकर लोट-पोट रहे थे। हँसी से दोनों चौकन्ने हो गए। लेकिन जब हँसी के अलावा और कोई इधर नहीं आया, तब देह तोड़ते हुए बिरजू फुसफुसाया, “दिदिया! मम्मी कुछ एक्स्ट्रा खुश नहीं लग रहीं?”

"नजर मत लगा।" चम्पा ने उसे धमकाया, "वह जितनी खुश रहें हमारे लिए उतना ही अच्छा।"

मिसेज पटेल और उनकी संगतियाँ इतनी राहत महसूस कर रही हैं, जैसे उनके भेजे में फँसा कोई बरसों पुराना तीर निकल गया हो। मन का कचड़ा साफ होते ही सबका एक दूसरे के लिए नजरिया भी बदल गया है। अब वे एक दूसरे को सौतिया डाह से नहीं, ऐसी निगाह से देख रही हैं, जैसे वे एक ही मन की अलग-अलग भाव हों और अकेले-अकेले नहीं, बल्कि एक साथ मिलकर ही पूर्णता पा सकती हैं, "इतनी अकल हमें पहले आ गई होती तो कल हम सब हनीमून पर जा रही होतीं।" कात्यायनी ने अफसोस जताया, "एक दूसरे के साथ होने का हमने कितना प्यारा वक्त खो दिया!"

मिसेज पटेल ने मिर्चे का फोरन दिया तो वे ऐसे तिड़कने लगें जैसे कोई उन्हें गुदगुदी कर रहा हो। अपनी इस ऐय्यारी से उत्साहित उन्होंने सबको आशा का सन्देश सुनाया, "हमको नहीं लगता कि बिरजू के डैडी ने हमारा टिकट कैंसल किया होगा।"

भगोने में डूबे आलुओं को उबारते पद्मा के हाथ रुक गए, "तो आज उनसे बात करो न बहन।"

उस दिन की गहमागहमी के बाद मिसेज पटेल को वक्त ही नहीं मिला अपनी गलती मानने का। लेकिन "उन्हें" मनाना वह बख़ूबी जानती हैं। जब उन्होंने ऐसा करने का आश्वासन दिया, तब कूकर जोश में आकर सीटी मारने लगा और रोटियाँ खुशी से फूलकर तुम्बा होने लगीं।

"टिकट कैंसल करा दिए हैं न?" रात मिसेज पटेल ने बिना किसी लाग-लपेट के सीधी बात की।

"कल करा दूँगा।" डूबते ढेले के से भारीपन से बिरजू के डैडी बोले।

"तब तो पूरे ही रुपए कट जाएँगे।" मिसेज पटेल के कहे अनुसार रजनी ने उदास होने का नाटक किया।

"तुमको क्या?" रूठे हुए सजना ने करवट बदल लिया। तब मिसेज पटेल ने गौरी को आगे किया। वह पहली दफा अपने हसबैंड के गले मिली। बारह सालों की शादी-शुदा जिन्दगी में बिरजू के डैडी ने कभी यह प्यार महसूस नहीं किया था। पिछले छः-सात दिनों का गुस्सा एक पल में पिघल गया। वह रूठने से तुरन्त मनाने पर आ गए, "कल तुम चलती क्यों नहीं?"

"कल गाड़ी है और आज डेढ़ पहर रात बीत जाने के बाद तुम्हारे मुँह से यह बात फूट रही है?" मिसेज पटेल हँसी दाबते हुए बोलीं, "हमने तो कोई तैयारी भी नहीं की।"

"अरे! तो रुपए भी हम खर्च करें और तैयारी भी हमी करें, तो काहे का हनीमून?" सिग्नल का रंग ग्रीन होते देख बिरजू के डैडी उत्साहित हो उठे। मिसेज पटेल ने ऐसा दिखावा किया जैसे वह अभी भी सोच ही रही हों। पूरे फ्लैट की साँस टँग गई। अचानक बिरजू उठ बैठा, "अब जल्दी से हाँ कर दो न मम्मी ताकि हम भी जल्दी से सो सकें।"

मिसेज पटेल की हँसी छूट गई, "तू अब तक सोया नहीं बदमाश?"

"कैसे सोएँगे मम्मी?" आज तो चम्पा भी जग रही थी, "हमारी इसी बात पर तो शर्त लगी है कि आप लोग हनीमून पर जाओगे कि नहीं? बिरजू शाम ही से कह रहा है कि आपने अपना मन बदल लिया है पर मुझे ऐसा नहीं लगता।"

मिसेज पटेल ने अपने हसबैंड की ओर देखा, "आजकल के बच्चे! हम क्या इन पर नजर रखेंगे ये तो हमी पर नजर रख रहे हैं।"

"हाँ तो मुझे न सही इन्हें ही अपना फ़ैसला सुना दो।" बिरजू के डैडी मुस्कुरा उठे।

मिसेज पटेल ने अपनी शेष सखियों की ओर देखा। सबकी हाँ थी; बस चन्दा किसी बात को लेकर उलझन में लग रही थी। बिना कहे ही मिसेज पटेल उसके दिल की बात समझ गईं, "हम चलेंगे पर इसी शर्त पर कि बच्चे भी हमारे साथ चलेंगे।"

"हम हनीमून पर जा रहे हैं।" बिरजू के डैडी ने ऐतराज किया, "गर्मी की छुट्टी पर नहीं।"

“तो यही मान लो कि हम सपरिवार छुट्टी मनाने चल रहे हैं।” मिसेज पटेल ने जोर दिया।

पहले तो बिरजू के डैडी का मुँह बिसुक गया, पर फिर उन्हें यह और भी बेहतर लगने लगा। बीवी के ही खर्चे में बच्चों को भी इतनी बड़ी खुशी देने का मौका, उन्हें फिर कहाँ मिलेगा? एक मद्धम मुस्कुराहट के साथ उन्होंने मिसेज पटेल के प्रस्ताव को हरी झंडी दिखा दी, “क्यों रे बिरजू! चलेगा मम्मी-डैडी के हनीमून पर?”

बिरजू ने चम्पा की ओर देखा। चम्पा को इतने बड़े उलटफेर की बिलकुल उम्मीद नहीं थी। चमकती आँखों से उसने अपनी मुंडी हाँ में हिला दी। बिरजू तुरत-फुरत पैदा हुई किसी बछिया की तरह खुशी से उछलने लगा, “ईस्ट ऑर वेस्ट मेरे मम्मी-डैडी सबसे बेस्ट।” उसकी यह उत्सवी खुशी और उत्साह देख पूरा घर बरसात की हरियाली-सा हरा हो उठा।

मिसेज पटेल ने सुबह-सुबह ही मखनी फुआ को बुलवा लिया। घर के लिए कच्ची, रस्ते के लिए पक्की। पैकिंग और गृहस्थी और ऊपर से दस-दस औरतों का श्रृंगार। बिना उनकी सहायता के इतनी तैयारी समय रहते हो ही नहीं सकती थी। बारह साल बाद ही सही, पर सब पहली बार हनीमून पर जा रही थीं, इसलिए बिलकुल रच-रच कर तैयार हुईं—गौनइता साड़ी, भर बाँह का चूड़ा और मैचिंग नेलपालिश, बिन्दी और लिपिस्टिक। मिसेज पटेल इतनी सुग्घर लग रही थीं कि फुआ तक उन पर रीझ गईं, “एह! लिपिस्टिक तो ऐसा लगाई हो बिरजू की माँ कि मन कर रहा है हमहूँ अपना ओंठवा दरेर लें।”

“त दरेर काहें नहीं लेती फुआ?” आत्मविश्वास से भरी मिसेज पटेल ने अपने होंठ आगे कर दिए।

लजाकर फुआ को पीछे हटना पड़ा, “एह! हमें यह शौक नहीं कि किसी के मरद का मजा बिगाड़ें।”

बिरजू के डैडी ने अपने एक दोस्त को बुला लिया था, उन्हें स्टेशन तक छोड़ने के लिए। उनके साथ-साथ चम्पा और बिरजू भी उछल-उछलकर ऑटो में सामान रख रहे थे। जब सारा सामान रखा गया, तब बिरजू नीचे से ही नर देने लगा, "ए मम्मी जल्दी करो, ना तो ट्रेन छूट जाएगी।"

मिसेज पटेल ने जल्दी-जल्दी दरवाजे पर ताला लगाया। मखनी फुआ किसी मोहनी शक्ति से बँधी हुई, उस ताले को निहारे जा रही थीं। मिसेज पटेल को यह अजीब लगा, "क्या सोच रही हो फुआ?"

"पुरानी बात! तेरे फूफा एक बार ऐसा ही मजबूत ताला लेकर आए और कहने लगे मखनी! जब हम अपना फ्लैट लेंगे न, तब उसमें यही ताला लगाएँगे।" फुआ फिक्क से हँस पड़ी, "मरद की जात ही झूठी! दो दिन भी फ्लैट में रहने का सुख नहीं दिया दाढ़ीजार ने।" फुआ की कोरें गीली हो गईं।

मिसेज पटेल भी भावुक हो उठीं। फ्लैट की चाभी उनके हाथ में रखते हुए बोलीं, "फुआ! जब तक हम नहीं आ जाते, इसे अपना ही फ्लैट समझो।"

"अरे! नहीं, नहीं बिरजू की माँ...मैं तो बस एक बात कह रही थी।" फुआ जैसे एकदम से ख्वाब से बाहर आईं, "अब तो तुम बच्चों को भी लेकर जा रही हो तो मैं अकेले तुम्हारे फ्लैट में रहकर क्या करूँगी?" उन्होंने चाभी लौटा दी। मिसेज पटेल की नजर में फुआ की इज़्ज़त और बढ़ गई। लिफ्ट में दोनों औरतों के बीच कोई बातचीत नहीं हुई, लेकिन मिसेज पटेल ने चाभी फुआ के हाथ में रखकर उनकी मुट्ठी को इस आत्मीयता से दबाया कि इस बार वह चाभी लौटा नहीं पाईं। दो औरतों के बीच खुशी, प्रेम और विश्वास का लेन-देन हुआ—बिलकुल गुपचुप।

विदा लेते हुए मिसेज पटेल ने फुआ के पाँव छुवे। फुआ की आँखें भर आईं। उन्हें ऐसा लगा जैसे अपनी ही लड़की को वे हनीमून पर भेज रही हों। भरे गले और सच्चे मन से उन्होंने मिसेज पटेल को अशीष दिया, "जाओ, जीयो-मउज करो, जहाँ भी रहो लाल पान की बेगम की तरह राज करो।"

मिसेज पटेल जब ऑटो में बैठी, उनका भी गला रुँधा हुआ था। जब ऑटो चल पड़ा, भरे गले से वह कात्यायनी से बोलीं, "जानती हो मखनी फुआ दुनिया की सबसे सुखी औरत क्यों हैं, क्योंकि उनका दिल एकदम साफ है। लेश मात्र भी खर-पतवार नहीं।"

मखनी फुआ ऑटो के चले जाने के बाद भी बहुत देर तक गली में खड़ी रहीं, जैसे उनका सारा मूलधन चला गया हो। फिर उन्होंने अपनी मुट्ठी खोली। चाभी देखकर उन्हें ऐसा लगा जैसे भूली-बिसरी जिन्दगी ने आज उन्हें सूद दिया हो।

दिन बीत गया, आधी रात भी। मिसेज पटेल के फ्लैट पर किसी ने चोर दस्तक दी। मखनी फुआ ने बड़े आहिस्ते से दरवाजा खोला और सामने खड़े व्यक्ति को झट से अन्दर आने का इशारा किया। उस आदमी ने चौकन्नी नजर से इधर-उधर देखा और फिर काँपते पैरों से फ्लैट में घुस गया। यह बिल्डिंग का सबसे बूढ़ा चौकीदार था।

ब्रेकअप टूल

शिवि आज सी.जे.के. से मिलने जा रहा है—एक ऐसा आदमी, जिसके पास एक धारदार ब्रेकअप टूल है। अगर यह औजार उसे मिल जाए तो वह वृन्दा से कभी भी ब्रेक अप कर सकता है। नहीं, अभी उसने वृन्दा को आई लव यू नहीं कहा है लेकिन यही तो इस जनरेशन की खासियत है—ये पीढ़ी प्यार करने से पहले ब्रेकअप के बारे में श्योर हो जाना चाहती है।

वह गूगल के निर्देश फ़ॉलो करता रहा और अन्त में जहाँ पहुँचा, वहाँ रास्ता बन्द निकला—न कोई दीवार, जिसके उस पार कुछ और हो, ना ही कोई गली जो आगे मुड़ती हो। वह हैरान रह गया। खुद माँ ने उसे यह लोकेशन पिन किया था। अब माँ पर शक करने का रिवाज नहीं है और गूगल कभी गलत नहीं हो सकता तो ऐसा कैसे हो गया कि वह कहीं पहुँचा ही नहीं?

कोई और रास्ता ना देखकर शिवि उसे पुकारने लगा। दो-तीन बार उसका चिल्लाया हुआ सी.जे.के. दूर खड़ी ऊँची-ऊँची बिल्डिंग्स तक जाकर खो गया। लेकिन जब बहुत निराश होकर उसने उसे पुकारा तो वह वापस लौटा, "मैं यहाँ हूँ"

शिवि चौंका, यह आवाज उसके पैरों के नीचे से आ रही थी। उसने नीचे देखा। एक सीवरलाइन वहाँ से होकर गुजर रही थी—क्या कोई आदमी इसके अन्दर छूट गया है? लापरवाही की भी हद होती है!

उसने ढक्कन उठाया। नीचे सचमुच में एक आदमी था। उसका एक चेहरा, जिससे माथे से रोशनी निकल रही थी और जो अँधेरे के धड़ पर खड़ा था।

"अन्दर आ जाओ," उसने शिवि से कहा। कहाँ तो शिवि उसे बाहर निकालने की सोच रहा था—"सी.जे.के.?" उसने पूछा।

यह वही था, अब? शिवि असमंजस में पड़ गया। क्या एक ब्रेकअप टूल के लिए वह गटर में जा सकता है? और उसने पाया कि वह जा रहा है। सी.जे.के. ने उससे सारे कपड़े उतरवा लिए और पास ही गड़ी खूँटी पर टँगवा दिए। वह केवल अंडरवीयर में रह गया। सी.जे.के. ने उसे एक टोपी दी। अपने जैसी टोपी, जिसमें आगे बत्ती जल रही थी और अपने पीछे आने का इशारा किया।

शिवि उसके पीछे चल पड़ा। यह गटर में उसकी पहली यात्रा थी। यहाँ घुटने तक पानी में शहर का छोड़ा हुआ सब कुछ बह रहा है, आदमी सब कुछ को कैसे बदबू बनाकर छोड़ देता है। शिवि को लगा कि उसे बोलना चाहिए। बोलने से शायद सँड़ास कम हो।

"आपका एड्रेस मुझे माँ ने दिया," शिवि ने कहा।

सी.जे.के. ने अपना मुँह खोला और एक पान चबाने लगा। अब नीचे नाले की छप-छप थी और ऊपर पान की चप-चप। निश्चय ही नाले में रहते आदमी को बतियाने की आदत नहीं थी और शिवि को समझने की—

"आप माँ को कैसे जानते हैं?"

अबकि सी.जे.के. ने उसे घूरकर देखा। उसके माथे की रोशनी शिवि के चेहरे पर पड़ी। उसने घूरने को नरम बनाया, "आगे सँभलकर चलना, फिसलन है।"

शिवि कल्पना नहीं कर सका कि आगे एक लिविंग रूम हो सकता है। गटर का लिविंग रूम—यहाँ कोई भी ऐसी चीज नहीं थी जो बहते हुए पानी को रोके। सोफे की जगह कुर्सियाँ और बेड के बदले चौकी। बिलकुल ठंढा और उजाड़-सा। जैसे यह आदमी अपना वर्तमान, इतिहास के किसी युद्ध में हार गया हो। शिवि को यह जगह बोरिंग लगी, फिर भी उसने जल्दीबाज़ी न करने की सोची। वह एक कुर्सी पर बैठ गया। अगर पानी में से दुर्गन्ध छान दें, तो यह बैठना किसी नदी में पैर झुलाकर बैठने जैसा हो सकता था।

"पियोगे?" सी.जे.के. ने पूछा। पूछा नहीं बस कहा, क्योंकि इससे पहले कि शिवि कोई उत्तर देता वह पैग बनाने लगा था। सीवर की दीवारों का इससे अच्छा इस्तेमाल शिवि ने नहीं देखा था। हालाँकि वह सीवर भी पहली बार ही देख रहा था। दीवार पर पता नहीं कैसे लकड़ी का एक रैक टँगा था, जिस पर गिलास और कुछ दारू की बोतलें थीं और एलमुनियम की एक भद्दी-सी थाली, जिसके होने का कोई तुक नहीं था।

सी.जे.के. ने सामने की खाली कुर्सी पर शिवि का जाम रख दिया। शिवि के गले में अटका हुआ उत्तर अब निकला, "मैं दिन में नहीं पीता"

सी.जे.के. जिस तरह से बोतल और गिलास लेकर चौकी पर बैठा और जैसे गिलास उठाने से पहले उसने शिवि के ठीक पैरों के पास पिच्च से पान थूका और जैसे एक ही घूँट में पूरा पैग खाली कर गया, बिना चीयर्स बोले, इसे बेहूदगी कहा जा सकता है, लेकिन इतना जवान होते हुए भी शिवि ने इसे जैसे बरदाश्त किया, उससे पता लगता है कि वह कितनी शिद्दत से सी.जे.के. के ब्रेकअप टूल को हासिल करना चाह रहा था।

"पी लो," सी.जे.के. ने दूसरा पैग खत्म करते के बाद कहा, "यहाँ दिन की रोशनी नहीं पहुँचती।"

इसलिए नहीं कि वह सी.जे.के. से कनविंस हो गया था और ना ही इसलिए कि अब उसका भी मन हो आया था, बल्कि बस इसलिए कि उसे सी.जे.के. से थोड़ी दोस्ती करनी जरूरी लगी, शिवि ने गिलास उठा लिया और अब बोलूँगा, अब बोलूँगा करते हुए वह तीन पैग पी गया और जब उसके सर की नसें कुछ ढीली पड़ी तो मन में रहते हुए भी उसके ज़ुबान पर ब्रेकअप टूल की बात नहीं आई। वह जो सोच कर आया था, उस पर वह जो देख रहा था वह भारी पड़ गया।

"तुम इस गटर में क्यों रहते हो?"

उसके किसी भी प्रश्न की तरह सी.जे.के. ने इस प्रश्न का उत्तर भी नहीं दिया। इसके बजाय उसने पीने में अधिक दिलचस्पी दिखाई। वह जैसे-जैसे पीता जा रहा था, उसकी आँखें लाल होती जा रही थीं और चेहरे पर चेचक के दाग उभरते जा रहे थे। शिवि को अचानक से उससे डर लगा। इस हद

तक कि उसे माँ पर शक हो आया—कहीं उन्होंने इस आदमी को मुझे मारने की सुपारी तो नहीं दी है?

"मैं बस यहाँ ब्रेकअप टूल जानने आया था।" वह चिल्ला उठा और अपने हाथ खड़े कर दिए, जैसे अगर उसने ऐसा नहीं किया तो सी.जे.के. उसे गोली मार देगा।

सी.जे.के. ने गिलास खाली करके चौकी पर रखा और उसे इस मजबूती से पकड़ा कि बस उसी के सहारे सीधा रहके शिवि को देख सके और जब सीधा रहने की कोशिश में वह आधा से अधिक झुक गया तो मुस्कुराया, "वह तो तुम्हारी माँ ने तुम्हें बता ही दिया है—सी.जे.के.।"

"यह तो बस तुम्हारा नाम है।"

"नहीं! बस यही है जो बार-बार मुझ तक लौटता है।"

शिवि को जितनी चढ़ी थी, सब उतर गई। उसने पहले क्यों नहीं पूछा—"सी.जे.के., इसका मतलब क्या है?"

उसे उम्मीद नहीं थी कि सी.जे.के. इसका उत्तर देगा, जैसा कि उसने उसके कुछ भी पूछने के साथ किया था, उसे लगा था कि वह इसे भी टाल देगा। लेकिन सी.जे.के. ने उसकी आँखों में आँखें धँसाई और गिलास को पकड़े बिना ही सीधा रहकर बोला, "छोटी जात का।"

शिवि को यह बात समझ में नहीं आई। उसने आँखें फाड़ने की हद तक बड़ी कर लीं। सी.जे.के. अब इतना पी चुका था कि इस नये लड़के पर अपना पुराना फ्रस्टेशन निकाल सके—"दुनिया का...नहीं हिन्दुस्तान का सबसे कारगर ब्रेक अप टूल है ये...जो लड़की मुझे एड्स है बोलने पर भी तुम्हें न छोड़ रही हो, उससे बस इतना बोल दो कि मैं सी.जे.के. हूँ," सी.जे.के. ने अपनी छाती ठोंकी, "मेरी गारंटी है झगड़ाफ्री...गिल्टफ्री ब्रेकअप की।"

"क्या बकवास कर रहे हो?" शिवि ने गिलास उठा के नाले में फेंक दिया और अपने काँपते पैरों पर खड़ा हो गया, "ये मॉडर्न टाइम है...who cares about your जाति???"

सी.जे.के. हँसा और शिवि की जरा भी परवाह किए बिना नशे से अपना गिलास भरने लगा।

"तुम चूतिया आदमी हो।" शिवि ने अब तक का दबाया अपना पूरा गुस्सा उँड़ेल दिया, "अच्छा किया जो माँ ने तुम्हें छोड़ दिया।" और मुझे इस गटर में उतरना ही नहीं चाहिए था, ऐसा सोचे बिना भी, इसी भाव से झूमते हुए वह लौट पड़ा।

सी.जे.के. का सिर उसकी गरदन पर भारी पड़ रहा था। पर वह उठा और उसने लपककर शिवि का हाथ पकड़ा और उसे खींचकर अपने पास बिठा लिया, "तू बैठ भाई...तू बैठ।"

"हाथ छोड़ मेरा।" शिवि गरजा।

सी.जे.के. ने उसका हाथ छोड़ दिया और अपने दोनों हाथ हैंड्सअप की मुद्रा में उठा लिए। इससे शिवि का गुस्सा कुछ कम हुआ। सी.जे.के. ने उसकी ओर बोतल बढ़ाई। शिवि ने भाव खाया। सी.जे.के. ने उसे बोतल थमाई। शिवि ने अपनी पकड़ ढीली कर ली। सी.जे.के. ने रिक्वेस्ट की, "तू पी न भाई।"

शिवि चुपचाप बैठा रहा। सी.जे.के. ने उसे दो-तीन बार पुचकारा, तो ही शिवि ने बोतल मुँह से लगाई। कुछ देर तक सी.जे.के. उसे देखता रहा। उस पहली बार की तरह, जब उसने उसे गुस्से से देखा था और उसके माथे की रोशनी शिवि के चेहरे पर पड़ी थी।

"तुम्हारी माँ प्रेगनेंट थी, जब उसने मुझसे ब्रेकअप किया था...और तुम... तुम अभी कितने साल के हो?"

"21" शिवि ने कहा।

"आज से 20-21 साल पहले भी वह इतनी मॉडर्न थी कि उसने सिंगल मदर होना मंजूर किया लेकिन एक सी.जे.के. से शादी नहीं की।" सी.जे.के. की आँखों में जो छलक आया था, वह पता नहीं शराब थी या वह कसक जिसे भुलाने के लिए वह पी रहा था। यह महसूस करते हुए कि उसे सहारे की जरूरत है, शिवि ने उसे बोतल लौटा दी। कुछ घूँट भरकर जब सी.जे. के. कुछ स्थिर हुआ, उसने पाया कि शिवि उसका मुँह ताक रहा है। जैसे वह उससे गहरा प्रभावित हुआ हो। वह अपने प्रभाव को अमर कर देने की इच्छा से भर उठा, "पीढ़ियाँ बदल जाती हैं, तकनीकें नई हो जाती हैं, पर कुछ चीजें कभी नहीं बदलतीं।"

यह बोलने के बाद सी.जे.के. को लगा कि कहीं शिवि यह न समझ बैठे कि वह शराब के बारे में बोल रहा है। उसने बोतल खुद से दूर हटा दी। पर शिवि किसी और आसमान में था। सी.जे.के. के तर्क से नहीं, बल्कि उसके विश्वास से वह कनविंस लग रहा था, "पक्का न...झगड़ाफ्री-गिल्टफ्री ब्रेक अप?"

"देख बेटा! आदमी कितनी भी चालाकी कर ले, थोड़ा गिल्ट तो रह ही जाता है—पर ब्रेकअप पक्का" सी.जे.के. ने उसे उत्साहित किया, "तू आई लव यू तो बोल।"

शिवि ने मुंडी हिलाई और मोबाइल के लिए अपनी जेब टटोलने लगा। उसकी तो पैंट ही गायब थी। सी.जे.के. ने उसे याद दिलाया कि पैंट दरवाजे पर टँगी है। दोनों उठे और एक दूसरे से गलबहियाँ किए, प्यार का गीत गाते गटर के दरवाजे तक पहुँचे। शिवि ने जेब से मोबाइल निकाला। नीचे नेटवर्क नहीं आ रहा था। वह अपने कपड़े पहनने लगा ताकि ऊपर जा सके। सी.जे.के. ने उसे रोका—"पहले आई लव यू।"

अंडरवियर में ही दोनों गटर से बाहर निकले और नीचे पैर झुलाकर गटर के मुँह पर बैठ गए। पहले शिवि ने वृन्दा को फोन करने की सोची। लेकिन फिर तय हुआ कि व्हाट्सअप पर ही प्रपोज किया जाए। इससे ये नहीं पता चलेगा कि वे कितने नशे में है। शिवि ने ऐसा ही किया। थोड़ी देर बाद वृन्दा का जवाब आया। यह उसकी फेसबुक प्रोफाइल का स्क्रीनशॉट था, जिसमें "In a Relationship" को लाल रंग से घेरा गया था और नीचे लिखा था—"सॉरी भाई।"

लत

यह कोई शहर नहीं, किसी उधड़े हुए कुर्ते का एक साबूत खलीत्ता है—दुनिया के लत्ते से कुछ इस तरह टँका हुआ कि जैसे लटका हो और लोकल से लटके हर उस आदमी की तरह कॉन्फिडेंट जो कभी गिर नहीं सकता। शहर के इसी ओवर-कॉन्फिडेंस की तरह है पॉजी का कॉन्फिडेंस। उन्होंने भगवान कृष्ण से कुछ ही कम लड़कियाँ पटाई होंगी और अगर उन्हें कुछ साल और मिल जाते तो वे उनका रिकॉर्ड भी जरूर तोड़ देते, पर उनके छप्पनवें बसन्त के कुछ महीने पहले ही उन्हें काले बुखार ने धर लिया। यह थोड़ा अजीब बुखार था। पॉजी को इसमें कोई बुखार नहीं आया पर काले बुखार का कालापन उन पर हावी होने लगा। पहले उनके होंठ काले हुए और फिर धीरे-धीरे पूरा शरीर। पॉजी के परफोर्मेंस पर इससे कोई फरक नहीं पड़ रहा था, इसलिए शुरू-शुरू में वे इस ओर से लापरवाह ही रहे। पर एक दिन जब एक नई लड़की ने उनके साथ पोर्न देखने के बाद भी यह कहकर सोने से मना कर दिया कि तुमसे ऐसी बदबू आ रही है, जैसे तुम्हारा पूरा शरीर सुलग रहा हो तो पहली बार उन्होंने अपनी इस बीमारी को जरा गम्भीरता से लिया। वे उस आईने के सामने खड़े हुए, जिसके सामने कितनी ही लड़कियों के बदन की तारीफ कर उन्होंने उनके कपड़े उतारे थे। लेकिन जब वे अपने कपड़े खोल रहे थे, न जाने क्यों उन्हें ऐसा लगा जैसे वो यह नहीं चाहते, बल्कि कोई और है, जो उन्हें नंगा करना चाहता है।

वे टुकड़े-टुकड़े में अक्सर अपने-आपको देखते रहते थे—कभी चेस्ट, कभी शोल्डर, कभी बाईसेप्स। पर इस तरह अपने-आपको पूरा देखना...? वे

क्या, पुरुषों की पूरी जात ही शायद ऐसा नहीं करती। स्त्रियाँ अपनी सुन्दरता पर मुग्ध होती हैं, पर पुरुष अपनी सुडौलता पर गर्व करते हैं। वे अपने शरीर से प्यार नहीं करते, बल्कि उसे इस्तेमाल करने के बारे में सोचते रहते हैं और इन पचपन सालों में पॉजी ने प्रोटीन और जिम के सहारे साधे अपने शरीर का बख़ूबी इस्तेमाल किया था। पर आज जब उन्होंने अपने धुआँ छोड़ते शरीर को देखा तो उनका पूरा कॉन्फिडेंस हिल गया। उन्होंने तय किया कि अब उन्हें डॉक्टर को दिखाना ही होगा।

पूरा मुवायना करने के बाद डॉक्टर ने उनसे बस एक सवाल पूछा, "यह सिगरेट कब से पी रहे हैं आप?"

कितनी ही लड़कियाँ आईं और गईं पर किसी ने भी पॉजी से यह सवाल नहीं पूछा। यहाँ तक कि गाँव में रह रही उनकी पत्नी ने भी नहीं। अपनी पसन्द-नापसन्द के अनुसार लड़कियाँ मुँह जरूर बनातीं। किसी को यह सेक्सी लगता तो कोई-कोई यह झूठी चिन्ता जतातीं कि कहीं तुम्हें कर्करोग न हो जाए? इस्कॉन मन्दिर में मिली शादी-शुदा राधिका ने जरूर उन्हें चौंकाया था—"मैंने कभी सिगरेट नहीं पी है, इसका धुआँ तो कड़वा होता होगा ना?"

दोनों राधिका की कार में बैठकर माया में फँसे लोगों को उबारने के लिए उन्हें गीता बाँटने जा रहे थे और आदत अनुसार पॉजी ने सिगरेट जला ली थी। कोई अनाड़ी होता तो राधिका के भोलेपन पर मर मिटता, पर फ्रायड की तरह लोगों को देखने के पॉजी के भी अपने नियम थे। उन्होंने अगला कश लिया और बिना कुछ बोले अपने होंठ सीधे राधिका के होंठों पर रख दिए। शॉक से राधिका का मुँह खुल गया और मिंट की हल्की खुशबू लिए हुए, कुछ अनैतिक करने जैसा रोमांच—इतना कसैला धुआँ उसके मन में उतरने लगा। एक लम्बे स्मूच के बाद वह केवल इतना ही बोल पाई कि तुमने तो मेरी जान ही निकाल दी थी। लेकिन उसने भी यह नहीं पूछा कि सिगरेट पीने की ऐसी जादूगरी कब से कर रहे हो तुम?

एक लम्बी चुप्पी के बाद पॉजी ने उस लेडी डॉक्टर को उतना ही लम्बा उत्तर दिया, "हम कितना सेल्फ़िश हैं ना? केवल अपने बारे में सोचते हैं, दिन-रात पेड़ लगाते रहते हैं कि हमें शुद्ध हवा मिले, पर पेड़ों का क्या?

क्या उन्हें केवल पानी चाहिए? और CO_2 नहीं? मैं सिगरेट नहीं पीता, बस दुनिया भर के पेड़ों को कार्बन डाई-आक्साइड देने की कोशिश करता हूँ।"

अपने काम में मशीन की तरह परफेक्ट दिखनेवाली डॉक्टर भी एक पल को मुस्कुरा उठी, पर अगले ही पल उसने खुद को साध लिया, "सिगरेट छोड़ दीजिए, नहीं तो जल्द ही आप भी केवल CO_2 बनकर रह जाएँगे।"

बाहर आने के बाद पॉजी को केवल डॉक्टर की मुस्कुराहट याद रही। कागज पर खराब हैंडराइटिंग में लिखी उसकी नसीहत को उन्होंने तोड़-मरोड़ कर सड़क पर उछाल दिया और एक सिगरेट जला लिया। सड़क के उस पार एक उनके ही जैसा काला पर मोटा आदमी अपने भैंसेगाड़ी पर बैठा रोटी खाने की तैयारी कर रहा था। नजरें मिलते ही उसने मुस्कुराकर पॉजी से पूछ लिया, "रोटी खाओगे?"

अगर वह लड़की होता तो पॉजी कभी मना नहीं करते, पर अपने ही जैसे आदमी के साथ सेक्स का कोई स्कोप नहीं था, इसलिए सिगरेट पीते हुए पॉजी ने ना में सिर हिला दिया। भैंसेगाड़ी पर बैठा आदमी खुद में ही तल्लीन होकर रोटी खाने लगा। अचानक से पॉजी को याद आया कि कुछ दिन पहले यही आदमी स्टेशन के बाहर अपनी भैंसागाड़ी पार्क करने के लिए काफ़ी संघर्ष कर रहा था। सिगरेट खत्म करके उन्होंने सड़क पार किया और एक गरीब आदमी को देखकर, किसी में भी जो आत्मविश्वास जाग जाता है, उसी विश्वास से वो हँसे, "तुम इतने बड़े शहर में ये भैंसागाड़ी लेकर क्या कर रहे हो बे?"

भैंसागाड़ी वाले ने उन्हें ठहरने का इशारा किया, जैसे वह खाते हुए नहीं बोल सकता। उसने अपनी रोटी खत्म की और फिर बोला, "साब जी! मैं यहाँ लोगों को लेने आया हूँ।"

"किन लोगों को?"

इस सवाल पर वह रॉ के किसी एजेंट की तरह मुस्कुराया, "साब जी! वो मैं आपको नहीं बता सकता।"

"चूतिया" पॉजी ने उसके मुँह पर ही उसे गाली दे दी। इसका भी उसने बुरा नहीं माना। बुरा मानता भी तो क्या कर लेता? उसे उसके भैंसेगाड़ी पर छोड़कर पॉजी अपनी कार की ओर बढ़ गए।

कार चलाते हुए डॉक्टर का सवाल फिर से उनके सामने आ गया—"यह सिगरेट कब से पी रहे हैं आप?"

इस शहर में आने के बाद से ही पॉजी इतने ऑक्युपायड रहे थे कि इस बारे में सोचने का उन्हें कभी समय ही नहीं मिला था, पर आज जब उन्होंने सोचना शुरू किया तो सिगरेट का धुआँ पीछे जाते हुए उन्हें एफटीआईआई तक लेकर चला गया। वहाँ से उन्होंने एक साल का एक छोटा-सा कोर्स किया था। उसके बाद वहाँ से निकले लोगों की तरह वह भी मुम्बई आ गए थे। पर मुम्बई का मिजाज उन्हें कुछ खास जमा नहीं और वह वापस अपने गाँव लौट गए। गाँव लौटे आदमी की तरह उनकी भी शादी करा दी गई और वह गाँव में फ्री का सेक्स करते हुए तब तक रहे, जब तक कि एक बूढ़े आदमी ने उनसे यह नहीं पूछ लिया—"तूने टीवी का कोइ कोर्स किया है?"

"हाँ जी।" उन्होंने बड़े गर्व से जवाब दिया।

"तो आ जा जरा मेरी टीवी देख ले, कल ही से खराब हो गई है।"

बूढ़े की बात सुनकर, पॉजी के साथ नाटक करनेवाले उनके दोस्त तो हँस पड़े पर पॉजी हँस नहीं पाए। उस दिन उन्होंने पहली बार सिगरेट पी और यह तय किया कि अब वे तब तक गाँव नहीं लौटेंगे, जब तक कि टीवी पर आ नहीं जाते और तब वे दुबारा इस शहर में आए। लेकिन अगले चार-पाँच सालों तक स्ट्रगल करते हुए भी उन्हें सिगरेट का कोई चस्का नहीं लगा। वे यदा-कदा बेमन से पी लेते पर वह पीना ऐसा नहीं था कि उसके बारे में यह कहा जाए कि हाँ तब से पी रहा हूँ मैं सिगरेट।

रेड सिग्नल पर ठहरे हुए पॉजी कुछ याद कर मुस्कुराए। उन्हें सिगरेट पहली बार आकर्षक तब लगा था, जब उन्होंने उसे वैष्णवी के आकर्षक

होंठों के बीच फँसा हुआ पाया था। 2008 की बात। पॉजी को पहला ब्रेक मिला था, माता की चौकी में। उसी की 'मेन लीड' थी वैष्णवी उर्फ़ नैना। फिल्म सिटी के जंगल में वह अपनी कार चलाकर आती और शूटिंग के बीच में जब भी वक्त मिलता अपने दाड़िम जैसे लाल होंठों से जलाकर सिगरेट को राख कर देती। तभी कुछ हैरतअंगेज तरीके से पॉजी ने यह सोचा था कि किसी को जिन्दा जला देना भी हसीन हो सकता है, बशर्ते यह काम कोई हसीना करे और उसी के बाद से वो वैष्णवी से लिफ्ट लेने के फिराक में लग गए थे।

वैष्णवी इस दुनिया से कुछ इतना अलग और अपने आस-पास के लोगों से इतना सुप्रीम लगती थी कि डायरेक्टर तक उससे काम से इतर कुछ और नहीं बोल पाते थे। तब तक पॉजी ने भी अपना कृष्ण भगवान वाला कॉन्फिडेंस नहीं पाया था, इसलिए वैष्णवी के कार में बैठकर भी वो फिल्म सिटी के हरे-भरे जंगल से दो बार चुपचाप गुजर गए और तीसरी बार भी जब सीधे-सीधे कुछ कहने की उनकी हिम्मत नहीं हुई, तब ऊपर-नीचे और दाएँ-बाएँ देखते हुए उन्होंने कवितानुमा कोई चीज कही—"मुझे अच्छी लगने लगी हैं कार चलाती और सिगरेट पीती लड़कियाँ।"

वैष्णवी ने कार चलाते हुए ही एक सिगरेट जला ली और दो कश लेने के बाद पॉजी को नीचे से ऊपर तक देखा। पॉजी कुछ झेंपे-झेंपे से बैठे थे। उन्हें पता लग रहा था कि माता वैष्णवी उन्हें देख रही हैं, पर वो ये देखकर भी अनदेखा कर रहे थे। आखिरकार उन्होंने हिम्मत की और वैष्णवी की ओर मुड़े। दोनों की नजरें मिलीं। पॉजी को ऐसा लगा जैसे कोई बिलार शेरनी के आगे पड़ गया हो। दुम-दबाकर वह ये कहने ही वाले थे कि मुझे यहीं उतार दो कि तभी वैष्णवी ने इतनी सहजता से पूछा जैसे वह खाने के लिए पूछ रही हो, "सेक्स करोगे?"

पॉजी चौंक गए, "सीधा सेक्स, प्यार नहीं?"

"यहाँ प्यार करने का टाइम किसके पास है...!"

सिग्नल ग्रीन हो चुका था और इस तय नियम के अनुसार कि अब सब चल ही पड़ेंगे, ठहरे हुए पॉजी को एक स्कूटी वाले ने पीछे से ठोंक दिया। हवा में लटके हुए इस शहर में आदमियों से अधिक वस्तुओं की क़ीमत है और इसलिए गरमाए हुए पॉजी कार होने के घमंड से भरे हुए नीचे उतरे और स्कूटी वाले से गाली-गलौज करने लगे। स्कूटी वाले ने जले हुए कोयले की तरह धुआँ छोड़ते आदमी को देखा तो वैसे ही उसकी सिट्टी-पिट्टी गुम हो गई। वह सॉरी-सॉरी से आगे नहीं बढ़ पा रहा था और पॉजी थे कि उससे नई कार की क़ीमत वसूलने तक चढ़ाई कर चुके थे। शायद वह क़ीमत वसूलकर या उसकी स्कूटी चकनाचूर करके ही आगे बढ़ते कि तभी उन्हें एक जानी-पहचानी आवाज सुनाई पड़ी, "साब जी! जब जाना भैंसागाड़ी में ही है तो बड़ी गाड़ी होने का कैसा घमंड?"

पॉजी इतनी जल्दी भैंसागाड़ी वाले के यहाँ पहुँचने पर हैरान थे। उनके चेहरे पर एक पल की हवाई उड़ी और स्कूटी वाला फिर से हुआ रेड सिग्नल तोड़कर हवा हो गया। जले-भुने पॉजी उस पार पहुँचे—"चलते हो भैंसागाड़ी से और एटिट्यूड फ़्लाइट वाला...! क्यों जाऊँगा मैं तुम्हारी इस गन्धाती भैंसागाड़ी में?"

पॉजी के गुस्से से वह बिलकुल नहीं डरा, उलटे उनकी कार की ओर इशारा करते हुए मुस्कुराकर बोला, "खुद ही देख लो साब जी।"

पॉजी ने पलटकर देखा तो उनकी कार टो (tow) की जा रही थी। वे झल्लाते हुए उनके पीछे भागे, "अरे सर! मैं यही हूँ।"

आगे "टो" करके ले जाई जा रही कार थी, उसके पीछे पैदल भागते हुए पॉजी और पॉजी के पीछे-पीछे भैंसागाड़ी। पॉजी टोइंग वालों पर चिल्ला रहे थे और भैंसागाड़ी वाला पॉजी को आवाज दे रहा था, "साब जी! एक बार को यमराज ले जाती हुई आत्मा को छोड़ दें लेकिन टोइंग वाले उठाई हुई कार कभी नहीं छोड़ते साब जी...!"

टोइंग वाले पॉजी को नहीं सुन रहे थे और पॉजी भैंसागाड़ी वाले को इग्नोर मार रहे थे। अन्त में जब उनकी कार शहर की और भी बड़ी-बड़ी

और महँगी कारों के बीच ओझल हो गई और पॉजी पसीने-पसीने तब वे रुके और उन्होंने अपना सारा गुस्सा भैंसागाड़ी वाले पर निकाल दिया, "क्यों पीछा कर रहा है बे मेरा, गे है क्या?"

भैंसागाड़ी वाला इस पर भी मुस्कुराया, ऐसे जैसे पॉजी के अतीत में झाँक रहा हो, "यहाँ का सबसे रईस आदमी वह है, जिसके पास प्यार करने के लिए समय हो।"

यह पॉजी के सवाल का जवाब नहीं था, पर ये शब्दस: वैष्णवी की बात थी—आखिरी बात। एक रोज जब वैष्णवी सेक्स के बाद के सुकून में लिपटी हुई अधनंगी लेटी हुई थी, पॉजी ने उसके घने बालों से अपना मुँह ढाँक लिया और उमंग में खुद-ब-खुद उनके कंठ से गीत झरने लगा—"एक तू ही धनवान है गोरी, बाक़ी सब कंगाल"

अचानक नहीं पर धीरे-धीरे वैष्णवी खुद को समेटने लगी। वह उठी। उसने अपने कपड़े पहने। एक सिगरेट जलाया और उसे आधा खत्म कर लेने के बाद बोली, "यहाँ का सबसे रईस आदमी वह है, जिसके पास प्यार करने के लिए समय हो और मेरे पास वह समय नहीं है, इसलिए आगे से हम नहीं मिलेंगे।"

पॉजी को जैसे लकवा मार गया हो। यह महज संयोग है या ये मोटा, काला आदमी सब कुछ जाननेवाला कोई देवदूत है?

"आ जाओ साब जी, टोईंग ऑफिस तक छोड़ देता हूँ।" सदमे में पड़े पॉजी को देखकर भैंसागाड़ी वाला मुस्कुराया। उसकी मुस्कुराहट को इस बार पॉजी ने अपनी उस बनी बनाई नजर से नहीं देखा कि यह एक गरीब, काले आदमी की मुस्कुराहट है, बल्कि ऐसे देखा जैसे कोई माँ अपने बच्चे की मुस्कुराहट को देखती है और कमाल हो गया, जिस आदमी से अभी कुछ सेकंड पहले तक उन्हें चिढ़ हो रही थी, वही अब उन्हें प्यारा और क्यूट-सा लगा! पॉजी बिना कुछ कहे उस भैंसागाड़ी पर बैठ गए, जिस पर उन्हें कनपटी पर गन तानकर भी नहीं बिठाया जा सकता था। पर बैठने के बाद उन्हें अपना डाउट क्लीयर कर लेना ठीक लगा, "तुम मेरी हेल्प क्यों कर रहे हो?"

"मैं तो बस अपना काम कर रहा हूँ साब जी।" किसी पुराने गाड़ीवान की तरह अपना भैंसा हाँकते हुए वह बोला, "और आपको थैंक्यू बोलने की कतई जरूरत नहीं, मैं उसी ओर जा रहा था।"

पॉजी ने उसे एक बार फिर से वही गाली दी, जो उन्होंने पहली बार दी थी—"चूतिया" पर इस बार उन्होंने इसे अपने मन में ही रखा।

जब वे टोइंग ऑफिस के पास पहुँचे पॉजी ने देखा कि वह स्कूटी वाला, जिससे उनका झगड़ा हुआ था, वह पहले से वहीं खड़ा है। उसके सिर से ख़ून बह रहा है पर दर्द से नहीं, वह इन्तजार से परेशान है। भैंसागाड़ी उसके पास पहुँचते ही रुक गई। स्कूटी वाला कुछ शिकायती लहजे में बोला, "क्या सर! कब से वेट कर रहा हूँ?"

पॉजी ने पहली बार भैंसागाड़ी वाले को चौड़ा होते देखा, "हाँ तो अभी थोड़ा और वेट करो, मैं साब जी को उनकी कार तक छोड़के आता हूँ।"

पॉजी झट भैंसागाड़ी से उतर गए, "नहीं भाई! तुम पहले इसे हॉस्पिटल लेकर जाओ।" और फिर पहली बार स्कूटी वाले से प्यार से बोले, "इतना ख़ून बह रहा है, तुम आटो से क्यों नहीं चले जाते?"

अबकी स्कूटी वाला हैरान हुआ। उसने आश्चर्य से भैंसागाड़ी वाले को देखा, "ये अब भी मुझे कैसे देख रहा है?"

"अरे स्पेशल केस है।" भैंसागाड़ी वाले ने किसी घूस लिए हुए हवलदार की तरह बताया। पॉजी परेशान हो गए, "क्या मतलब कि मैं स्पेशल केस हूँ?"

स्कूटी वाला कुछ बोलने को ही था कि भैंसागाड़ी वाले ने उसे डपट दिया, "चल-चल गाड़ी में बैठ।"

गाड़ी में बैठकर स्कूटी वाले ने अपने कान पकड़े और पॉजी से आखिरी बार सॉरी बोला। पॉजी को अभी सॉरी नहीं सुनना था। उन्हें जानना था कि वे कैसे स्पेशल हैं? स्कूटी वाले के इस सॉरी से वो चिढ़ गए, "क्या सॉरी-सॉरी-सॉरी-सॉरी-सॉरी...अबे कुछ और भी बोल लिया कर?"

भैंसागाड़ी चल चुकी थी। स्कूटी वाले ने पलटकर काले गाड़ीवान को देखा। उसे न बोलने के लिए कहा गया था, पर फिर भी उसने पूछा, "सर बोल दूँ क्या?"

भैंसागाड़ी वाला मुस्कुराया और उसने सिर हिलाकर इशारा किया कि बोल दो और तब थोड़ा दूर छूट गए पॉजी से स्कूटी वाला चिल्लाकर बोला, "यह सिगरेट कब से पी रहे हैं आप?"

टोइंग वालों से अपनी कार छुड़ाकर निकलते हुए पॉजी एक ही बात सोच रहे थे कि क्या उनकी जिन्दगी फेसबुक-ट्विटर की तरह ओपेन हो गई है, जो उनकी हर बात हर कोई जानता है? या सिगरेट देह के साथ-साथ अब उनके दिमाग को भी जला रहा है, जिससे उन्हें ये बेवजह के वहम हो रहे हैं? हालाँकि इन तर्कों के नीचे, मन के दूसरे तहों में, वही एक बात चल रही थी, जो पॉजी से आजकल हर कोई पूछ रहा था, "यह सिगरेट कब से पी रहे हैं आप?"

जब भी वैष्णवी कमरे पर आती, पॉजी कम-से-कम उसे कार तक छोड़ने जरूर जाते। पर उस रोज जब उसने कहा कि अब आगे से हम नहीं मिलेंगे, वे वैसे ही पड़े रहे। उसके चले जाने के बाद उन्हें एक गश-सा आया और कुछ मिनट के लिए उनकी आँख लग गई। जब वे उठे उन्होंने अपने-आपको एक उदासे हुए खालीपन से घिरा पाया। उसे भगाने का एक ही प्रचलित तरीका था—धुआँ। पहले पॉजी को लगा कि शायद उसी दिन से उन्हें सिगरेट की लत पड़ गई थी। पर चौदह साल पुराने समय को, उन्होंने जब और बारीकी से देखना शुरू किया, तो पाया कि नहीं ऐसा नहीं था। वैष्णवी के जाने के बाद वे सिगरेट पीने जरूर गए थे, पर उससे पहले ही उनकी नजर सब्ज़ी बेचनेवाली भाभी पर पड़ गई थी। वह बिहार की किसी उपलब्धि की तरह थीं—लाखों में एक। पॉजी सिगरेट छोड़कर सब्ज़ी लेने मुड़ गए और पता नहीं किस जोश में पैसे देते हुए उन्होंने भाभी की गदोरी में अपने नाख़ून गड़ा दिए। भाभी ने उन्हें एक बार देखा। साफ था कि वो

इस हरकत से खुश नहीं थीं, पर उन्होंने कुछ कहा नहीं। पॉजी सिहर से उठे। घर आकर वे वैष्णवी को भूल गए और बहुत देर तक इस बारे में सोचते रहे कि अगर आज भाभी ने सबके सामने उन्हें गरिया दिया होता तो क्या होता? पहले तो उन्होंने तय किया कि अब से वे किसी लड़की की ओर देखेंगे तक नहीं, पर जब उनका टेस्टोस्टेरॉन बढ़ा तो उन्होंने अपने इस नियम में जरा-सा बदलाव किया—"मैं अपनी ओर से कभी किसी लड़की को एप्रोच नहीं करूँगा।" पर इस नियम से उनके अगले कई महीने खाली चले गए, तब उन्होंने अपने अलिखित संविधान में एक संशोधन और कि—"मैं अपनी ओर से कभी किसी लड़की को एप्रोच नहीं करूँगा, पर मैं पूरी कोशिश करूँगा कि वो मुझे एप्रोच करें।"

और यह संशोधन काम कर गया। पॉजी ने शुभारम्भ सेट (शूटिंग-स्थल) से किया। सौ लोगों की टीम में कम-से-कम दस लड़कियाँ तो होती ही हैं। ड्रेसवाली, असिस्टेंट, हेयर-दीदी, कैरेक्टर आर्टिस्ट, यदि किसी छोटे बच्चे की शूटिंग हुई तो उसके साथ आई माँ, जूनियर आर्टिस्ट...नहीं नहीं जूनियर आर्टिस्ट नहीं, उनका यूनियन बहुत तगड़ा होता है। इसके लिए पॉजी ने कई किताबें भी पढ़ी—'हाउ टू विन फ्रेंड्स एंड इन्फ़्लूयंस पीपल', 'प्रेम की पाँच भाषाएँ', 'दि पिक-अप आर्टिस्ट', 'दि गेम', 'अप्रोचिंग विमन'। इससे पॉजी में दो सुधार आए—एक तो उनका व्यक्तित्व निखरा और दूसरे उन्हें यह पता चला कि इस तरह के काम करनेवाले वे दुनिया में अकेले नहीं हैं और यह कोई गलत काम नहीं है, बल्कि एक आर्ट है। बस इस आर्ट में कुछ चीजों का ध्यान रखना जरूरी है। पहला तो यही कि सामनेवाली को वस्तु नहीं मनुष्य समझना और दूसरा चाहे भले ही आपको उससे प्यार न हो, पर आप उसे धोखा न दे रहे हों। पॉजी को अब समझ आया कि वैष्णवी भी एक 'पिक अप आर्टिस्ट' थी और माहिर आर्टिस्ट। पॉजी तो उसके बनिस्पत अभी नौसिखिए थे। मुस्कुराना चाहिए, नाम लेकर बुलाना चाहिए, सामनेवाले के विचारों का सम्मान करना चाहिए जैसे विदेशी विचार उनके देशी मिजाज में उतने सटीक नहीं बैठ रहे थे। तब इसमें उन्होंने अपनी पत्नी की मदद लेने का फ़ैसला किया। बिना बातों के दो बच्चे पैदा कर चुके पॉजी ने अब

अपनी पत्नी से बातें करनी शुरू की। यह वही समय था, जब कुछ मोबाइल कम्पनियों ने 'रात-भर फ्री में करें बातें' जैसी स्कीमें शुरू की थी। पॉजी ने पाया कि पहले बिना काम के भी रात में थक जाने का बहाना करनेवाली उनकी पत्नी अब सास-ससुर, बच्चे, घर-खेत और भैसों की सेवा-टहल करने के बाद भी उमंग में रहती है। उसे चाहे नींद आ रही हो, पर बातों में रस इतना आता था कि वह नहीं चाहती थी कि फोन कटे...! पॉजी को नहीं पता था कि केवल बातों से भी चरम-सुख पाया जा सकता है। उन्हें लगता था कि आग लगने के लिए चकमक से चकमक का टकराना जरूरी है, पर पत्नी से बातें करते हुए उन्होंने सीखा कि सबसे पहले अपने मन को अपने पार्टनर के मन के सबसे भीतरी खोह में क़ैद कर दो (और यह आसान नहीं है, कोई अभिमन्यु ही मन के चक्रव्यूह को भेदकर इतना भीतर जा सकता है, बाक़ी खुद को भीम, युधिष्ठिर समझनेवाले तो सदियों से दरवाजे पर ही खड़े हैं) और फिर इतने गहरे तहखाने में क़ैद अकेला आदमी जैसे अपनी मुक्ति के लिए छटपटाता है, उस छटपटाहट से (न कि मछली की छटपटाहट से) लड़ो—प्रेमयुद्ध। शुरू-शुरू में हार-जीत का तराज़ू जरूर तुम्हें तोलता रहेगा, पर धीरे-धीरे दोनों ही ओर के योद्धा दुनिया के हर चक्रव्यूह से ऊपर उठने लगेंगे और फिर आकाश में कहीं लुप्त हो जाएँगे। दो लोगों का इस तरह एक साथ भरी दुनिया से गायब हो जाना ही वह ईंधन है जिससे यह दुनिया चल रही है।

पत्नी से दुनिया का सबसे बड़ा ज्ञान पाने के बाद होना तो यह चाहिए था कि पॉजी घर लौट जाते, पर ज्ञान पाने के बाद कौन पुरुष घर लौटा है? पॉजी ने भी खुद को पूरी दुनिया की स्त्रियों के लिए समर्पित कर दिया। अपने किताबी ज्ञान में, पत्नी की बारीक नजर और अपने कुछ अनुभवों को मिलाकर बड़ी सावधानी से उन्होंने अपने लिए एक फार्मूला तैयार किया—जनरल इंट्रोडक्शन के बाद वे सबसे पहले लड़की के नेल-पॉलिश की तारीफ करते, अगर रिस्पॉंस अच्छा होता तो वे अगली मुलाकात में इयरिंग तक पहुँचते और उसके बाद बहुत देख-भालकर लॉकेट की बात छेड़ते। पॉजी का यह पर्सनल एक्सपीरियंस था कि लॉकेट या गले के

किसी भी आभूषण की बात होते ही अधिकतर लड़कियाँ एक बार अपने ब्रेस्ट की ओर जरूर देखती हैं...और यदि इस तारीफ से वो असहज हुईं तो यही मौका होता है, काँख में जूता दबाकर मैदान से बाहर निकल जाने का, लेकिन यदि वे असहज नहीं भी हुईं तो इसका ये मतलब नहीं कि वे तुम्हारे खेल में शामिल हो गईं हैं; हो सकता है कि वे दिलेर हों और अपनी सहजता से तुम्हें धमका रही हों कि मुझे इतने ग़ौर से देखने की जुर्रत कैसे की तुमने? और यदि वे हँसी तो भी यह जरूरी नहीं कि 'हँसी तो फँसी' वाला फार्मूला यहाँ लागू हो जाए; हो सकता है कि वे बस तुम्हें इग्नोर करने के लिए हँस रही हों...और उनके मुस्कुराने के भी कोई एक मतलब नहीं होते; यदि वे तुम्हारे तारीफ से जेनवेनली खुश भी हुईं तो हो सकता है कि वे केवल इतना ही चाहती हों कि कोई उनके च्वाइस की तारीफ करे, क्योंकि इससे हर किसी को कॉन्फिडेंस मिलता है, लेकिन इससे तुम्हें ये कॉन्फिडेंस नहीं होना चाहिए कि उन्होंने तुम्हें चुन ही लिया है; इसलिए लॉकेट की तारीफ के बाद पॉजी झूठ-मूठ के ज्योतिषी बन जाते, पॉजी जिस सदी से आते थे, उस सदी में किसी लड़की का लड़के को अपना हाथ देना बड़ी बात थी, इस सदी में और खासकर इस शहर में यह आम बात हो गई थी, फिर भी पॉजी जिस विधि से यहाँ तक पहुँचते थे, उससे वो लड़कियाँ तो पीछे हट ही जाती थीं, जिन्हें उनमें इंटरेस्ट नहीं होता था, लेकिन एक आर्टिस्ट की असली अग्निपरीक्षा इसके बाद ही शुरू होती है, स्पर्श के अर्थ को समझना दुनिया का सबसे रिस्की बिजनेस है। पर पॉजी ने यह अनुभव किया था कि यदि उस समय खुद के स्वार्थ को भूलकर सामनेवाले की भावनाओं पर फोकस किया जाए तो यह रिस्क बहुत हद तक कम हो जाता है। अब सबसे अन्तिम और जरूरी स्टेप था यह जताना कि मैं तुम्हारा साथ चाहता हूँ, पर सात जन्मों के लिए नहीं, ताकि बाद में एक ख़ूबसूरत अफेयर धोखे के रूप में न याद किया जाए और तब पॉजी किसी-न-किसी बहाने से इस जटिल समय में अपनी पत्नी को ले आते—"कभी-कभी सोचता हूँ कि यदि वाइफ भी यहीं रहती तो जीवन में इतना अकेलापन नहीं रहता...!"

अक्सर तो उनका यह शब्द-भेदी बाण काम कर जाता, पर आखेट की दुनिया में वे अकेले शिकारी तो थे नहीं, कभी-कभी लड़कियाँ भी कटार निकाल लेतीं, "तो तुम अपनी पत्नी को यहीं क्यों नहीं ले आते?"

"पत्नी यहाँ आ गई तो वहाँ माता-पिता की सेवा कौन करेगा?"

"अब तो अच्छा कमा लेते हो, बड़ा फ्लैट ले लो और उन्हें भी अपने साथ रखो।"

"माँ-बाप को भी ले आया तो उनकी भैंसों को कौन देखेगा?"

"तो भैंस बेच दो।"

"अगर भैंस बेच दी तो जाट काहे का?"

लड़कों के लिए तो यह एक मजेदार जोक था, पर पॉजी ने नोटिस किया कि लड़कियाँ इस पर हँसती नहीं, मुँह बिचकाती हैं। पर यह भी पॉजी के फेवर में ही जाता क्योंकि इतने माडर्न टाइम में इतने दक़ियानूसी थॉट वाले बन्दे के साथ कौन बन्दी लम्बी इनिंग खेलना चाहेगी? और पॉजी को बुरा इसलिए नहीं लगता क्योंकि वे जाट थे ही नहीं। यह क़िस्सा उन्होंने किसी जाट से सुना था और उसे अपना बना लिया था। वैसे होने को तो वे सरदार भी नहीं थे, बस अपने स्ट्रगल के दिनों में वो कुछ सरदार बच्चों के साथ रह गए थे। उन्होंने उन्हें पॉजी-पॉजी कहना शुरू किया और फिर उनका नाम ही पॉजी पड़ गया।

तो सौ बात की एक बात ये कि वैष्णवी के जाने के बाद उन्हें सिगरेट की नहीं, "विमेन" की लत पड़ गई थी। तपती गरमी में उन्होंने हेयर-दीदी को कोल्ड-ड्रिंक्स पिलाया, ड्रेस-वाली को उसके घर तक लिफ्ट दिया और एक दिन जब एक असिस्टेंट को डाँट पड़ी तो लंच में वे खुद उसके लिए खाना लेकर गए। शुरुआत तो उन्होंने सेट से ही किया, पर इसके बाद कार्य-स्थलों पर आज भी लड़कियों के इतने बड़े अकाल को देखते हुए उन्होंने अपना 'कुरुक्षेत्र' बनाया पार्टियों को। वैसे भी अपनी-अपनी रूटीन जिन्दगी से ऊबे हुए लोग पार्टियों में कुछ एडवेंचर की तलाश में आते हैं, तो कुछ मूड, कुछ नशा और कुछ माहौल, सब मिलकर पार्टियों को फ्लर्ट के लिए सबसे उपयुक्त जगह बना देते हैं—मिनिमम रिस्क और मैक्सिमम रिजल्ट।

पॉजी को यहाँ से इतना रिजल्ट मिला कि शुरू-शुरू में उन्होंने जो लड़कियों की गिनती शुरू की थी वो तक भूल गए और एक दिन इन्हीं पार्टियों में उन्हें एक बार फिर से वैष्णवी मिली। पहले तो दोनों ही एक दूसरे से बात करने से कतराते रहे। पर जब शराब ज्यादा हो गई और भीड़ कम तब वे एक दूसरे के साथ बैठे लेकिन अब भी उन्हें ये समझ नहीं आ रहा था कि बातें क्या करें? एक ड्रिंक और लेने के बाद आखिरकार वैष्णवी बोली, "तो अब तुम भी खिलाड़ी हो गए हो?"

"तुम्हें कैसे पता?"

"मेरी फ्रेंड...मेरी फ्रेंड की फ्रेंड...मेरी फ्रेंड की सिस्टर...सब खेल चुकी हैं तुम्हारे साथ।"

"वो सब तो तुम तक पहुँचने के लिए बस सीढ़ी थीं।"

"तो क्या तुम्हें अब भी अच्छी लगती हैं सिगरेट पीती और कार चलाती लड़कियाँ?" वैष्णवी हँस पड़ी। पॉजी समझ गए, जो तुम्हें बहुत शुरू से जानता हो वो तुम्हारे किसी भी चक्रव्यूह में सेंध लगा सकता है। इसलिए दोनों ने खेल कैंसल कर दिया और अपनी-अपनी 'कला' की यात्रा, चुनौतियाँ और सहूलियत के बारे में बतियाने लगे, "कभी-कभी लगता है कि हमारी इंडस्ट्री में हर कोई सेक्स के लिए तैयार बैठा है, नहीं?"

हमेशा की ही तरह वैष्णवी ने बोलने से पहले धुएँ के दो छल्ले उड़ाए, "स्ट्रेस और एम्प्टीनेस। एक तो सभी यहाँ उखड़े हुए लोग हैं, अन्दर से एकदम खाली और ऊपर से सब यहाँ आते हैं स्टार बनने और जीते हैं वेटर की सी जिन्दगी, असफलता के उस स्ट्रेस को या तो ड्रग से डील किया जा सकता है या फिर कुछ देर के लिए सब कुछ भुला देनेवाले सेक्स से।"

पहले पॉजी केवल शब्दों को सुनते थे और उन्हें ही सच मान लेते थे, पर अब उन्होंने शब्दों के पीछे झाँकना सीख लिया था, "हमने कभी किसी से प्यार नहीं किया, किसी को धोखा नहीं दिया, सबकी झोली में दो पल की खुशियाँ ही दी; तो तुम खुद को जस्टिफाई क्यों कर रही हो? क्या तुम्हें किसी बात का गिल्ट है?"

वैष्णवी ने इस बार कश लिया तो उसकी आँखें छलक आईं, "ट्रस्ट मी, एक दिन तुम भी खुद को जरूर जस्टिफाई करोगे।"

ऐसे इमोशनल हो जाने के बाद अक्सर लोगों में एक जल्दीबाज़ी होती है खुद को छुपाने की, पर वैष्णवी ने ऐसा नहीं किया, पहले उसने अपना सिगरेट खत्म किया, फिर आँसू पोंछे और फिर पॉजी को बाय करने के लिए हग किया। उसके जाने के बाद पॉजी ने दो ड्रिंक्स और लिए और फिर उस पर हँसे, "मुझे अच्छी नहीं लगतीं ऐसे ज्ञान देती लड़कियाँ...!"

कार पार्क करने के बाद पॉजी ने एक बार फिर से उस पर आए डेंट को देखा और एक बार फिर से उस स्कूटर वाले को गाली दी। गाली देने का मन तो उन्हें उस भैंसागाड़ी वाले को भी हुआ, पर पता नहीं क्यों उन्होंने ऐसा नहीं किया। जब वे लिफ्ट में चढ़े, उन्होंने नोटिस किया कि उनके धुआँ छोड़ते शरीर को सोसायटी वाले वैसे ही देख रहे हैं, जैसे कभी अंग्रेज भारतीयों को देखते थे या सवर्ण दलितों को। पॉजी के मन में आया कि एक-एक कर सबका मुँह तोड़ दें, लेकिन वे बस इतना भुनभुना के रह गए, "कभी किसी को धुआँ छोड़ते नहीं देखा क्या बैंचो...!"

फ्लैट में आकर उन्होंने सबसे पहले फ्रीज का दरवाजा खोला और उसमें से एक बीयर निकाली, लेकिन उनका दिमाग जितना गरम था, बीयर उतनी ठंढी नहीं थी, इसलिए उन्होंने बीयर को फ्रीजर में रख दिया और सोफे में धँसकर एक सिगरेट जला ली। पहले कश के साथ ही उन्हें पहला खयाल आया—"वैष्णवी जिस गिल्ट की बात कर रही थी, क्या यह वही गिल्ट था, जिसके कारण मैंने सिगरेट पीनी शुरू कर दी थी?"

कलाकार यदि जीवन भर कलाकार रहे तो वह शायद बिना गिल्ट के जी सकता है और सन्तुष्टि के साथ मर सकता है, लेकिन दिक़्क़त यही है कि समय के साथ हर कलाकार में दाखिल होती जाती हैं चालाकियाँ। शुरू-शुरू में पॉजी अपने बनाए संविधान को फ़ॉलो कर रहे थे—किसी से प्यार न करना, किसी को धोखा न देना और कुछ पल की एक साझी खुशी का

आदान-प्रदान। पर जैसे-जैसे वे अपनी कला में माहिर होते गए और उन्हें ये गुमान होता गया कि अगर मैं खुदा नहीं तो खुदा से कम भी नहीं, वैसे-वैसे उनके संविधान की 'साझी खुशी' की स्याही धूमिल पड़ती गई और उसके स्थान पर उभरने लगा—"मैं क्या पा सकता हूँ?"

और तब उनके भीतर आया एक नया कौशल—मनिप्युलेशन। समय के साथ उनकी शोहरत भी बढ़ रही थी और दौलत भी। अब वे इस स्थिति में पहुँच चुके थे कि नई लड़कियों को बड़े लोगों से मिलवा सकते थे या उन्हें काम दिलवा सकते थे या उनका खर्च चला सकते थे। हालाँकि इन चीजों के बदले सेक्स लड़कियों के लिए खुशी नहीं, बल्कि मजबूरी थी—बाहर से मुस्कुराती हुई और मन-ही-मन कलपती हुई मजबूरी और किसी की ऐसी मजबूरी का फायदा उठाने को ही कभी सामन्तवाद कहा जाता था, पर चूँकि इस आधुनिक समय में लड़कियों के पास घर बैठने या अपनी प्रतिभा के उच्चतम शिखर तक पहुँचने के दो ऑप्शन होते हैं, इसलिए जो लड़की दूसरा ऑप्शन चुनती है, उसे सक्सेस के लिए खुद को बेच देनेवाली माना जाता है। इतने मजबूत तर्क के बावजूद उनके कलपते मन कहीं-न-कहीं पॉजी की अन्तरात्मा पर अपने दुख के निशान छोड़ ही जाते। हालाँकि तब पॉजी लहरों की सवारी कर रहे थे और उनके ये गिल्ट मन की किसी अनजान गहराइयों में मुँह सिले बैठे थे। वे सब के सब सतह पर तब आए जब सब्ज़ी वाली भाभी जैसी मजबूत महिला उन्हें भींचकर फूट-फूटकर रोईं।

हुआ यह कि इतनी अपार सफलता के बाद भी पॉजी अपने पहले नकार को भूल नहीं पा रहे थे। कुढ़नवश वे अक्सर किसी-न-किसी नई लड़की के साथ उसी बिहारी भाभी के ठेले पर सब्ज़ी लेने जाते और भाभी के अब भी ध्यान न देने पर उनके नौकर के सामने शो-ऑफ करते, "टीवी पर आता हूँ मैं, देखा होगा तुमने माता की चौकी में।"

बाद में पॉजी को पता चला कि वह नौकर नहीं, भाभी का पति है। बहुत शराब पीता है, इसलिए भाभी अधिकतर उसे अपने साथ रखने की कोशिश करती हैं ताकि उस पर नजर रख सकें। धीरे-धीरे उन्होंने पति के शराबी होने का कारण भी पता कर लिया—बच्चा न होना। इस अजन्मे बच्चे

ने जैसे पॉजी को एक और मौका दिया हो और एक दिन अवसर देखकर उन्होंने अपनी चाल चल ही दी। उस दिन पहले उन्होंने सब्ज़ियों की होम डिलीवरी की बात की, अपना पता लिखवाया और फिर धीरे से बोले, "पता है अगर औरत में खोट हो तो बच्चे करने के लिए आदमी क्या करते हैं?" इसके आगे वे कहनेवाले थे कि दूसरी औरत ट्राई करते हैं, पर उससे पहले ही भाभी ने उन्हें उतने ही जोर से डाँटा, जितने धीरे से वो बोले थे, "देखे हैं, टीवी पर आते हो तुम, पर हमसे न ये पैंतराबाज़ी मत बतियाया करो... अन्तिम बार बोल रहे हैं..."

पॉजी पैसे देकर भी बिना सब्ज़ी लिए हुए ही वापस आ गए और उसके बाद महीनों तक उस गली में नहीं गए। लेकिन कुछ महीने बाद एक फोन कॉल से वो चौंक गए, "हम मधुरा बोल रहे हैं, सब्ज़ीवाली...वो आपको होमडिलीवरी देनी थी न...?"

पॉजी अगर इतने अनुभवी न होते तो पहला अन्देशा उन्हें हनीट्रेप का होता। लेकिन मधुरा की आवाज में एक डर था, कुछ गलत शुरू करने से पहले का डर और इस डर को वे न जाने कितनी ही लड़कियों के मन से दूर भगा चुके थे, इसलिए उनकी बाँछें खिल गईं। भाभी के मन-मुताबिक उन्होंने दोपहर का समय तय किया क्योंकि मुम्बई की दोपहर आधी रात से भी अधिक वीरानी होती है। उन्होंने भाभी को सोफे पर बिठाना चाहा पर भाभी ने अपने लिए स्टूल चुना। पॉजी ने उन्हें शीशे के ग्लास में ठंडा पानी दिया। भाभी कुछ देर तक पानी को देखती रहीं, पर उसे बिना पिए ही नीचे रख दिया। पॉजी समझ रहे थे कि वह कुछ कहना चाह रही हैं और यह बहुत जरूरी था कि जो भी कहना हो पहले वो ही कहें। जब पॉजी ने अपनी ओर से कोई हड़बड़ी नहीं दिखाई, तब अपना मन कड़ा करके भाभी ने उन्हें सारी बात बताई। कहने को तो उन्होंने बहुत कुछ कहा, पर पॉजी को केवल की-प्वाइंट याद रहे—"घर वाले बच्चा माँगते हैं। पति निकम्मा है, अस्पताल महँगे, तुम्हीं बताओ मैं क्या करूँ?"

जवाब में पॉजी कह सकते थे कि तुम आईवीएफ ट्राई करो, खर्चा मैं देख लूँगा, लेकिन इसके उलट उन्होंने कुछ ज्यादा ही अलग सवाल

पूछ लिया, "तुम्हें सच में बच्चा चाहिए कि इस अफेयर के लिए ऐसा कह रही हो?"

बदले में भाभी ने उन्हें वैसे ही देखा जैसे तब देखा था, जब पॉजी ने उनकी गदोरी में अपने नाख़ून गड़ाए थे। पॉजी ये तो समझ गए कि भाभी सीरियस हैं, पर अब उन्हें यह सीरियसली सोचना था कि क्या सेक्स पाने के लिए वे एक सब्ज़ीवाली से बच्चा कर सकते हैं?

उस समय पॉजी की कला इतनी उफान पर थी कि अगले दो पल में ही उन्होंने ये तय कर लिया कि एक कलाकार को किसी के साथ भेदभाव नहीं करना चाहिए और सबको सम भाव से देखना चाहिए। लेकिन जब उन्होंने भाभी को छुआ तो वो ऐसे चिहुँकीं, जैसे उनकी जान चली जाएगी और फिर बिना बोले ही उनकी आँखों से टप-टप आँसू गिरने लगे।

"क्या हुआ?" पॉजी ने प्यार से पूछा।

"हमारी इज़्ज़त चली जाएगी।"

रुकने को पॉजी यहाँ भी रुक सकते थे, पर अब तक वे मनिप्युलेशन को सच्चा-आर्ट मानने लगे थे और एक धार्मिक सीरियल में काम करने का उन्हें लम्बा अनुभव हो गया था, इसलिए भाभी को समझाने के लिए उन्होंने धर्म को ही शस्त्र बनाया, "कुन्ती...अपने पति से उसे एक भी बच्चा नहीं हुआ, तब उसने देवताओं को बुलाया और देवता भी खुशी-खुशी आए और इसी तरह पाँचों पांडव हुए और फिर भी कुन्ती की इज़्ज़त नहीं गई, बल्कि आज भी दुनिया की पाँच प्रमुख सतियों में उसका नाम आता है।"

ऐसा नहीं था कि भाभी ये कथा नहीं जानती थी या ये सुनते ही उन्हें ये विश्वास हो गया कि उनकी इज़्ज़त नहीं जाएगी? पर उन्हें जो करना था, उसे एक नैतिक जमीन मिल गई थी और उसके बाद पॉजी और उनके बीच का यह सम्बन्ध अगले पाँच महीने तक जारी रहा। लेकिन जब अलग-अलग तिकड़में लगाने के बाद भी भाभी को बच्चा नहीं ठहरा तो वो पूरी तरह से टूट गईं। अन्तिम दिन उन्होंने पॉजी को कई चाँटे मारे और फिर उन्हें भींचकर फूट-फूटकर रोने लगीं, "काहे किए हमारे साथ ऐसा...हमको बच्चा भी नहीं हुआ और हमारी इज़्ज़त भी चली गई।"

पॉजी कुछ नहीं बोले। अब तक किसी लड़की ने उनके साथ ऐसा नहीं किया था। जो चीटेड फ़ील भी करती थीं, वो चुपचाप उनसे किनारा कर लेती थीं। पर भाभी यहीं नहीं रुकी, शान्त होने के बाद जब वो जाने लगीं, दरवाजे पर एक पल के लिए रुकीं और अपने बिलकुल स्थिर और ठोस शब्दों से उन्होंने पॉजी के कॉन्फिडेंस के दो फाँक कर दिए, "तुम खुद को चाहे जो भी समझो, पर याद रखना तुम कोई देवता नहीं हो।"

भाभी के शब्दों से नहीं, बल्कि उनके दुख से पॉजी इतने आहत हुए कि न जाने कितनी तहों के नीचे सोए उनके अनगिनत गिल्ट, किसी समुद्री लहर की तरह बिलकुल सामने आ गए और वे सारी चालाकियाँ, जो उन्होंने लड़कियों को केवल अपने बिस्तर तक लाने के लिए की थीं, वो सब उन्हें नस्तर की तरह चुभने लगीं और न जाने कितने सालों बाद उनकी आँखों में आँसू आ गए और दिन पर दिन ये गिल्ट पॉजी पर इतने हावी होने लगे, उन्हें अपना जिन्दा रहना खलने लगा। वे खुद को व्यस्त रखने की कोशिश करते, पर उनके अन्दर जैसे सब कुछ खाली हो गया हो। वे लोगों के साथ बैठते तो भी पता नहीं कैसे अकेले ही रह जाते। मन को उलझाने के लिए उन्होंने कश खींचने शुरू किए—एक के बाद एक न जाने कितने ही सिगरेट। होश में और लोगों के सामने तो वे ऐसे ही खुद को जैसे-तैसे सँभाले रहते, पर घर पहुँचकर जब भी शराब पीते रो पड़ते और उनका मन करने लगता कि वे उन सभी लड़कियों को फोन करके उनसे माफ़ी माँगें, जिन्हें उन्होंने अपनी चालाकी और हैसियत के जोर से पाया था। एक दो लड़कियों को तो उन्होंने फोन कर भी दिया था। वे यह सुनकर हैरान हुई कि पॉजी उनके बारे में ऐसा सोचते हैं। उन्होंने पॉजी को इस बारे में अधिक न सोचने की सलाह दी और समझाया कि, "इट वाज फन।"

हालाँकि इससे पॉजी का गिल्ट घटने के स्थान पर और बढ़ गया। अब उन्हें यह लगने लगा कि उन्होंने सबको इस चालाकी से छला कि किसी को पता भी नहीं चला और इस बढ़ते अपराधबोध के साथ ही उनकी सिगरेट भी बढ़ती चली गई। अब वे उठते ही सबसे पहले सिगरेट जलाते और बिस्तर पर पड़ जाने तक अपने आत्मा पर मरहम लगाते रहते। उस समय एक स्ट्रगलर

लेखक ने जो अपने गुरबत के दिन काटने के लिए कुछ दिन उनके घर पर रुका था, पॉजी को टोका भी था, "आप कहते हैं कि सिगरेट आत्मा का मरहम है, पर ये तो दागता है।"

इस पर पॉजी ने अमिताभ बच्चन की तरह पंच मारा था, "सिगरेट दिल के घाव दागता है।"

अब तक बीयर चिल्ड हो चुकी थी। इसलिए पॉजी ने उसे फ्रीजर से बाहर निकाला और इस यक़ीन के साथ पीने लगे कि यह उनका अपराधबोध और अन्दर की वह आत्मघाती बेचैनी ही थी, जिसे शान्त रखने के चक्कर में उन्हें सिगरेट की लत लगी। लेकिन अभी आधी बीयर भी खत्म नहीं हुई थी कि उनका यह यक़ीन किसी पक्के शराबी की तरह डगमगाने लगा, "अगर मैंने अपराध बोध के कारण सिगरेट पीना शुरू किया था तो वो काम क्यों नहीं रोका, जिससे यह गिल्ट पैदा हो रहा था?"

अपने इस सवाल का जवाब खोजते हुए पॉजी को एक बार फिर से वैष्णवी याद आई, "ट्रस्ट मी, एक दिन तुम भी खुद को जरूर जस्टिफाई करोगे।"

और सचमुच पॉजी बहुत जल्द ही समझ गए कि इस गिल्ट का इलाज सिगरेट नहीं है और यदि अपराधबोध एक हीन भावना है तो उसे एक ताकतवर विचार से ही जीता जा सकता है और उस विचार तक पहुँचने में पॉजी ने अधिक देर की।

अक्सर तो नहीं पर कभी-कभार, जब उन्हें अपने लिए भी थोड़ा बहुत वक्त मिल जाता तो वे यह जरूर सोचते कि आखिरकार उनमें ऐसी कौन सी कमी है, जिसे वो सेक्स पाकर पूरा करना चाहते हैं? पहले वो इस निष्कर्ष पर पहुँचे थे कि यह कोई कमी नहीं, बल्कि एक लक्जरी है, जिसे पाना सब चाहते हैं लेकिन जिसे पाने का हुनर उनके जैसे कुछ खास लोगों में ही होता है। बाद में उनके मन में यह सवाल भी उठा था कि जब सब कुछ सेम ही रहता है तो एक ही लक्जरी को बार-बार क्यों दुहराना? लेकिन तभी उन्हें एक घुंघराले बाल वाली लड़की दिखी थी, जिसका चेहरा दिए की तरह रोशन था और उन्हें अपना जवाब मिल गया था—"इट्स फेस

व्हिच एक्साइट अस और हर चेहरे की अलग कहानी होती है, जिसे हम पढ़ना चाहते हैं।"

लेकिन जब पॉजी का अपराधबोध उनकी हर खुशी को ढँकने लगा तब वह अपना कोई ऐसा सच तलाशने लगे, जिसमें वह पीड़ित हों। बड़े होने के बाद तो वे इतने एग्रेसिव थे कि कोई उनका बाल भी बाँका नहीं कर सकता था, पर बचपन में एक बार जरूर उनका चाइल्ड-अब्यूस हुआ था और उनके दिमाग ने इसी को अपना हथियार बनाया। जब तक उन्होंने इस बारे में नहीं सोचा था, तब तक उन्हें कोई आइडिया नहीं था, लेकिन धीरे-धीरे उन्हें सचमुच में यह यक़ीन होने लगा कि वह दूसरों के साथ जो भी गलत करते हैं, दरअसल अपने साथ हुए 'गलत' से उबरने के लिए करते हैं और यह डिफेंस-मैकेनिज्म काम कर गया। धीरे-धीरे पॉजी की सिगरेट कम होती चली गई और दूसरी लत पहले की तरह ही हावी।

अपना इतिहास दुहराते हुए पॉजी कई बीयर पी गए और पता नहीं ये पुराने समय का असर था या नई शराब का या दोनों का ही पर उन्हें हद से अधिक नशा हो गया। पर इतने नशे में गोता लगाते हुए भी उन्हें अपना यक्ष-प्रश्न याद रहा—"अगर मेरा गिल्ट भी सिगरेट की लत का कारण नहीं है, तो वह कौन सा गड्ढा है, जिसे मैं इतने सालों से धुएँ से भरता आ रहा हूँ?"

शायद यह सवाल उन्हें अजगर की कुंडली की तरह खुद में लपेटे रहता और वह वैसे ही धीरे-धीरे सो जाते, जैसे कोई जीव मृत्यु की गोद में निढाल हो जाता है। लेकिन तभी उनके दरवाजे की घंटी बजी। पॉजी में उठने की ताकत नहीं थी, इसलिए उन्होंने इसे सुनकर भी अनसुना किया। एक बार, दो बार, न जाने कितनी बार। पॉजी वैसे ही उठे, जैसे मौत आ जाने के बाद आत्मा को शरीर छोड़ना पड़ता है। सामने वही भैंसागाड़ी वाला था, "साब जी! आपकी एंजेला से बात हुई क्या?"

अब पॉजी को निश्चित हो गया कि यह उनका वहम है। उन्होंने उसे जोर से गाली दी, 'भाग भो...' और उतने ही जोर से उसके मुँह पर दरवाजा

बन्द कर दिया। उन्होंने भले ही अपने वहम को भगा दिया हो, पर एंजेला को अपनी यादों से कैसे भगाते? वह उनके जीवन की सबसे बड़ी सच्चाई थी—किसी फेयरी टेल की तरह की सच। वह जमीन पर ही पसर गए और एंजेला को वैसे ही देखने लगे, जैसे कोई विष्णु-भक्त अपने अन्तिम समय में मोक्ष को देखता है।

यह पॉजी के अपने गिल्ट से उबर जाने के बाद का कोई समय था और सूर्योदय के साथ मैजिक ऑवर शूट। वह फिल्म-सिटी के हेलीपैड पर खड़े-खड़े सूरज के उगने का जादू देख रहे थे कि तभी उन्हें ऐसा लगा, जैसे कोई लड़की आसमान से उतर रही हो—धीरे, धीरे, धीरे। वह पहाड़ के दूसरे सिरे पर उतरी और फिर उसी मन्थर गति से वैनिटी-वैन की ओर चली गई। उसमें न जाने कौन सा आकर्षण था कि पॉजी सूर्योदय का जादू भूल गए और उसके पीछे-पीछे खींचे चले गए। उन्होंने वैनिटी-वैन के दरवाजे को हौले से छुआ। दरवाजा जैसे अपने आप खुल गया—सामने एक परी-सी लड़की खड़ी थी, किसी सात्विक देवी की सी मुस्कुराहट में लिपटी हुई। पॉजी उसे एकटक देखते रहे। उसकी मुस्कुराहट जस की तस रही। पॉजी आजतक ऐसी लड़की से नहीं मिले थे जो एकटक देखने पर भी मासा भर भी न बदली हो।

"क्या तुम जूनियर आर्टिस्ट हो?" आखिरकार उन्होंने पूछा।

इस पर वह किसी कली की तरह हँसी, "क्या मैं तुम्हें कोई जूनियर आर्टिस्ट लगती हूँ?"

इससे पहले कि पॉजी कोई जवाब देते, एक असिस्टेंट डाइरेक्टर उन्हें शूटिंग के लिए बुलाने आ गया। शूट करते हुए भी वह लड़की, वैष्णवी के पीछे-आगे दिखती रही। पॉजी को यक़ीन हो गया कि वह कोई जूनियर आर्टिस्ट ही है और उन्हें जूनियर आर्टिस्ट यूनियन से डर लगता था, इसलिए बहुत चाहते हुए भी उन्होंने उससे कोई बात नहीं की।

कई दिनों बाद एक रोज आधी रात जब वह शूट से लौट रहे थे तब वह उन्हें फिर दिखी—मलाड-सबवे के उस ओवरब्रिज पर एकाकी

बैठी हुई, जिसके ऊपर से धड़धड़ाती हुई लोकल गुजरती है और नीचे से मुम्बई की बाक़ी भीड़। पॉजी की कार को रुकना ही था। विंडो से सिर निकालकर उन्होंने उसे आवाज दी, "यहाँ किस सीरियल की शूटिंग चल रही है?"

वह कुछ नहीं बोली, बस अपने-आपमें खोई हुई मुस्कुराती रही। उसके बाद पॉजी ने कई वाक्य सोचे और उन सबको किसी नौसिखिए छात्र की तरह अपने मन की स्लेट से पोंछ दिए। सबसे अन्त में उन्हें "हाउ टू विन फ्रेंड्स एंड इन्फ़्लूयंस पीपल" की उस सीख का सहारा लेना पड़ा, जो उस किताब के लेखक के अनुसार किसी भी अजनबी के साथ बात शुरू करने के सबसे सटीक तरीक़ों में से एक था—"यहाँ का मौसम बहुत सुहावना है।"

पता नहीं कैसे, पर लेखकों को लोगों के बारे में कुछ तो ऐसा पता होता है, जिससे बाक़ी दुनिया अनजान होती है। एंजेला की मुस्कुराहट दिल की धड़कन की तरह बढ़ गई और आखिरकार उसे भी बोलना पड़ा, "इसीलिए तो मैं तुम्हारी इस धरती पर कभी-कभार आती हूँ।"

पॉजी को थोड़ा गुस्सा भी आया और थोड़ी झल्लाहट भी हुई, "तुम क्या पागल हो?"

वह फिर से पहली बार की तरह हँसी, "मैं क्या तुम्हें पागल लगती हूँ?"

उस रात पॉजी उसे अपने फ्लैट तक ले आने में तो सफल नहीं हुए, पर उन्हें एंजेला का नाम और नम्बर पता लग गया। कई दिनों तक अनगिनत मौलिक सन्देश लिखने और मिटाने के बाद आखिरकार पॉजी ने उसे एक पुरानी फिल्म का एक फेमस डॉयलॉग, अपनी समझ से किए हुए कुछ फेरबदल के साथ भेजा—"ब्रीज से लटकते हुए आपके नंगे पाँव देखे, बहुत हसीन थे, अगर आप उन्हें जमीन पर उतारना चाहें तो मेरे पास उनके लिए एक उतना ही हसीन सैंडल है।"

एंजेला को पता था कि ये राजकुमार की फिल्म पाकीजा का डॉयलॉग है। उसके बाद एंजेला को करीब लाने के लिए पॉजी ने वही सब पैंतरे आजमाए, जिनमें वो बाक़ी लड़कियों के केस में सफल हो चुके थे। पर एंजेला उनके

बने बनाए गढ़ को ऐसे नेस्तनाबूद करती गई जैसे वह उनके हर कदम को पहले से जानती हो। आखिरकार थक-हार कर पॉजी ने उसके सामने हथियार डाल दिए, "तुम मुझसे चाहती क्या हो?"

कुछ देर बाद उसका सन्देश चमका—"पृथ्वी पर एक बार केवल दो चीज़ें होती हैं, तुम लोग पैदा होते हो और मरते हो, शेष सब एक अन्तहीन दुहराव है। मैं चाहती हूँ कि मुझे पाने के लिए तुम वो करो जो आजतक और किसी लड़की के लिए नहीं किया।"

यह पढ़कर पॉजी एक गहरी सोच में डूब गए। वे अब तक इतनी लड़कियों के साथ सो चुके थे कि उन्हें करीब लाने के जो भी दुनियावी तरीके थे और जो कुछ भी उनके मौलिक तजुर्बे थे, वे सब वे किसी-न-किसी पर आजमा चुके थे और तब उन्होंने जाना कि यह इनसानी संसार भी जानवरों की तरह कितने सीमित ढर्रों तक सिमटा हुआ है। इन बँधे-बँधाई पक्की सड़कों से बस एक ही कच्ची गली दिल की असली गहराई तक जाती है, लेकिन उस गली की समस्या ये है कि वहाँ खुद के टूटने के इतने मलबे होते हैं, सड़ती हुई इच्छाओं की इतनी लाशें, दर्द के इतने रिसते नाले और सभ्यताओं के इतने बहते हुए पाखाने कि लाखों में कोई एक व्यक्ति ही, वो भी होश में नहीं, नशे के किसी खास क्षण में और वो भी मरने की तरह जीवन में एकाध बार ही, किसी तरह गिरते-पड़ते वहाँ से गुजरता है और फिर उस अनगढ़ रास्ते को खुद से ही ऐसे छुपाता फिरता है कि मरते मर जाए पर, दिल की असली गहराइयों तक जाने का पता वह किसी को भी नहीं बताता—सब राज जाननेवाली अपनी सबसे अज़ीज प्रेमिका को भी नहीं और एंजेला कह रही थी कि मुझे पाने के लिए तुम वो करो जो आजतक और किसी लड़की के लिए नहीं किया, तो क्या पॉजी उसे उस गली से लेकर जाएँगे, जिसके करीब कभी वे अपनी पत्नी को भी लेकर नहीं गए, न ही वैष्णवी को और न ही किसी और लड़की को?

पॉजी ने यहाँ भी चालाकी से काम लिया। वे जानते थे कि दूसरों को उनके दुख से तो प्यार हो सकता है लेकिन गन्दगी से नहीं। इसलिए बहुत सोच-समझकर उन्होंने ये निर्णय किया कि वे एंजेला को गली के उस मोड़

तक लेकर जाएँगे, जहाँ से केवल उनके दर्द दिखें—सच्चे और अब तक किसी से भी साझा न किए गए पनही में छुपे काँटे की तरह करकते दुख।

उन्होंने एंजेला को अपने स्ट्रगल के दिनों की जिन्दगी दिखाई, मगर पुरानी फिल्मों के उदास कर देनेवाले गानों की तरह नहीं, बल्कि एक एडवेंचर-ट्रिप की तरह—एंजेला के साथ उन्होंने बे-टिकट लोकल ट्रेन का सफर किया और पकड़े जाने पर टीटी के सामने किसी सचमुच के गरीब आदमी की तरह हाथ खड़े कर दिए कि मेरे पास तो एक रुपया भी नहीं है और यहाँ तक कि रेलवे-पुलिस के हवाले कर दिए जाने पर उन्होंने हवालात में एक पूरा दिन गुजारा और फिर छूटने पर वापस बिना टिकट उसी लोकल में सफर किया और आधी रात में स्टेशन-शॉप से चुराकर उन्होंने एंजेला को यह कहकर बहुत ज्यादा मीठे बूँदी के लड्डू खिलाए कि इनका स्वाद बचपन में गाँव की बारात में खाए गए लड्डुओं की तरह होता है। उस रात हो रही बारिश में उन्होंने चलती ट्रेन से आधा बदन बाहर निकालकर बारिश की फुहारों और ठंढी हवा को अपने चेहरे को ऐसे चूमने दिया, जैसे वो अपने शुरुआती दिनों की किसी प्रेमिका को चूम रहे हों, जबकि वास्तव में उन्होंने अपने स्ट्रगल के दिनों में भी ऐसा नहीं किया था। पॉजी के इस आत्मीय सुख को देखकर एंजेला ने भी ऐसा ही किया और पता नहीं उसने यह सचमुच में महसूस किया या यह पॉजी का प्रभाव था लेकिन उसे मानना ही पड़ा कि जिस स्वर्ग की बात होती है, वह एक नकली स्वर्ग है और हक़ीकत में यही असली स्वर्ग है। अगले दिन वे एंजेला को लेकर बस में गए और एक फटा हुआ नोट देकर कंडक्टर से टिकट खरीदने की असफल कोशिश की। दूसरा नोट न देने पर कंडक्टर ने बस रोककर उन्हें बस से उतार दिया। एंजेला को उन्होंने बताया कि ऐसा उनके साथ गुरबत के दिनों में भी हुआ है। यह सच था, लेकिन उस सच्चाई की टीस को ऐन उस वक्त पर अपनी आँखों में ले आना, जब कि कोई लड़की उनमें झाँक रही हो पॉजी की कला थी। उसके बाद वे अपने शुरुआती दिनों के रेज्यूमे और पोर्टफोलियो लेकर कई प्रोडक्शन हाउस में गए और एंजेला को यह दिखाने की कोशिश की, कि शुरू-शुरू में लोग कैसे उन्हें दरवाजे से ही

भगा दिया करते थे। लेकिन पॉजी का सीरियल अभी चल रहा था और अधिकतर प्रोडक्शन हाउस वाले उन्हें पहचानते थे, इसलिए अब किसी ने उनके साथ ऐसा नहीं किया। पर पॉजी की यह असफल कोशिश भी उनके पक्ष में गई और एंजेला इस पर ख़ूब हँसी।

भूख लगने पर वे एंजेला को एक बहुत महँगे रेस्टोरेंट में लेकर गए और सड़क किनारे खड़े एक खोमचे वाले को दिखाकर किसी मँझे हुए अभिनेता की तरह एक इमोशनल हँसी हँसकर बोले, "पहले मैं वहाँ से दो रुपए की मूँगफली खरीदता था और सोचता था कि वे कौन ऐयाश लोग होते होंगे, जो इतने महँगे रेस्टोरेंट में पैसा उड़ाने आते होंगे।"

बात इस ढंग से कही गई थी कि सामनेवाला हँसे। पर एंजेला वैसे ही इमोशनल हुई जैसा कि पॉजी चाहते थे। डिनर करते हुए पॉजी ने वो तमाम बातें एंजेला से कहीं, जो सचमुच में आज तक उन्होंने किसी से नहीं कही थी—चाहे चॉल में रहने की बात हो, लोगों से झूठ बोलकर उधार लेने की, दोस्तों के जूते, कपड़े और किताबें उड़ाने की या फ्री के खाने के लिए मन्दिर और गुरुद्वारों के चक्कर लगाने की। जब आप सफल हो जाते हैं तो आपके स्ट्रगल की स्टोरी आपके लिए तमगा बन जाती है। पॉजी उसे अपने तमगे ही दिखा रहे थे, पर इस अन्दाज में कि वे एंजेला के सामने अपना दिल खोल रहे हैं। सबसे अन्त में वे उसे नेचुरल की आइसक्रीम खिलाने ले गए और एक बहुत ही छोटी-सी बात को उन्होंने अपने सबसे बड़े राज की तरह खोला, "यह मेरी जीवनसंगिनी है, मैं मुम्बई छोड़ सकता हूँ, पर आइसक्रीम नहीं।"

यह सच नहीं था। पॉजी से यह बात एक लड़की ने कही थी—हुबहू। तब पॉजी ने कहा था कि मुझे आइसक्रीम पसन्द नहीं और उस लड़की ने बिलकुल पॉजी की आँखों में देखते हुए यह जवाब दिया था कि लड़कियाँ उन लड़कों पर ट्रस्ट नहीं कर पातीं, जिन्हें आइसक्रीम पसन्द नहीं होती। पॉजी को यह बात याद थी, इसलिए उन्होंने एंजेला को आइसक्रीम खिलाना जरूरी समझा, ताकि वह उन पर यक़ीन कर सके और पॉजी की चाल काम भी कर गई। कम-से-कम उस समय तो पॉजी को यही लगा। आइसक्रीम

पार्लर में, सबके सामने ही एंजेला ने उन्हें हग कर लिया और पहले किस की सी मुलायमियत की तरह उनके कान में फुसफुसाई, "तुम और ये कुछ दिन मुझे हमेशा याद रहेंगे।"

उस समय पॉजी के होंठ चुप थे, पर उनका मन मुस्कुरा रहा था। उन्होंने इस पीढ़ी के फिल्मों के प्लेबॉय शाहरुख खान को हरा दिया था। फिल्म 'कल हो न हो' में शाहरुख खान ने भी बड़ा डरते-डरते कहा था कि 'सिक्स डे और लड़की इन' पर पॉजी ने यहाँ तीन दिन में ही लड़की को जीत लिया था। लेकिन यह उनके मन की जीत की तरह ही उनके मन का वहम निकला। एंजेला उस समय जरूर चली गई थी, पर पॉजी ने ये सपने में भी नहीं सोचा था कि यह उससे अन्तिम मुलाकात होगी। अगले दिन उन्होंने उसे मैसेज किया। उसका कोई जवाब नहीं आया। उन्होंने फोन किया। फोन आउट ऑफ कवरेज एरिया जा रहा था। एंजेला को खोजते हुए वो सुबह-सुबह फिल्म सिटी के हेलिपैड पर गए और आधी रात को मलाड सब-वे तक। एक बार नहीं, कई-कई बार। पर एंजेला फिर उन्हें कभी नहीं मिली। उन्होंने कार छोड़कर कई कई बार लोकल में बे-टिकट सफर किया कि शायद वह उन्हें मिल जाए, लेकिन इन भागीरथी प्रयासों के बाद भी स्वर्ग से गंगा नहीं उतरीं। पॉजी ऐसे निराश हुए, जैसे कोई चमकता सितारा अचानक से बुझ गया हो—"ऐसे कौन जाता है—बिना मिले, बिना अलविदा कहे?"

समय के साथ वे एंजेला का चेहरा तक भूलने लगे। लेकिन जब उसने पॉजी को हग किया था, उसके बदन की एक दुर्लभ गन्ध उनकी आत्मा में बस गई थी—पारिजात के फूलों की सी भीनी-भीनी गन्ध। लाख जतन करने पर भी पॉजी उस गन्ध को नहीं भुला पा रहे थे। सबवे से लटके हुए एंजेला के छोटे-छोटे पाँव, उनके सपने में आते और वो चौंककर जाग जाते। जब वे कैमरे को देखते, उन्हें मुस्कुराती हुई एंजेला दिखती और वो अपने डॉयलॉग भूल जाते। क्या यही वह प्यार था, जिसकी बात यत्र-तत्र-सर्वत्र की जाती है? या यह बहुत सारी लड़कियों को जीत चुके एक ओवर कॉन्फिडेंट आदमी के जीत की हार थी, जिसे पॉजी पचा नहीं पा रहे थे?

धीरे-धीरे उन्हें एंजेला की याद इस बुरी तरह सताने लगी कि वे आत्महत्या तक के बारे में सोचने लगे। वे घंटों अपनी बालकनी में, या किसी ओवरब्रिज पर या किसी पटरी किनारे खड़े हुए न जाने किस शून्य में झाँकते रहते और बस एक कदम आगे खड़ी मृत्यु उन पर मुस्कुराती रहती। इस अवसाद से उन्हें तीन चीजों ने बचाया। पहली टीवी की दुनिया में अर्जित की गई उनकी उस सफलता ने, जो अब भी एक सन्तोष की तरह उनसे चिपकी हुई थी। दूसरी उन पैसों की जरूरत ने, जिनको खर्चने से उनका यह अवसाद, किसी परछाईं की तरह उनसे फर्लांग भर की दूरी पर रहता और तीसरी और सबसे बेहतरीन चीज थी सिगरेट। कुछ पल के लिए ही सही पर सिगरेट का धुआँ उनके भीतर जाकर, उनके शव हो चुके मन को ऐसे जगा देता कि उन्हें जिन्दा रहने की दो जरूरी वजहें फिर से दिखने लगतीं।

और यह सब पॉजी के साथ एक ऐसी उनींदी अवस्था में हुआ कि वे खुद भी नहीं जान पाए कि कब सिगरेट उनके लिए साँस लेने की तरह जरूरी हो गया। वे बस एक के बाद एक सिगरेट पीते गए और जीते गए। उनके दोस्त-यार, उनके ही घर में शराब, गाँजा और ड्रग्स लेकर बेसुध हो जाते लेकिन वे सबके साथ भी केवल सिगरेट पीते हुए जागते रहते। उनके दिल में एक ऐसा सुराख हो गया था जहाँ केवल सिगरेट का धुआँ ही पहुँच पाता था और वे बाक़ियों की तरह बेसुध होकर, अपने दिल के उस गहरे घाव को भूलना नहीं चाहते थे। वे उसे याद रखते हुए जीना चाहते थे या शायद वे बस इसलिए जीना चाहते थे ताकि उसे याद रख सकें और इसलिए मरने की परवाह किए बिना वे अन्तिम साँस तक सिगरेट पीना चाहते थे। अब उन्हें याद आ गया कि उन्हें सिगरेट की लत कैसे लगी। लेकिन शायद यह लत नहीं थी, ये धुएँ का वह सहारा था, जिसके एक सिरे को थामकर, वह अपने दिल की उस गहराई में उतर पाते थे, जहाँ वह प्यार था, जो हम मनुष्यों को सचमुच में मनुष्य बनाता है। पॉजी सिगरेट इसलिए पीते थे ताकि उनके दिल का वह हिस्सा धड़कता रहे, जिसके जिन्दा रहने से दिल को दिल कहा जाता है...!

लेकिन दिल को जिन्दा रखने के चक्कर में उन्होंने अपने लीवर, किडनी और पूरे शरीर को इतना जला लिया कि उनका रोम-रोम सुलगने लगा और उन्हें डॉक्टर के पास जाना पड़ा। लेकिन ये सब जानकर भी पॉजी खुश हुए कि कम-से-कम उन्हें ये पता है कि वे सिगरेट क्यों पीते हैं! दुनिया को चाहे जो भी लगे पर, वे जिस वजह से सिगरेट पी रहे थे, कम-से-कम उनके लिए वो वजह उनकी जिन्दगी से भी बड़ी थी।

पॉजी को ऐसा लगा जैसे उनके दिल के उस सुराख में सोई हुई एंजेला जाग गई हो और उन्हें प्यार से देखते हुए मुस्कुरा रही हो। पॉजी की आँखों से सुकून के आँसू बहने लगे। उन्होंने एंजेला को फोन लगाना कब का बन्द कर दिया था। लेकिन कई फोन बदलने के बावजूद उसका नम्बर अब तक सँभालकर रखा था। सालों बाद आज उन्होंने फिर से एंजेला को फोन लगाया। परिणाम वही था—"आप जिस नम्बर से बात करना चाहते हैं वो नम्बर इग्ज़िस्ट नहीं करता।"

पॉजी की हताशा हँस पड़ी, लेकिन तभी न जाने कैसे वो भैंसागाड़ी वाला, बन्द दरवाजे को बिना खोले ही भीतर आ गया और मुस्कुराकर बोला, "साब जी! उस नम्बर पर बात नहीं होगी, ये नम्बर ट्राई करो।"

और उसने पुराने जमाने का अपना छोटा-सा फोन पॉजी को पकड़ा दिया। पॉजी उससे पूछना चाहते थे कि तुम अन्दर कैसे आए? पर एंजेला का नया नम्बर देखकर उन्हें और कुछ याद नहीं रहा, सिवा उसे फोन करके के। उन्होंने नम्बर डायल कर दिया। घंटी पूरी गई पर फोन नहीं उठा। पॉजी ने भैंसागाड़ी वाले को घूरकर देखा। वह मुस्कुराया, "उठाएँगी...उठाएँगी... एक बार और ट्राई करो।"

भैंसागाड़ी वाले का कॉन्फिडेंस, पॉजी के ओवर कॉन्फिडेंस से भी थोड़ा अधिक था। पॉजी दुबारा कॉल करने ही वाले थे कि उस छोटे से फोन पर पॉजी के जीवन का सबसे बड़ा सुख चमकने लगा—"एंजेला मेम साब इज कॉलिंग।"

पॉजी ने भैंसागाड़ी वाले की तरफ देखा। उसने हाँ में सिर हिलाया। पॉजी ने फोन उठाया। दूसरी ओर से सूरज के धूप-सी रोशन करती हुई एंजेला की आवाज आई, "हेलो..."

पॉजी के अन्दर से ऐसी रुलाई छूटी कि वे बोल नहीं पाए। दूसरे हेलो के बाद जब उन्होंने खुद को सँभाला तो इस बार एक सच्चे प्रेमी की नाराजगी ने उन्हें घेर लिया। एंजेला न जाने कहाँ थी, उनसे न जाने कितनी दूर, पर पॉजी को अभी यही लग रहा था कि वह बिलकुल उनके सामने बैठी है और उनके चेहरे के हर रंग को देख रही है। जब तीसरी हेलो के बाद भी पॉजी ने कुछ नहीं कहा तो आदमियों की दुनिया में हर दूसरे वाक्य के बाद बोले जानेवाले एक शब्द को, एंजेला ने अपने अन्तस की कुछ उस गहराई से कहा जैसे इतने सालों से वह हर क्षण पॉजी को याद करती रही हो—"सॉरी।"

उसके बाद दोनों फोन के दोनों ओर बहुत देर तक चुप रहे और उसके बाद भी जब उनकी बातें हुईं तो वे कोई खास नहीं थी। न पॉजी ने उससे यह पूछा कि तुम क्यों मुझे बिना बताए चली गई और न उसने बताया। पर जैसे अँधेरे कमरे को एक दिया बिना बोले ही रोशन कर देता है, वैसे ही पॉजी को यह लगने लगा जैसे उनके दिल के सुराख में एक दिया जल उठा है। अन्त में भरे गले से पॉजी केवल इतना ही बोल पाए कि इतने सालों बाद अब क्यों? इसका जवाब भी एंजेला ने एक लम्बी चुप्पी के बाद दिया, "क्योंकि अब तुम मरनेवाले हो और जो आदमी तुम्हारे सामने खड़ा है वो यम का दूत है।"

पॉजी ने एक बार उस भैंसागाड़ी वाले को देखा और फिर मोबाइल पर धीरे से बोले, "तुम हो कौन?"

एंजेला जब बोली उसकी आवाज ठहरे हुए पानी की तरह स्थिर थी और आकाश की अनगिनत तहों की तरह अनेक तहें समेटे, "जब तुम यहाँ आ जाओगे, खुद ही जान जाओगे।"

उसके बाद दोनों ने और कोई बात नहीं की। एक छोटे से मौन के बाद पॉजी ने फोन उस यमदूत को वापस कर दिया। यमदूत बिना बोले वैसे ही उस बन्द दरवाजे से जाने लगा जैसे वह आया था। पॉजी ने उसे पीछे से आवाज दी, "मुझे लेकर नहीं जाओगे?"

यमदूत मुस्कुराया, "अभी आपका समय नहीं आया है साब जी।"

"और कितना समय है मेरे पास?"

"शनिवार रात दस बजे तक का।" यमदूत ने कहा और उन लोगों को लेने चला गया, जिनके बारे में पूछने पर उसने पॉजी से कहा था कि वो मैं आपको नहीं बता सकता साब जी!

अभी बुधवार था और घड़ी रात के ठीक दस बजा रही थी। पॉजी के पास अभी तीन दिन थे और यह जानकर कि वे तीन दिन में मरनेवाले हैं, उन्हें ये नहीं समझ आ रहा था कि अब वे क्या करें?

पॉजी ने टेबल पर रखे सिगरेट के डिब्बे को देखा। सालों में ऐसा पहली बार हुआ कि उन्हें सिगरेट पीने की चाहत नहीं हुई। पर अब उनके पास करने के लिए कुछ था भी नहीं, इसलिए उन्होंने पैकेट उठा लिया और एक सिगरेट जला ली। सिगरेट पीते हुए उन्हें यह ध्यान आया कि उनके लिए अब न तो सिगरेट में कोई नशा है और न ही उनके भीतर उसे पीने की कोई इच्छा और फिर भी वो इसे पी रहे हैं क्योंकि शायद यही सिगरेट करता है, वो आदमी के खालीपन को भरता है।

वे रात-भर एक के बाद एक सिगरेट जलाते रहे और अपने पूरे जीवन को वैसे ही याद करते रहे जैसे कि एक मरता हुआ आदमी याद करता है। जब पृथ्वी की सुबह हो गई और अधिकतर मुम्बईकर इस बात से बेखबर अभी सो ही रहे थे, तब पता नहीं क्यों पॉजी को अपने फ्लैट से बाहर निकलकर यह दुनिया देखने की इच्छा हुई। वे सड़क पर निकल आए और सिगरेट पीते हुए और यूँ ही भटकते हुए, धीरे-धीरे इस शहर को जागते हुए देखते रहे। ये जान जाने के बाद कि वे तीन दिन में मरनेवाले है, उस शहर को देखने का जिसे कि वे पिछले 18 सालों से जीते आ रहे थे, उनका नजरिया अचानक से बदल गया। उन्होंने ऐसी अनगिनत बातें नोटिस कीं, जिसे उन्होंने कभी नहीं देखा था। उन्होंने देखा कि झाड़ू लगानेवाले लोगों के कपड़े उसी सड़क पर चलनेवाले लोगों के कपड़ों से अलग हैं और ऑटो चलानेवाले और उनमें बैठनेवालों के कपड़े भी एक

दूसरे से मेल नहीं खाते। पता नहीं क्यों, अब तक उन्हें सारे मनुष्य एक ही प्रजाति के लगते आए थे, पर आज उन्होंने पाया कि नारियल पानी पीनेवाले और बड़ा पाव खानेवाले लोग दो अलग-अलग मानवीय प्रजाति हैं। बाद में तो पॉजी के पास कार हो गई पर जब वे पैदल चलते थे, तब भी उन्होंने किसी की चाल नहीं देखी थी, सिवा लड़कियों के। पर आज जीवन में उन्होंने अपने आगे से गुजरे हर किसी की चाल देखी और जाना कि बीमार और कमजोर लोगों को बिना देखे केवल उनकी चाल से भी पहचाना जा सकता है। यहाँ तक कि एक ही तरह के बूढ़ों की चाल में भी इतना अन्तर था कि पॉजी को यह तक पता लग जा रहा था कि उनमें से कौन पहले मरनेवाला है!

वैसे तो बढ़ते हुए पेड़ और बूढ़े होते पेड़ में अन्तर कर पाना कठिन था, पर जब पॉजी ने उन्हें ध्यान से देखना शुरू किया और आदमियों को रोज-रोज देख रहे पेड़ों को जब ये पता चला कि आज कोई आदमी भी उन्हें देख रहा है तो वे मुस्कुराए और तब पॉजी ने उनके बूढ़े और जवान चेहरे देख लिए। इसके बाद कुछ देर के लिए पॉजी के साथ एक अजीब सी बात हुई—उन्हें अचानक से आदमियों के चेहरे दिखने बन्द हो गए और चेहरों के स्थान पर उन्हें आदमियों के दिल में उमड़-घुमड़ रही भावनाएँ और उनके दिमाग में चल रहे छल, कपट, योजनाएँ और तनाव दिखने लगे। इससे घबराकर पॉजी ने अपनी आँखें बन्द कर लीं और तब बन्द आँखों से उन्हें दो प्यार करते कबूतरों का एक पंख आकाश से गिरता हुआ नजर आया। पॉजी ने आँखें खोली तो सचमुच में एक पंख उनकी ओर गिर रहा था। पॉजी ने हाथ बढ़ाकर उस पंख को पकड़ लिया। उसमें अब भी अपनेपन की एक गरमाहट थी। पॉजी को अपनी पत्नी की याद आई। उन्हें लगा कि वे चाहे किसी के भी अपराधी न हों पर, अपनी पत्नी के तो हैं ही? और अब वे मरने भी वाले हैं तो क्यों न पत्नी से माफ़ी माँग ली जाए? जोश-जोश में उन्होंने पत्नी को फोन भी लगा दिया, पर जब पत्नी ने फोन उठाया तो उन्होंने पाया कि अपनी गलती का अहसास हो जाना एक बात है, पर अपनों से माफ़ी माँग पाना दूसरी। उन्होंने पत्नी

का हाल-चाल पूछा, तीनों बच्चों का भी पर माफ़ी नहीं माँग पाए। इतना सुबह-सुबह फोन करने से पत्नी खुद हैरान थी। पॉजी के बात करने का ढंग भी बदला हुआ था, इसलिए वह चिन्तित हो उठी, "आपकी तबियत तो ठीक है न?"

पॉजी सच तो नहीं बोलना चाहते थे, पर वे झूठ भी नहीं बोल पाए, "नहीं! बस थोड़ा सा बुखार है।"

"कितना डिग्री?"

"डिग्री वाला बुखार नहीं है, ऐसे ही है काला बुखार।"

"काला ज्वर...!" पत्नी और घबरा उठी। पॉजी को अब आगे समझाना मुश्किल पड़ रहा था। उन्होंने काम का बहाना कर जैसे-तैसे फोन रखा। उन्हें दुख तो हो रहा था कि अन्तिम समय में भी वे पत्नी से सच नहीं बोल पाए, पर अपनी पत्नी को कोई कैसे बता सकता है कि वो मरनेवाला है?

पॉजी ठहर गए। दो बिल्डिंग्स के बीच ठहरे हुए सूरज की तरह और ये सोचने लगे कि उनकी जिन्दगी में अब तक जितने भी खास लोग आए, जिनके साथ उन्होंने अपनी जिन्दगी के अलग-अलग हिस्से साझा किए, क्या उन्हें मरने से पहले एक बार उन सबसे मिलना नहीं चाहिए?

घर जाकर पॉजी ने वैष्णवी जैसी कुछ खास लड़कियों और अपने सबसे करीबी मित्रों को एक छोटा सा सन्देश भेजा—"घर आओ, मिलते हैं।"

उसके बाद रात-भर के जगे हुए पॉजी, ये जानते हुए भी कि उनके पास ज्यादा वक्त नहीं है, सो गए। शाम को जब वे जगे तो पाया कि किसी भी लड़की ने उनके मैसेज का रिप्लाई नहीं किया है—वैष्णवी ने भी नहीं। पुरुष मित्रों में अधिकतर ने उन्हें एक सिम्बॉल भेजा था—"?"। कुछ ने जर्मजोशी से जवाब दिया था कि आते हैं, आते हैं। मुम्बई में जिसका मतलब होता है कि अभी तो समय नहीं है। जो खलिहर थे वे पूछ रहे थे कि कोई पार्टी है क्या?

पॉजी उससे भी कहीं अधिक उदास हो गए जब एंजेला उन्हें बिना बताए छोड़कर चली गई थी। वह अपनी बालकनी में आ गए और चुपचाप

एक सिगरेट जलाकर इस शहर को देखने लगे। उन्हें अपने घर कुछ दिन रुके उस स्ट्रगलर राइटर की बात याद आई—"यह कोई शहर नहीं है, किसी उधड़े हुए कुर्ते का एक साबूत खलीत्ता है—दुनिया के लत्ते से कुछ इस तरह टँका हुआ कि जैसे लटका हो और लोकल से लटके हर उस आदमी की तरह कॉन्फिडेंट जो कभी गिर नहीं सकता। यहाँ महँगे-महँगे फ्लैट्स हैं और रोज-रोज तोड़े जाते झोपड़े। झुग्गियों में आदमियों की तरह मोटे-मोटे चूहे रहते हैं और इमारतों में पड़ोसी नहीं रहते। यहाँ सब के सब किसी-न-किसी पर्पज से आए हैं और सभी बस उसी की पूर्ति में गुम रहते हैं।"

अब दोस्तों का न आना पॉजी को उतना बुरा नहीं लग रहा था। उन्होंने पाया कि इस शहर के आकाश में तनी हुई एक रस्सी है, जिस पर इस शहर के सभी लोग टँगे हुए हैं। वे नीचे तब तक नहीं उतरते, जब तक कि उन्हें कोई काम न हो या कहीं पार्टी न हो। पॉजी खुद उस रस्सी से बिना काम और बिना किसी पार्टी के पहली बार नीचे उतरे थे और वह भी इसलिए क्योंकि वो जान गए थे कि वो मरनेवाले हैं। उन्होंने सोचा कि क्यों न गाँव लौट जाएँ और वहीं पत्नी और बच्चों के बीच मरें। फिर उन्हें ध्यान आया कि इससे यमदूत का काम बढ़ जाएगा और पता नहीं इतने कम समय में वो अपने भैंसागाड़ी से उनके गाँव पहुँच पाएगा भी कि नहीं? इसलिए इस विचार को उन्होंने त्याग दिया। लेकिन वो अकेलेपन में मरना भी नहीं चाहते थे और लोगों को अपनी बीमारी के बारे में भी बताना चाहते थे, इसलिए उन्होंने एक नया सन्देश लिखा—"घर पे पार्टी है—बुखार पार्टी। शनिवार, शाम सात बजे।"

यह मैसेज उन्होंने हर उस किसी को भेजा, जिसका कि उनके मोबाइल में नम्बर था। अधिकतर लोगों ने पार्टी, पता और समय के अतिरिक्त और कुछ पढ़ा ही नहीं। जिन लोगों ने बुखार शब्द पर ग़ौर भी किया, उन्होंने सोचा कि शायद इस पार्टी में इतनी शराब मिलेगी कि नशे का बुखार उतर जाए। केवल गिने-चुने लोगों का ही इस ओर ध्यान गया कि कही पॉजी की तबियत तो खराब नहीं? और केवल इक्के-दुक्के लोगों ने ही पॉजी का

हाल-चाल पूछा। लेकिन फिर भी पार्टी से पहले कोई भी पॉजी से मिलने नहीं आया।

तब भी पॉजी ने सारा इन्तजाम किया। उन्होंने ख़ूब सारी शराब मँगवाई और पचासों आदमियों के खाने की व्यवस्था की। वे जानते थे कि चाहे पूरे शहर को बुला लो लेकिन एक साथ इससे अधिक लोग नहीं आनेवाले। फिर भी जब आठ बजे के आस-पास यमदूत ने पॉजी के फ्लैट में कदम रखा तो उस समय तक केवल एक ही आदमी आया हुआ था—वो स्ट्रगलर राइटर। यमदूत को देखते ही पॉजी ने घड़ी की ओर देखा। यमदूत ने उन्हें इशारा किया कि अभी समय है, बस पता चला कि पार्टी है तो मैं भी चिल्ल करने चला आया। राइटर ने यमदूत को नहीं देखा, पर वह चाहे अभी भले ही स्ट्रगलर था लेकिन इतना राइटर तो हो ही गया था कि पॉजी की आँखों में यह देख सके कि उन्होंने किसी को देखा है।

नौ बजकर दस मिनट पर राधिका आई, अपने पति के साथ—माथे पर कृष्ण भक्ति का बड़ा-सा टीका। पॉजी पहली बार उसके पति से मिले। पति राधिका से भी बड़ा भक्त लग रहा था। पॉजी को सिगरेट पीता देख वह उन्हें टोकने से खुद को रोक नहीं पाया, "ये आप लोग इतना सिगरेट क्यों पीते हैं?"

अब तक पॉजी सिगरेट पीने के पीछे की पूरी कहानी समझ चुके थे, "आदमी सिगरेट तब पीता है, जब उसे कम प्यार किया जाता है।" यह कहते हुए न जाने क्यों उनकी नजरें राधिका पर चली गईं। राधिका के मन में अब भी पॉजी के लिए वही रोमांच से भरा हुआ प्यार था। उसने पॉजी के सामने रखा हुआ सिगरेट का पैकेट उठा लिया। उसके पति ने उसे आश्चर्य से देखा। राधिका पॉजी को देखते हुए मुस्कुराई। जैसे बिना बोले ही उन्हें अपना पहला कश और किस याद दिला रही हो। पॉजी ने उसकी मुस्कुराहट में सब पढ़ लिया। बस एक बात उन्हें अब भी याद नहीं आई थी, जो उस रोज उनसे विदा लेते हुए राधिका ने कहा था—"काश! कि मैं आदमी होती।"

राधिका ने इसे पॉजी की आँखों की वीरानी में पढ़ लिया और फिर जैसे उन्हें, उस रोज की हर बात याद दिला देने की ही गरज से बोली, "इससे हम ये समझ सकते हैं कि एक औरत को कितना कम प्यार मिलता है कि वह आदमी बनना चाहती है...!"

पॉजी को वह पूरा दिन शुरू से अन्त तक ज्यों का त्यों याद आ गया। राधिका के दिल को सुकून मिला और उसने बिना सिगरेट लिए ही पैकेट नीचे रख दिया। उसके पति की साँस में भी साँस आई।

दस बजे तक पॉजी के घर में इतने लोग आ चुके थे कि उन्हें यह वहम होने लगा कि अब मैं अकेलेपन में नहीं मरूँगा। लेकिन मरने से ठीक पहले उन्होंने जब सबको देखा तो पाया कि एक औपचारिक हाय-हैलो के बाद कोई उनकी ओर देख भी नहीं रहा है। सब तो नहीं पर अधिकतर शराब की चुस्की लेते हुए सोशल-मीडिया में विलीन हो गए थे।

पॉजी ने सोचा था कि उनका मरना सबके बीच बड़े जोशो-खरोश से किसी त्योहार की तरह होगा, लेकिन इतने इन्तजाम के बावजूद उनकी यह अन्तिम इच्छा पूरी नहीं हो पाई और जब वे मरे तो उदास होकर मरे। जीवित रहते हुए उन्होंने सोशल-मीडिया के बारे में कभी भी कुछ नहीं सोचा था लेकिन मरते हुए उन्हें जैसे उसका सच पता लग गया हो, "सोशल मीडिया अकेले आदमी के लिए वरदान है, लेकिन यह बुरा तब हो जाता है, जब आप अपने साथ बैठे हुए को अकेला कर देते हो।"

उनके इस निष्कर्ष से खुश होकर यमदूत ने भी उन्हें एक खुशखबरी दी, "अच्छी बात ये है कि आप जहाँ जा रहे हैं वहाँ अभी तक सोशल मीडिया नहीं पहुँचा है।" और फिर प्रमाण के रूप में उसने पॉजी को अपना छोटा-सा पुराने जमाने का मोबाइल भी दिखाया। पॉजी मुस्कुराए। दोनों कुछ देर तक लोगों के बीच, अपने न होने की तरह ही चुपचाप बैठे रहे। आखिरकार यमदूत बोला, "साब जी! पार्टी खत्म होने का इन्तजार करना है या अब चलें?"

पॉजी को इस दुनिया में अब कोई इंटरेस्ट नहीं रह गया था। उन्होंने चलने का इशारा किया और फिर यमदूत के पीछे-पीछे अपनी ही पार्टी से उठकर ऐसे चल दिए जैसे वो यहाँ बस गेस्ट हों...!

पॉजी के मृत शरीर को सबसे पहले उस स्ट्रगलर राइटर ने देखा। लगातार धुआँ छोड़ते रहनेवाले पॉजी की देह से धुआँ उठता न देख उसे आश्चर्य हुआ और वह पॉजी का हाल जानने उनके पास आया। लेकिन उसके बुलाने पर भी जब पॉजी कुछ नहीं बोले तो उसने और भी लोगों को बुला लिया। सबने मिलकर पॉजी को हिलाया-डुलाया, उनकी नब्ज़ चेक की और पॉजी के मरने से यह सोचकर दुखी हो गए कि अब तो पार्टी खत्म करनी पड़ेगी। जो शराब के लिए आए थे वो नीट पीने लगे, जिन्होंने खाना नहीं खाया था, वे जल्दी-जल्दी खाने लगे। राइटर ने उनसे कहा भी कि हमें कम-से-कम पुलिस को फोन कर देना चाहिए पर इतनी अच्छी पार्टी के बाद कोई भी अपनी रात खराब नहीं करना चाहता था, इसलिए सब हबड़-तबड़ में यहाँ से निकलने लगे। स्ट्रगलर-राइटर पॉजी की लाश के साथ अकेला रह गया। उसने चारों ओर देखा और बड़े दुखी मन से बुदबुदाया—"इतना खाना बच गया है, अगर मैं भी इसे नहीं ले गया तो सब खराब ही होगा।" और फिर उसने अपने बैग से एक बड़ा-सा टिफिन निकाला और उसमें बिरयानी भरने लगा। लेखकों से अक्सर संवेदनशील होने की अपेक्षा की जाती है। पर अभी वो स्ट्रगलर राइटर था। उसके पास संवेदना तो बहुत थी, पर खाना अक्सर कम पड़ जाता था। इसलिए वो पार्टी से अक्सर सबसे लास्ट में जाता था।

जब बिरयानी और विस्की की एक बोतल लेकर वह बस निकलने ही वाला था कि तभी दरवाजे की घंटी बजी।

"अब कौन आ गया?"

उसने दरवाजा खोला तो सामने एक औरत और तीन बच्चे खड़े थे। बड़ी लापरवाही से उसने उन्हें बताया कि पार्टी तो खत्म हो गई। औरत बोली, "हम यहाँ पार्टी करने नहीं आए हैं, ये मेरे पति का घर है।"

स्ट्रगलर राइटर की आँखें चमक गईं। उसे बस एक ही चिन्ता हो रही थी कि उसके सामने मरे आदमी की लाश न जाने कितने दिनों तक सड़ती रहेगी, इसलिए पॉजी की पत्नी को अन्दर आने का इशारा करते हुए वह बोला, "अरे भाभी जी! एकदम सही टाइम पर आई हैं आप...आइए...आइए..." और खुद बाहर चला गया।

पॉजी जब उस दुनिया में पहुँचे, जहाँ मरने के बाद लोग जाते हैं तो एंजेला उन्हें दरवाजे पर ही मिली। जैसे सालों से वह उनके आने का इन्तजार कर रही हो। एंजेला के साथ रहते हुए उन्होंने पाया कि वह उन दुर्लभ लोगों में से थे जिनके पास मरने के बाद भी प्यार होता है। एंजेला उनकी ही तरह कभी हजारों साल पहले धरती से आई थी। वैसे तो यमदूतों के अलावा यहाँ के लोगों को धरती पर जाने की इजाजत नहीं थी, पर एक देवता के लिए एक बार उसने एक ऋषि की तपस्या भंग की थी और तब से उसे धरती पर आने-जानेवाले रास्ते की चाबी मिल गई थी। एक रोज साथ लेटे हुए, एक साथ धरती को देखते हुए पॉजी ने उससे पूछा, "जब तुम आ सकती थी, तो दुबारा मुझसे मिलने क्यों नहीं आई?"

एंजेला मुस्कुराई, "हम केवल एक भाव हैं। शरीर की जरूरत केवल उनको पड़ती है, जिसकी कल्पना-शक्ति कमजोर है।"

पॉजी ने उसे अचरज से देखा। एंजेला जानती थी कि वो ऐसा ही करनेवाले हैं, इसलिए वो मुस्कुराई थी। तब पॉजी को समझाने के लिए उसने अपनी आँखें बन्द कर ली और एक ऊर्जा-पिंड में बदल गई—"हम जो कुछ भी महसूस करते हैं, वो हमारे इस ऊर्जा-पिंड में सुरक्षित होता जाता है और हम जब चाहें, उस भाव को, ज्यों-का-त्यों महसूस कर सकते हैं।" जब उसने अपनी आँखें खोली तो उसके होंठ पॉजी के होंठों के बहुत करीब थे, "तुमने चाहे इसे महसूस न किया हो, पर मैं यहाँ हर क्षण तुम्हारे साथ ही होती थी।"

दोनों के बीच एक लम्बा चुम्बन घटा और उतना ही लम्बा मौन, फिर पॉजी बोले, "तो क्या अपने संरक्षित भावों से हम ऐसे ही सिगरेट भी पी सकते हैं?"

एंजेला हँसी, "क्यों? क्या तुम्हें मेरे साथ रहते हुए भी प्यार की कमी लग रही है?"

इस बार पॉजी ने अपनी आँखें बन्द की और ऊर्जा-पिंड में बदल गए और फिर ऊर्जा-पिंड ने उनके सबसे सच्चे भाव को एंजेला के सामने रखा, "सिगरेट शुरू करने का कारण चाहे जो हो, पर अन्त में बस एक ही चीज बची रहती है और वो है लत और सिगरेट की यह लत मरने के बाद भी नहीं जाती।"

जौम्बी

सुब बस अपने ठुकराए जाने का बदला लेना चाहता था। ट्रेन पकड़कर वह सन्ध्या के शहर जा रहा था कि तभी ऐसी खबर आने लगी कि शहर दर शहर लोग जौम्बी बनते जा रहे हैं। पैसेंजर परेशान हो उठे। उनके फोन लगातार बज रहे थे या वे लगातार किसी-न-किसी को लगाए हुए थे। तब भी कुछ क्लीयर नहीं हो रहा था। बस इतना समझ आ रहा था कि रात प्रधानमंत्री ने कुछ घोषणा की थी और यह भी कि लोगों के जौम्बी बनने में ही लोगों की भलाई है। अब तक सुब यह नहीं तय कर पाया था कि वह सन्ध्या को कैसे मारेगा? उसके दिमाग में बहुत सी योजनाएँ थीं, पर अब उन सब पर भारी पड़ रही थी जौम्बी बन जाने की योजना।

ट्रेन में लोग अब भी इस बात पर डिबेट कर रहे थे कि लोग जौम्बी क्यों बन रहे हैं और कैसे बन रहे हैं, सुब ने अपने एक पत्रकार दोस्त को फोन किया और उससे अब तक की सबसे सटीक जानकारी ले ली। दोस्त ने उसे हिदायत दी कि वह किसी भी बैंक और एटीएम के पास न जाए क्योंकि सारे जौम्बी वहीं इकट्ठे हो रहे हैं।

परेशान लोगों के बीच एक अकेला सुब था, जो मुस्कुरा रहा था। जहाँ लोगों का इस टेंशन में सिर फटा जा रहा था कि वे अपने स्टेशन पर उतरें या नहीं, वहीं सुब बड़ी शान से सन्ध्या के स्टेशन पर उतर गया। उसे सन्ध्या का पता नहीं मालूम था। सन्ध्या के यह बताने के बाद कि वह किसी दोपर नाम के लड़के की ओर आकर्षित होती जा रही है, सुब ने उसे बार-बार अपने प्यार का हवाला देकर उससे अपनी रही-सही दोस्ती भी बिगाड़ ली थी और

पता नहीं दोपर के आकर्षण में या सुब से तंग आकर वह कोचिंग करने के बहाने या सचमुच कोचिंग करने इस शहर में आ गई थी। सुब इधर-उधर से बस इतना ही पता कर पाया था, पर उसे पता था कि हर शहर में कोचिंग के एकाध ही अड्डे होते हैं और फिर उसे अपने प्यार पर इतना भरोसा था कि अगर वह सुबह-सुबह चौराहे पर खड़ा हो जाए तो शाम होते-होते सन्ध्या को उससे टकराना ही था।

इसलिए स्टेशन से बाहर निकलते ही वह उन बड़े-बड़े पोस्टरों पर छपे पते पढ़ने लगा जो लोगों को आईएएस बनाने का दावा कर रहे थे और उन्हें ही सन्ध्या का पता मानकर वह उसी पते की ओर चल पड़ा। रास्ते में उसे खयाल आया कि ऐसे वहाँ जाने का कोई फायदा नहीं क्योंकि उसे तो सन्ध्या से बदला लेना है, इसलिए वहाँ जौम्बी बनकर ही जाना चाहिए।

उसने एक एटीएम ढूँढ़ा और कतार बांधे जौम्बियों के पीछे जाकर खड़ा हो गया। उसे लगा था कि अगले ही पल कोई जौम्बी अपना इन्फ़ेक्शन उसके ख़ून में उतार देगा लेकिन ऐसा हुआ नहीं। सब एक के पीछे एक बस खड़े रहे, किसी ने सुब की ओर देखा भी नहीं। उसने एक के कन्धे पर टैप किया तब भी कोई रिस्पोंस नहीं। तब इधर आने से कतराते, झिझकते, भय खाते एक आदमी को उसने साहस दिया, "अरे! इनसे डरने की जरूरत नहीं, ये काटते नहीं।"

पर जैसे ही वह आदमी एटीएम तक आया, सारे के सारे जौम्बी उस पर टूट पड़े और अगले ही पल वह आदमी भी जौम्बी बन चुका था—कतार में निरुद्देशय सबसे पीछे खड़ा हुआ। सुब को आश्चर्य हुआ—तो जौम्बी उससे परहेज क्यों कर रहे हैं? उसने एक जौम्बी को दो चाँटे लगाए, "काटो मुझे भी काटो।"

लेकिन जौम्बी यह करेला भी खा गया। "यहाँ भी रिजेक्शन"—सुब का दिल बैठ गया। उसने अपने पत्रकार दोस्त को फिर से फोन किया। इसका ठीक-ठीक कारण उसे भी नहीं पता था, लेकिन रुझान यह कह रहे थे कि ये जौम्बी केवल उन्हीं पर अटैक कर रहे थे, जिनकी या तो जेब खाली थी या जो यहाँ तक पैसे निकालने की नीयत से आ रहे थे।

सुब की तो ऐसी कोई नीयत थी नहीं, वह पक्का जौम्बी बनने यहाँ आया था। तब उसने अपनी जेब टटोली। जेब में भी कुल तीन हजार रुपए थे। सुब समझ गया कि उसे जौम्बी बनने के लिए क्या करना है—कागज के उन बेकार टुकड़ों को उसने निकाला और किसी बेवफा लड़की के झूठे प्रेम पत्रों की तरह सड़क पर उछाल दिया। एक जौम्बी में हरकत हुई। सुब को लगा कि अब बनेगा वह भी जौम्बी। लेकिन वह जौम्बी तो उसके फेंके हुए रुपए बटोरने लगा था और फिर उसे काटने की बजाय उसने सुब के रुपए उसी की जेब में घुसेड़ दिए। जब अगली बार भी सुब ने ऐसा ही किया तो उस जौम्बी ने, जिसे उसने दो चाँटे मारे थे, रुपए उसकी जेब में रखने के बाद उसे एक घूँसा भी मारा, पर काटा नहीं।

"ये कैसे जौम्बी हैं?" सुब ने सोचा। हालाँकि अब तक बिना कहे ही वह समझ गया था कि उसे यह रुपए फेंकने नहीं, बल्कि खर्च करने हैं। केवल तभी उसे ये जौम्बी काटेंगे और वह जौम्बी बन सकेगा। कैसा समय था कि प्यार का बदला लेना भी आसान नहीं रह गया था!

वह तीन हजार रुपए लेकर बाजार की ओर निकल पड़ा। पर अब कोई बाजार बचा ही नहीं था। लोगों को जौम्बी बनता देखकर जो आदमी थे, वे अच्छे आदमी और जो अच्छे आदमी थे, वे बहुत अच्छे आदमी बन गए थे। दुकानदारों ने सब कुछ फ्री कर दिया था। शॉपिंग मॉल में "कुछ भी खरीदो, कुछ मत दो" वाले ऑफर के पोस्टर लग गए थे। खाली लोग अपने तवे-कढ़ाही लेकर घरों से बाहर निकल आए थे और ऑफिस जानेवालों को मुफ़्त में नाश्ता करा रहे थे। खिलानेवाले इतने थे कि खानेवाले कम पड़ जा रहे थे। सुब कहीं से कुछ भी लेकर, कुछ भी खा-पीकर पैसे बढ़ाता तो लोग उस पर हँस देते, "क्या भाई साब! अब हम आदमी होकर आदमी से पैसे लेंगे?"

हद ये कि सुबह से शाम हो गई और सुब के तीन हजार तो क्या एक भी रुपए खर्च नहीं हुए। पैसे खर्च न होने की थकान से उसका पूरा शरीर टूट रहा था। वह अपने प्यार का बदला लेने निकला था, पर अब उसे आराम चाहिए था। उसने एक होटल की ओर रुख किया और एक-एक कदम चलते

हुए वह एक-एक देवी-देवता को लड्डू-पेड़े-बकरे चढ़ाता जा रहा था कि कम-से-कम ये होटल वाले पैसे लेते हों।

होटल वाले भी खुदा के बन्दे निकले। सुब ने उनके आगे हाथ जोड़े तो उन्होंने उसके पैर पकड़ लिए। बड़ी मुसीबत थी। सुब अगले एक सप्ताह तक अलग-अलग होटलों के धक्के खाता रहा। इस बीच घूम-घूमकर उसने सन्ध्या की कोचिंग का भी पता लगा लिया और दूर से ही सही, पर सन्ध्या से मिल भी लिया। वह पहले से अधिक खुश और खिली-खिली लग रही थी। सुब का दिल सन्ध्या के लिए फिर से धड़क उठा। बार-बार सन्ध्या के मना करने के बावजूद उसे लगा कि कम-से-कम उसे एक कोशिश और करनी चाहिए। बस प्रॉब्लम ये थी कि सन्ध्या किसी भी तरह ये समझने को तैयार नहीं थी कि सुब के बिना वह खुश नहीं रह पाएगी।

वह दोपहर सुब पर हावी हो गई और उसने जो पीनी शुरू की तो शाम कर दी। शाम को उसे दोपर का खयाल आया। उसे लगा कि वह सन्ध्या को तो नहीं समझा सकता पर दोपर जरूर ही उसके प्यार को समझ जाएगा, क्योंकि लड़के तो होते ही एक दूसरे के भाई हैं। उस शाम से तो नहीं, पर अगली सुबह से वह सन्ध्या का पीछा करने लगा और जब सन्ध्या दोपर से मिली तो वह सन्ध्या को छोड़कर दोपर का पीछा करने लगा और पहली फ़ुर्सत में ही उसने रो-रोकर दोपर को अपनी और सन्ध्या की पूरी प्रेम-कहानी बता दी। दोपर को शॉक लगा क्योंकि सन्ध्या ने अपनी तरफ से कभी भी किसी ऐसे प्रेमी का जिक्र नहीं किया था और यदि यह आदमी से अच्छा आदमी और अच्छे आदमी से बहुत अच्छा आदमी बनने का समय नहीं होता तो दोपर खुद सन्ध्या से बदला लेने पर उतारू हो जाता। पर सुब का समय ही खराब था कि उसने अपनी दास्तान कही भी थी, तो ऐसे अच्छे समय में।

वह बुरी तरह टूट गया। सन्ध्या उसे प्यार नहीं कर रही थी और वह इसका बदला ले नहीं पा रहा था। उसके तीन हजार, अपनी एक-एक पाई सहित अब भी उसकी जेब में जमे थे, जिसके कारण वह जौम्बी तक नहीं बन पा रहा था। अब सारे रास्ते आत्महत्या की ओर जा रहे थे।

उसने शराब मँगाई मगर पी नहीं, वह पूरे होशों-हवाश में मरना चाहता था। मरने से पहले उसे लगा कि वह पागल हो जाएगा। प्लेटफ़ॉर्म की भीड़ के बीचों-बीच खड़ा वह चिल्लाया—"लड़कियों को सब कुछ इतनी आसानी से कैसे मिल जाता है...।"

अब किसी को क्या पता? कोई कुछ बोला ही नहीं। सुब ने किसी मोबाइल की तरह अपनी जेब से रुपए निकाले और उन्हें प्लेटफ़ॉर्म पर पटककर, पटरी की ओर बढ़ गया। लेकिन इससे पहले कि वह मरता, एक लड़की उन्हें लौटाने आ गई—"तुम्हारे रुपए।"

अगर उसे सन्ध्या की तरह तैयार किया जाता, तो वह कम-बेशी उसी के जैसी लग सकती थी। लड़की ने इस ओर ध्यान नहीं दिया था। सुब ने उसे सलाह दी. "इन्हें तुम ही क्यों नहीं रख लेती?"

"तुम चाहते हो कि मैं इन्हें रख लूँ?" लड़की ने खुशी-खुशी पूछा। सुब ने हाँ कर दी। लड़की ने वो रुपए रख लिए और बोली—"तो चलो।"

"कहाँ?" सुब को आश्चर्य हुआ।

"तुम तो देख ही रहे होगे कि लोग अपनी चीज़ें देकर भी पैसे नहीं ले रहे हैं, अब मैं लाख बुरी सही, पर तुमसे यूँ ही पैसे थोड़ी न ले लूँगी।" लड़की ने उसे पटरी से उतार दिया, "आओ मेरे साथ।"

उनके पीछे से धड़धड़ाती हुई ट्रेन गुजर गई। लड़की उसे अपने घर लेकर आई। उसकी छोटी-सी खोली नोटों से भरी हुई थी। यहाँ तक कि बिस्तर भी नोटों की गड्डी सजाकर बनाया गया था।

"तुम इतने रुपयों का करोगी क्या?"

"एक दिन मैं इनमें आग लगाऊँगी।" वह हँसी।

जब लड़की ने दरवाजा बन्द किया, सुब को घबराहट सी हुई। वह जितना घबराया उतना ही तना। फिर यह सोचकर कि अगर इस लड़की को उस तरह से देखा जाए तो यह सन्ध्या हो सकती है, वह नॉर्मल हुआ। लड़की को इसकी उम्मीद नहीं थी—"हो गया?" उसने पूछा। सुब को यह पता नहीं चला कि क्या हो गया, पर यह कमरा उसे अच्छा लगने लगा और यह लड़की भी और सन्ध्या से बदला लेने की बात उसके मन से निकल

गई और समय तो इतना अच्छा था ही कि अगर कोई चाह ले तो सुख से अपनी जिन्दगी गुजार सकता था।

ऐसे समय में भी सुब के नसीब में सुख नहीं था। रात होते ही लड़की ने उसे यहाँ से जाने के लिए कह दिया, क्योंकि आग लगाने के लिए उसे अभी और रुपए इकट्टे करने थे। दरवाजे के बाहर खड़े-खड़े सुब ने एक बार फिर से यह निर्णय किया कि अब वह सन्ध्या से बदला लेकर ही रहेगा और अब तो उसकी जेब भी खाली थी, अब उसे जौम्बी बनने से कोई नहीं रोक सकता था।

उसी रात वह नजदीकी बैंक गया और जौम्बी बन गया, पर जौम्बियों की असली समस्या उसे जौम्बी बन जाने के बाद समझ आई और वो ये कि अब वो बैंक और एटीएम के अलावा और कहीं नहीं जा सकता था। अब वह सन्ध्या के पास कैसे जाएगा? उसने दिमाग लगाया—वह एटीएम-एटीएम घूमते-घूमते उस गली के एटीएम पर जाकर खड़ा हो गया, जहाँ सन्ध्या की कोचिंग थी और इन्तजार करने लगा। सन्ध्या को उसने कई बार देखा पर वह पागल थोड़ी ही न थी जो जौम्बियों से कटवाने आती। वह दूर से ही निकल जाती।

सुब ने सन्ध्या को सुबह-शाम जोहा, दिन-रात और हर दिन और इतने दिन कि वह दिनों की गिनती भूल गया। पर हर रोज वह बस एक ही कल्पना किया करता कि आज सन्ध्या आ रही है और एक दिन उसकी कल्पना सच हो गई—सन्ध्या अपनी कुछ सहेलियों के साथ एटीएम पर आई। वह बहुत खुश थी। उसके साथ दोपर भी था और वह भी खुश लगने की कोशिश कर रहा था। इतने सारे लोगों को अपनी ओर आते देख सभी जौम्बी अपने दाँत पीसने लगे। पर उन सबको पीछे धकेल सुब आगे आ गया—सन्ध्या को तो वही मारेगा, इसीलिए तो वह जौम्बी बना था। उसने कोशिश की और बहुत कोशिश की लेकिन सन्ध्या पर अटैक नहीं कर पाया, क्योंकि वह पैसे निकालने नहीं बल्कि सबको मिठाई खिलाने आई थी—उसका आईएएस निकल गया था।

सतरूपा

कच्चे कमरे के घुप्प अँधेरे में कोमल ने देखा—रोशनी में लिपटी हुई एक नंगी लड़की। बछिए की खाल पर पालथी मारे, ध्यानमग्न। दादाजी ने उसके हाथों में अड़हुल का एक फूल दिया और बोले, "कुलदेवी का आशीर्वाद लो, बाचा।"

अब तक कोमल ने केवल आकाश को ही खुला-खुला देखा था। जीवन में पहली बार वह दो-दो आकाश देख रहा था और उन पर जगमगाते उनके अपने सितारे। हनुमान के निगले हुए सूरज से कहीं आकर्षक और दादी की कहानियों से अधिक रहस्यमयी। वह ऐसे सम्मोहित था कि उसकी न पलकें झुक रही थीं; ना सर।

कमरे से बाहर आकर उसने पूछा, "दादाजी! कुलदेवी कपड़े क्यों नहीं पहनतीं?"

यह सवाल इस दादाजी ने अपने दादाजी से भी पूछा था और उनके दादाजी ने अपने दादाजी से और कई पीढ़ियों से सभी दादाजी अपने पोतों को एक ही जवाब देते आ रहे थे—"बाचा! वह कपड़े बनने के बहुत पहले से यहाँ हैं।"

वह कोमल का गाँव में आखिरी दिन था। फिर वह बाहर रहा, बाहर पढ़ा और जैसे-जैसे बड़ा होता गया, हर रोज कुछ-न-कुछ खोता गया। बस इस उम्मीद में कि एक दिन उसे एक बड़ी नौकरी मिल जाएगी और फिर वह सब कुछ पा लेगा। उसने सरकारी नौकरी के लिए तैयारी की, तो सरकार

ने सब कुछ प्राइवेट कर दिया। प्राइवेट कम्पनियों में रिज्यूमे डाले, तो वहाँ वर्क फ्रोम होम हो गया। स्टार्ट-अप की सोची, लेकिन जब सब कुछ अन्त की ओर बढ़ रहा हो तो वह क्या शुरू करता? थक-हारकर उसने नेटवर्क मार्केटिंग की, क्योंकि वहाँ खोने के लिए कुछ नहीं था, लेकिन उसने वहाँ भी खोए—अपने बचे-खुचे दोस्त। अब करने के लिए उसके पास केवल फेसबुक था। आश्चर्य कि फेसबुक पर अब भी बहुत कुछ हो रहा था—प्रमोशन, सेलीब्रेशन और सबसे बढ़कर सुकून से भरी दुनिया वाले दिनों की तरह छतों की गमलबानी...।

लेकिन उसी कूड़ेदान में एक दिन उसे एक काम की पोस्ट दिखी—"असिस्टेंट चाहिए—गिरवी रखी चीजों की हिफाजत के लिए।"

यह कोई नई स्टार्ट-अप कम्पनी थी, जिसका नाम था—न्यू माया। नाम के अनुरूप ही कम्पनी का लोगो था—सिर की तरह गोल पत्थर पर, लाल मिर्च की तरह तरेरीदार तिलक।

धर्म के नाम पर गाय के गोबर से लेकर ऊँट का मूत तक बेच देनेवाले इस जमाने में, धर्म से जुड़ी इस नई स्टार्ट अप कम्पनी को देखकर कोमल को कोई आश्चर्य नहीं हुआ, बल्कि उसे इस बात की खुशी ही हुई कि कम्पनी का भविष्य उज्जवल है। इसलिए बिना देर किए, उसने अपना रिज्युमे, न्यू माया को इन्बाक्स कर दिया और इन्तजार करने लगा। अब हर मिनट वह फेसबुक इस उम्मीद में खोलता कि न्यू माया का कुछ जवाब आया होगा। अगले चौबीस घंटे में कई सौ बार फेसबुक खोलने के बाद उसने ये सीखा कि खाली आदमी के पास खालीपन के अतिरिक्त और कुछ नहीं आता।

कुछ गुस्से और कुछ उदासी में उसने फेसबुक को कूड़ेदान में डाल दिया। अब उसके पास एक बहुत बड़ा सवाल था, जिसे उसने गूगल से पूछा—"एक बेरोजगार आदमी अपना समय कैसे काटे?"

गूगल ने इसका बड़ा सकारात्मक उत्तर दिया—"दोस्तों के साथ कहीं घूम आइए। खुद को समय दीजिए और फिर एक नई ऊर्जा से कोई नया काम शुरू कीजिए।"

कोमल के पास न पैसा था ना दोस्त। इसलिए वह घर की सफाई में लग गया। बहुत दिनों बाद कुछ काम करके उसे बड़ा अच्छा लगा। पर अगले दिन जब उसका फ्रस्टेशन अपनी सीमाएँ लाँघने लगा तो करीने से रखी हर चीज को वो फिर से इधर-उधर फैलाने लगा। तीसरे दिन उसकी बेचैनी, कसाई का छुरा लेकर उसके पीछे दौड़ी। छुपने के लिए उसने फिर से फेसबुक की ओर देखा, फेसबुक से गुस्साए उसके मन ने इसका कड़ा विरोध किया। तब उसने यह कहकर मन को मनाया कि शायद अब तक न्यू माया का कोई जवाब आ गया हो। मन मुँह बनाकर चुप लगा गया। कोमल ने अपना पासवर्ड डाला—“KISHORI”

जवाब वही था—ढाक के तीन पात। फिर तो किसी ऊबे हुए बन्दर की तरह वह फेसबुक की एक दीवाल से दूसरी दीवाल पर यूँ ही कूदने लगा। इस उछल-कूद में काफ़ी समय काट लेने के बाद उसे कुछ ध्यान आया और वह वापस न्यू माया के पेज पर गया। काफ़ी दिनों बाद उसकी कोई उम्मीद सच निकली—पेज पर ऑफिस का पता था। उसने तय किया कि अगर कुआँ प्यासे के पास नहीं आ रहा है तो वह ही कुएँ के पास जाएगा।

अगले दिन, कई रोज बाद उसने ब्रश किया और नहाया। कपड़े आलमारी में रहने के इतने आदी हो चुके थे कि जब उसने आलमारी खोली तो वे चौंक गए। कोई भी कपड़ा बाहर जाने के लिए तैयार नहीं था। बड़ी मुश्किल से एक शर्ट-पैंट को खींचकर उसने बाहर निकाला। बाहर आकर किसी जिद्दी बच्चे की तरह वे और चिंगुर गए। पानी छिड़क-छिड़ककर उसने उनका आलस भगाया और गरम लोहे से उनकी अकड़ ढीली की, तब जाकर कहीं वह उन्हें पहन पाया।

जब कोमल घर से निकला तो उसे देखकर खुला-खुला आकाश भी बिगड़ गया और गड़गड़ाते बादल भेजकर उसे धमकाने लगा। बदले में कोमल ने गुस्साए बादलों को हलो किया, क्योंकि ऐसा उसके साथ अक्सर होता था।

जब भी वह कोई नौकरी खोजने के लिए निकलता कोई न कोई आफत टूट पड़ती। लेकिन आज उसने भी सभी झंझावातों से लड़ने की ठान ली थी। अभी वह आधे रास्ते ही पहुँचा था कि बारिश उस पर बरस पड़ी। वह फिर भी नहीं रुका तो कारों ने उस पर कीचड़ फेंकने शुरू कर दिए। उसका आगे बढ़ना लगभग असम्भव हो गया, तब बहुत दूर वह जो नौकरी की लॉलीपॉप थी, कोमल ने उसका ध्यान किया और चलता रहा।

न्यू माया के ऑफिस तक वह गाँव के किसी सूखते हुए पोखर की तरह पहुँचा—दुर्गन्ध और मिट्टी की पपड़ियाँ छोड़ता। उसके सामने एक गुफानुमा द्वार था, जिस पर कम्पनी का वही निशान बना हुआ था—गोल पत्थर पर लाल तिलक। द्वार को, पेड़ की शाखाओं को कलात्मक ढंग से मोड़कर सजाया गया था। शाखाओं के उस बन्दनवार पर एक कोयल बैठी हुई थी—देखने में एकदम असली। कोमल ने पहले खुद को देखा और फिर उस सुरुचि-पूर्ण इंट्रेंस को। उसे लगा जैसे किसी अरबपति के घर के सामने कोई भिखारी खड़ा हो। पता नहीं ऑफिसों को ऐसा क्यों बनाते हैं कि वहाँ जाकर आदमी खुद को एकदम छोटा महसूस करने लगे?

जो कायनात के धमकाने पर भी नहीं डरा था, उसे यहाँ आकर लौट जाना ही बेहतर लगा। लेकिन जैसे ही वह पलटा, डाल पर बैठी कोयल कूँक उठी—"कूँ...कूँ...कूँ"

कोमल को सुनाई पड़ा—"कहाँ...? कहाँ...? कहाँ...?"

उसने चौंककर कोयल की ओर देखा। वह कोई सजावट नहीं थी। वह सचमुच में थी और शायद सचमुच में ही उसे यहाँ से जाने से रोक रही थी। कोमल के विरोधी मन ने उसे एक रिस्क लेने के लिए उकसाया। वह सहमा हुआ सा अन्दर घुसा। अन्दर कुछ अँधेरा सा था और दीवारों से ऐसे कल-कल की ध्वनि आ रही थी, जैसे उन पर कोई झरना बह रहा हो। मतलब मामला एकदम पुरातन था। इस स्टार्ट अप कम्पनी का मालिक या तो सच्चा सनातनी था या सनातन से लाभ लेनेवाला पक्का बिसनेस मैन।

कोमल को पूरा यक़ीन था कि गुफा के दूसरी ओर एक काउंटर होगा। काउंटर पर जरूरत से ज्यादा मेकअप लगाए बैठी एक कमउम्र लड़की। जो

उसे ऐसी हालत में देखकर शायद ही भाव दे, पर गुफा के दूसरी ओर तो नजारा ही दूसरा था—वहाँ एक जंगल था। दो-चार पेड़ वाला कोई नकली जंगल नहीं, बल्कि जहाँ तक नजर जाती हो, वहाँ तक फैला, बिलकुल प्राकृतिक हरा-भरा जंगल। कोमल को भ्रम हुआ कि वह सच में यहाँ आया है या सपना देख रहा है? क्योंकि शहर के बीचोंबीच इतना बड़ा जंगल कैसे हो सकता है? वो भी सबकी नजरों से ओझल?

"कोई है?" पहली बार वह बहुत धीरे से बोला, फिर धीरे-धीरे अपनी आवाज बढ़ाता गया। अन्त में, वह जितनी जोर से हो सकता था, उतनी जोर से चिल्लाया—"कोई है?"

थोड़ी दूर जाकर उसकी आवाज खो गई। इसका मतलब यह जंगल सच में बहुत बड़ा था। इतना बड़ा कि एक पल को कोमल को खुद के भी खो जाने का डर लगा। कुछ घबराया हुआ सा वह जाने को पलटा पर आश्चर्य कि अब गुफा का दरवाजा बन्द हो चुका था। हैरत में उसके मुँह से एक गाली निकली, पर इससे दरवाजा नहीं खुला। कोमल कुछ पल खड़ा सोचता रहा। फिर किसी ऐय्यार की तरह हाथ उठाकर जोर से तीन बार बोला—"खुल जा सिमसिम...खुल जा सिमसिम...खुल जा सिमसिम।"

"यह अली बाबा की गुफा नहीं, न्यू माया है।" कोमल को अपने पीछे एक सुरीली आवाज सुनाई पड़ी। वह पलटा तो बिलकुल उसके करीब एक हॉट-सी लड़की खड़ी थी और खुद को घेरे ढेर सारे कुत्तों को मुस्कुराकर बिस्किट खिला रही थी। कोमल को यह आश्चर्य होना चाहिए था कि अचानक से ये लड़की और इतने सारे कुत्ते कहाँ से प्रकट हो गए? पर वह इतने दिनों से मोबाइल और लैपटॉप की आभासी दुनिया में अकेले जी रहा था कि धीरे-धीरे यह तक भूल गया था कि असली दुनिया के असली लोगों से कैसे मिलते हैं? कैसे उनसे बात करते हैं? और कैसे उन्हें देखते हैं?

उसकी नजरें "न्यू माया" के इतने आश्चर्यों को छोड़कर लड़की के वक्षों पर ठहर गईं और किसी पोर्न साइट की दीवार पर लगी हेडिंग की तरह वह उन्हें पढ़ने—"बिग बूब्स"।

"कोमल...!!!" अचानक से लड़की उसे देखकर सरप्राइज हुई। अब उसने लड़की का चेहरा देखा। यह तो वही थी, उसके फेसबुक की पासवर्ड—किशोरी।

किशोरी पास आई तो जैसे बीता हुआ समय पास आ गया—बारिश में बतासा की तरह गलते जाने की इच्छा लिए, किताबों में गुलाब की तरह सूखते जाने की चाहत से भरे, पलकों पे सात जन्मों तक अटके रहनेवाला और धड़कन को हर क्षण महसूस करते रहनेवाला जाग्रत समय। लेकिन बीतते समय के साथ सारे जिन्दा क्षण दफ़्न होते जाते हैं और दुनिया का सबसे ख़ूबसूरत अहसास अगर बच भी पाता है तो बस एक पासवर्ड बनकर।

लड़की के सुखद संरप्राइज के उलट कोमल के पास एक असमंजस था। अब उसने यह सोचना भी छोड़ दिया था कि वह अपने पहले प्यार से जिन्दगी में कभी दुबारा भी मिल पाएगा। इसलिए ऐसा होने पर वह क्या कहेगा, उसके पास इसका कोई प्लान नहीं था।

"तुम यहाँ कैसे?" किशोरी ने पूछा।

कुत्तों को लगा कि ये नया आदमी शायद उन्हें और बिस्किट खिलाने आया है, इसलिए वे उससे सटने लगे और पूँछ हिला-हिलाकर और उछल-उछलकर उसे चाटने की कोशिश करते हुए अपना पुरस्कार माँगने लगे। इस पर किशोरी ने उन्हें डाँटा—"बहुत हो चुका...चलो अब जाओ यहाँ से।"

आश्चर्य! पर उसके एक आदेश पर कुत्ते पूँछ हिलाते हुए यहाँ से सचमुच में चले गए।

"वो...मैंने न्यू माया को अपनी रिज्यूमे भेजी थी।" तब कोमल ने कहा।

"अच्छा...!" किशोरी की आँखें चमक उठीं। यह चमक श्रेष्ठता की चमक थी। वह चमक जो एक नौकरी-पेशा आदमी की आँखों में किसी बेरोजगार को देखते ही आ जाती है और हालाँकि इसमें उनकी कोई गलती नहीं होती, पर अनजाने ही वे अनदेखा कर देते हैं सामनेवाले की उदासी।

किशोरी ने भी जाने-अनजाने वही किया। वह कोमल से इतने सालों बाद मिल रही थी। बाधाओं ने पहले ही उसकी इतनी बुरी गत कर रखी थी। उसे चाहिए था कि वह सबसे पहले उसका हाल-चाल पूछे, पर इसके उलट वह अपने मोबाइल में घुस गई और उसका रिज्यूमे देखने लगी। कोमल पहले से भी अधिक अकेला हो गया। इस फीके समय में उसके विरोधी मन ने उसका साथ छोड़ दिया और वह न्यू माया के जंगल में विचरने लगा।

यह जंगल कुछ अजीब-सा जंगल था। मतलब जिस शहर में यह जंगल था, उसके हिसाब से यहाँ होने चाहिए थे—आम, पीपल, महुआ के पेड़। पर यहाँ थे चीर और देवदार के लम्बे-लम्बे दरख्त। यहाँ धूप तीखी थी और छाया में शून्य के नीचे वाले तापमान सी ठंढ। तीन ओर से ऊँची चहारदीवारी से घिरे हुए इस जंगल में इतना सन्नाटा था कि चौथी ओर से आता हुआ एक हिमालय-सा पहाड़, अपना सब कुछ भूलकर ना जाने कितनी सदियों से यहाँ सो रहा था। दीवारें भी कोई सादी दीवारें नहीं थी, बल्कि पूरी तरह से मनीप्लांट से ढँकी हुई बिलकुल हरी-भरी—"यहाँ होता क्या है?" आखिरकार कोमल को यह पूछना ही पड़ा।

किशोरी उस साल के रिजल्ट में फँस गई थी, जिस साल अन्तिम बार दोनों ने एक साथ परीक्षा दी थी। उस परीक्षा के बाद दोनों अब मिल रहे थे, लेकिन यह देखकर उसका मन शहद हुआ जा रहा था कि उस परीक्षा में दोनों के मार्क्स बराबर थे—"यह सुनार के दुकान जैसा है। बस यहाँ उस चीज की क़ीमत मिलती है, बाक़ी जगह, जिसकी कोई क़ीमत नहीं है।" रिज्यूमे से बाहर निकलकर वह बोली।

"और यहाँ मुझे क्या करना होगा?"

"इनका ध्यान रखना होगा," किशोरी ने जंगल में उड़ते परिन्दों और वहाँ विचर रहे, आम से दिखते पर शायद किसी कारण से खास जानवरों की ओर इशारा किया—"अब काम बढ़ रहा है, मैं सब कुछ अकेले नहीं देख सकती।"

यह कहते हुए उसने कोमल को उस नजर से देखा, जिसकी वह पहले क्षण से उम्मीद कर रहा था। अचानक से दोनों के सूखे मन पर बारिश में

भीगे हुए पेड़ की तरह कुछ ताज़ी बूँदें उभर आईं और अतीत में उनके बीच पला-बढ़ा, उनका पहला प्यार उनके वर्तमान पर हावी होने लगा...!

"मुझे यह नौकरी मिल तो जाएगी न?" तभी कोमल यह सीधे-सीधे पूछ पाया।

"मैं पूरी कोशिश करूँगी...बस तुम्हें भी अपनी कोई क़ीमती चीज गिरवी रखनी होगी।"

"क़ीमती चीज?"

"हाँ! यहाँ नौकरी पाने की यही एकमात्र शर्त है।" किशोरी ने पूरी गम्भीरता से कहा।

कोमल इस सही जगह पर इतनी देर से पहुँचा था कि अब उसके पास गिरवी रखने के लिए कुछ नहीं था। पतझड़ के दिनों की तरह उसके रोवें गिर गए। किशोरी ने इसे महसूस किया। उसके भी रोवें उदास हो गए। पर फिर, माहौल में आ गई निराशा को दूर झटक, उसने कोमल को अपने साथ आने को कहा और उसे घूम-घूमकर गिरवी रहे जीवों की विशेषता बताने लगी—"यह बिल्ली देख रहे हो, यह वह बिल्ली है, जिसकी बहन को शेर हुआ था। मतलब उस शेर की मौसी, जिसके बारे में हम दोनों ने एक साथ साइंस-बुक में पढ़ा था और यह बगुला, वह बगुला है जो बच्चों को विद्या बाँटता है और यह मैना...।"

"यह तो तुम्हारी मैना है ना?" कोमल बीच में ही बोल उठा।

किशोरी के होंठों पर मुस्कान आ गई, "तुम्हें मेरी मैना याद है?"

"हाँ जब तुमने पहली बार मुझे अपनी नोटबुक दी थी, तो इसने मेरी शर्ट पर बीट कर दिया था।"

किशोरी के गाल लाल हो गए, "तुम्हें तो सब याद है!"

इसके बाद दोनों के पास कोई बात नहीं थी। दोनों की नजरें मिलीं और फिर दोनों इधर-उधर देखने लगे। इधर वह मनीप्लांट था, जिसकी लताएँ पूरे जंगल को किसी सुरक्षा कवच की तरह घेरे थीं और उधर एक झूमता हुआ लद्धड़ हाथी। कोमल की क़िस्मत ही ऐसी थी कि वह दूसरी ओर था। अगर यह मैना वाली लड़की अभी उसके साथ न होती तो वह फिर से निराश हो

जाता। लेकिन अपने पुराने प्यार की सोहबत में वह भी पॉजिटिव हो उठा, "क्या यह वह हाथी है, जिसका सिर गणेश को लगा था?"

किशोरी ने हाथी को देखा और वही बात दुहरा दी जो उसके ऑनर ने मेल (ई-मेल) पर लिखी थी—"इसे बस यहाँ इसलिए रखा है, ताकि बढ़ते हुए जंगल को यह उसी दिशा में बढ़ने दे, जिस दिशा में हम चाहें।"

पता नहीं क्यों, पर कोमल एक बार फिर से खुद को उदास होने से नहीं रोक पाया। कुछ उदास, उत्सुक और पल-पल भारी होते पल तेज़ी से बीत गए।

"तो मैं चलूँ?" आखिरकार उसने कहा।

"हूँ" किशोरी को भी अपना सिर हिलाना पड़ा।

ऑफिस के पक्के फर्श पर कीचड़ के पानी की गति से चलता हुआ जब वह बाहर आया तो उसे यह अहसास हुआ कि किसी से सचमुच में बात करने का सुख वह बिलकुल भूल गया था। तवे की तरह गर्म होने या बर्फ़ की तरह जम जाने के बीच आज बहुत दिनों बाद वह खुद को स्वेटर की तरह बुन रहा है। यह ऊनी गरमाहट, मन में यूँ क्रोशिये का चलते रहना, काम से कहीं अधिक उसे अपनी जिन्दगी में यह चाहिए, लेकिन उसके पास गिरवी रखने के लिए कुछ नहीं है...!

वह हताशा की सड़क पार कर ही रहा था कि उम्मीद की मैना उसके कन्धे पर आकर बैठ गई—"जानते हो मेरी मैना की खासियत क्या है?" वह पलटा तो ऑफिस के दरवाजे पर मुस्कुराती हुई किशोरी खड़ी थी—"यह जिस पर बीट कर देती है, अगर वह कोशिश करे तो उसके मन की मुराद जरूर पूरी होती है।"

"पर मेरे पास गिरवी रखने के लिए कुछ नहीं है।" कोमल ने कहा।

"ऐसा नहीं हो सकता," किशोरी ने उसका हौसला बढ़ाया, "क्योंकि यहाँ केवल वही आ सकता है, जिसके पास सच में कुछ क़ीमती, कुछ बहुत क़ीमती गिरवी रखने के लिए हो।"

कोमल इस कहे के बदले में कुछ कहना चाहता था, लेकिन वह अनकहा ही रहा। किशोरी ने हाथ हिलाकर उसे बाय-बाय कहा और अन्दर चली गई। उसके पीछे-पीछे उसकी मैना भी। सड़क के बीचोंबीच खड़े-खड़े कोमल ने अपना कन्धा देखा। मैना फिर से उस पर बीट कर गई थी।

जब कोमल और किशोरी पहली बार मिले थे, उनकी चहकने की उमर थी। किशोरी के पास एक आजाद मैना थी और कोमल के पास यह उम्मीद कि एक दिन उसके पास सब कुछ होगा। दोनों के मन एक दूसरे के अगल-बगल ही फुदकते रहते। अभी तक उन्होंने एक दूसरे से बात नहीं की थी, लेकिन उनकी आत्मा में यह मीठा भय भरने लगा था कि अगर किसी को उनके प्यार के बारे में पता चल गया तो?

एक को हँसते देख दूसरा मुस्कुरा उठता था। दूसरे की छींक पर पहली मन-ही-मन सॉरी कह देती। कोमल ने लड़कियों को इस बात पर मजा लेते सुना कि इसके पास तो कैंटीन जाने के भी पैसे नहीं रहते। किशोरी को यह समझने में थोड़ा वक्त लगा कि लड़के उसके छोटे स्तनों का मजाक उड़ाते हैं।

"वह कहाँ है?" उजड्ड लड़के कभी-कभी उससे पूछते।

"कौन?" वह कहती।

"देखा! जब इसे ही नहीं पता तो हमें कैसे पता चलेगा?" वे थोड़ी दूर पर गोल बनाकर हँसते।

उन्हें अन्त तक यह मालूम नहीं पड़ा कि दूसरों की नजरों में उनकी जो खामियाँ हैं, वो उनकी अपनी नजर में कोई अहमियत रखती भी हैं या नहीं? और शायद इसी एक वजह से मन-ही-मन इतना करीब होते हुए भी, दोनों एक दूसरे से सन्देह भर दूर रहे।

यदि तब कोमल को केवल "मैना के बीट" का सही मतलब ही पता चल गया होता तो आज वह कितना समृद्ध होता? उसने सामने रखी मोटी किताब को दीवार पर दे मारा और गधे की दुलत्ती की तरह अपनी एकलत्ती

चलाकर कुर्सी को कोसों दूर झटक दिया। तब भी जब उसे राहत नहीं मिली, तो वह नीचे की दुकान से बीड़ी का बंडल ले लाया और अपने मन को तब तक कसैले धुएँ में डुबोता रहा, जब तक कि अतीत में ले जानेवाले उसके पंख शिथिल नहीं पड़ गए।

जब मन गश खाकर गिर गया तब उसकी नजर कमरे में रहनेवाली 'टकटकी' पर पड़ी—एक छिपकली, जो उसे अँधेरे में, अक्सर ऐसे एकटक देखती जैसे वह कोई फतिंगा हो। अगर वह किशोरी से ना मिला होता तो यह खयाल उसके मन में कभी नहीं आता, लेकिन अब वह बड़ी गम्भीरता से सोच रहा है कि कहीं यह वह छिपकली तो नहीं जो डायनासोर की नानी थी?

अपने पहले प्यार से बस एक मुलाकात और आदमी अपनी कितनी सीमाएँ तोड़ सकता है? कोमल ने ना केवल डायनासोर की नानी को पकड़ लिया, बल्कि उसे गिरवी रखने भी पहुँच गया। किशोरी ने पारदर्शी जार में बन्द टकटकी को देखा और हँस पड़ी। वह झल्ला उठा, "क्या हुआ?"

किशोरी उसकी इसी मासूमियत पर फिदा थी। उसे उसपर पहले का सा प्यार आया। वह उसके प्यार में पड़कर और हँसी। वह और झल्लाया। वह चाह रही थी कि अब और न हँसे और उसे बताए कि उसका भोलापन उसके मन में गुदगुदी कर रहा है—फोरप्ले के वक्त की सी गुदगुदी। लेकिन जैसे गुदगुदी के समय कोई अपनी हँसी नहीं रोक पाता, वैसे ही वह भी नहीं रोक पा रही थी। वह चाह रहा था कि गुस्सा होके यहाँ से चला जाए लेकिन चाह से भरी ऐसी हँसी से कौन गुस्सा सकता है? आखिरकार वह भी हँस पड़ा।

तब किशोरी ने उसे बताया, "ऑफिस के अन्दर यह जो जंगल है, यह कोई साधारण जंगल नहीं है। यह तब का जंगल है, जब आदमी बन्दर हुआ करते थे और वे शायद अब तक बन्दर ही बने रहते अगर ब्रह्मा, अपनी बेटी सतरूपा के साथ, चौथे आयाम से, इस दुनिया के तीसरे आयाम में नहीं आते।"

"चौथा आयाम?" कोमल ने उस बच्चे की तरह प्रश्न किया, जो अपनी नानी से परियों की कोई कहानी सुन रहा हो। पर किशोरी ने इसका जवाब, किसी बूढ़ी नानी की तरह नहीं, बल्कि आज के किसी वैज्ञानिक की तरह दिया, "हाँ! जिसे पहले देवलोक कहा जाता था, उसे समय और सृष्टि की खोज-खबर रखनेवाले आज के साइंटिस्ट चौथा आयाम कहते हैं, तो ब्रह्मा अपने उसी चौथे आयाम से, इस तीसरे आयाम में आए, क्योंकि उन्हें ग्यारहवें आयाम में रहनेवाले अपने रचयिता से मिलना था।"

कोमल ना चाहते हुए भी अगला सवाल पूछने से खुद को रोक नहीं पाया, "पर ब्रह्मा को तो खुद रचयिता कहा जाता है?"

"हाँ! ऐसा सिर्फ़ तीसरे आयाम, यानी हमारी दुनिया के लोग मानते हैं, क्योंकि ग्यारहवें आयाम में जाने के लिए ब्रह्मा ने, बन्दरों पर अपने रिसर्च की शुरुआत की थी। उन्होंने बन्दरों के मस्तिष्क से कुछ ऐसे छेड़-छाड़ किए थे, जिससे उनकी तीसरी आँख खुल गई थी, जिसे आजकल की भाषा में पिट्यूटरी ग्लांड कहते हैं—मस्तिष्क में मटर के दाने के बराबर की एक ऐसी ग्रन्थि, जिससे बन्दर आदमी बन गए।"

कोमल हँस पड़ा, "और यह सब तुम्हें क्या खुद ब्रह्मा ने बताया?

"नहीं! उस बगुले ने?" किशोरी ने विद्या बाँटनेवाले बगुले की ओर इशारा किया।

"यह बगुला बोलता भी है?" कोमल, किशोरी के कॉन्फिडेंस से अचम्भित था। किशोरी समझ चुकी थी कि वह कुछ भी कहे, कोमल का तार्किक मन उसे स्वीकार नहीं कर पाएगा। इसलिए उसने कोमल को अपनी हथेली उल्टी करके आगे करने का इशारा किया। कोमल ने वैसा ही किया। फिर दिव्य बगुले की ओर देखकर वह बोली, "बगुला-बगुला विद्या दे... बगुला-बगुला विद्या दे...।"

और फिर कोमल ने देखा कि उसके नाखूनों पर बगुले के रंग की कुछ धवल बिन्दियाँ उभर रही हैं और साथ ही साथ मन के किसी अवचेतन बिन्दु पर वह पुरातन कहानी, जिसे किशोरी ने अधूरा छोड़ दिया था—"जब तीसरे आयाम के जीवों पर किए गए ब्रह्मा के सभी प्रयोग असफल हो गए तब

उन्हें अपने प्रयोग के लिए तीसरे आयाम से अधिक विकसित बच्चा चाहिए था। चौथे आयाम का एक ऐसा बच्चा, जिसमें उनका भी अंश हो। उन्होंने अपना ये प्रस्ताव अपनी बेटी के सामने रखा, पर सतरूपा ने अपने पिता की चाह के लिए प्रयोग बनना स्वीकार नहीं किया। तब ब्रह्मा ने उसके साथ जबरदस्ती करने की कोशिश की। सतरूपा ने चौथे आयाम से आए सभी जीवों से खुद को बचाने की गुहार लगाई, जिनमें उसका अंगरक्षक विशाल यति भी शामिल था, पर किसी ने भी ब्रह्मा के आगे सिर नहीं उठाया। अपने पिता से बचने का प्रयास करते हुए सतरूपा उस पहले कबीले में पहुँची, जहाँ के नेता शिव थे और जिनके साथ सतरूपा अपना अधिकतर खाली समय बिताती थी और फिर शिव ने सतरूपा की शक्तियों और अपने साहस से ब्रह्मा का सिर काट दिया।"

कोमल को यह कहानी पहले से पता थी, चाहे भले ही कुछ दूसरी तरह से। पर बगुले से यह पुरानी विद्या पाकर भी उसका असमंजस दूर नहीं हुआ, "क्या इस कहानी का सच में कोई ओर-छोर है?"

किशोरी उसकी दुविधा को समझ रही थी। अगर उसके पास भी बचपन से ही एक विशेष मैना न होती, तो वह भी किसी ऐसी कहानी पर कभी यक़ीन न कर पाती। उसने कोमल को अपने पीछे आने का इशारा किया और जंगल में और अन्दर, लगभग मध्य में चली गई। उसके पीछे-पीछे कोमल भी। किशोरी ने एक गोल पत्थर पर अपना हाथ रखा और उसे भी ऐसा ही करने को कहा। पत्थर पर लाल तिलक लगा हुआ था। शायद यह वही पत्थर था, जिसकी नकल करके कम्पनी का लोगो बनाया गया था। पत्थर से एक आवाज आ रही थी। कोमल स्तब्ध रह गया। इससे पहले उसने कभी किसी पत्थर को बोलते नहीं सुना था, पर यह पत्थर, यह धड़कते हुए दिल की तरह एक नाम जप रहा था—"सतरूपा...सतरूपा... सतरूपा..."

कोमल ने आश्चर्य से किशोरी को देखा। वह मुस्कुराई, "यह ब्रह्मा का वही कटा हुआ सिर है और यह वही जंगल, जिसे ब्रह्मा ने अपने रहने के लिए बिलकुल चौथे आयाम-सा बनाया था। बदलते समय के साथ, बदलती

हुई कहानियों की तरह, यह सच को खुद में छुपाए गुम था, पर हमारे ऑनर के पुरखों ने जमाने से छुपे हुए इस सच को खोज निकाला। इसलिए इस जंगल में जीवों की छुपी हुई सच्चाई खुद-ब-खुद बाहर आ जाती है। या कम-से-कम उसकी एक झलक तो दिख ही जाती है। इसलिए तुम्हारी यह छिपकली बस एक घरेलू छिपकली है।"

"कौन है तुम्हारा ये ऑनर?" कोमल का आश्चर्य अपने आप सवाल बनकर बाहर आ गया।

"उसे देखा तो मैंने भी नहीं है, पर वह सब कुछ देखता है।" किशोरी ने मुस्कुराकर कहा, "और उसे जो कुछ भी कहना होता है बस मुझे मेल कर देता है।"

"तुम्हारी कभी इच्छा नहीं होती ऐसे मैजिकल बॉस से मिलने की?"

"अगर महीने की हर पहली तारीख को सैलेरी अकाउंट में क्रेडिट होती रहे तो कौन बेवक़ूफ अपने बॉस का मनहूस चेहरा देखना चाहेगा?"

बात तो सही थी। दोनों ही इस बात पर एक साथ हँसे। पर असली समस्या ने एक बार फिर से उसे घेर लिया, "मतलब किसी जीव की कोई झूठी विशेषता बताकर मैं तुम्हारे ऑनर को यूँ ही चूना नहीं लगा सकता?"

किशोरी ने उसके प्रश्न को नहीं उसके बचे हुए अविश्वास को पकड़ा और उसे यह समझाने लगी कि नई दुनिया में भी पुरानी सच्चाइयाँ बिलकुल वैसे ही जीती हैं, जैसे हम और तुम, इसलिए आगे से मुझ पर सन्देह मत करना और कम-से-कम यहाँ कोई झूठी कहानी मत लाना। पता नहीं वह यह बात कितनी समझ पाया, लेकिन किशोरी बोलती रही और वह उसकी बातों में खो गया। दोनों के हाथ इतने करीब थे कि वे एक दूसरे से छू जाना चाहते थे। होंठों में चुम्बन पा लेने की जुम्बिश थी, देह में एक दूसरे में समा जाने की ऐंठन। लेकिन यह सब बस खयालों में था और असल में उनके बीच इतने लम्बे वक्त का अन्तराल था कि वे बातों से आगे नहीं बढ़ पा रहे थे।

"पर तुम्हारे ऑनर यह सब इकट्ठा करके करना क्या चाहते हैं?" कोमल उस वक्त की बात करना चाहता था, जब उसने पहली बार किशोरी को देखा था, लेकिन अभी वह यही पूछ पाया।

शायद किशोरी को इस वक्त से अधिक प्यार था, "समय की तलहटी में बैठ गई इन अद्भुत सच्चाइयों के साथ-साथ अब हमारे ऑनर के पास अपना जंगल है और अपने बादल भी।" उसने आकाश में घुमड़ते बादलों की ओर इशारा किया, "और उनका ख्वाब है एक बिलकुल नई दुनिया बनाना। ठीक वैसे ही जैसे एडम और ईव ने कभी शुरू किया था। बस इस नई दुनिया में सबको उनकी नौकरी करनी होगी।"

"यह तो कोई बुरी बात नहीं।" कोमल ऐसे मोमेंट के बीच तैर रहा था कि उसे कोई भी बात बुरी लग ही नहीं सकती थी और किशोरी को नौकरी से इतने व्यक्तिगत फायदे मिल रहे थे कि उसे बुरा लगने का सवाल ही नहीं उठता।

"इस नौकरी ने ही तो मुझे ब्रेस्ट-सर्जरी कराने के पैसे दिए" वह चहकी।

इस बार न चाहते हुए भी उसका ध्यान किशोरी की बातों से हट गया और वह सर्जरी के उस्तरे की तरह उसके स्तनों को बेधने लगा।

"क्या?" किशोरी ने उसे रंगे आँख पकड़ लिया। वह कहना चाहता था कि तुम्हारी यात्रा तो काफ़ी बड़ी रही, लेकिन शब्द कंठ तक आकर वापस पेट में फिसल गए। अब दोनों के पास कोई बात नहीं बची थी। दोनों की चुप्पियाँ एक दूसरे से अठखेली करने लगीं। आँखें इधर-उधर देखते हुए भी एक चाहत बुनने लगीं। मन बवंडर में उठे तिनकों की तरह गोल-गोल घूमने लगा। यह उठान का वह पल था, जब या तो वे एक दूसरे को थाम लेते या फिर से कई सदियों के लिए थिर हो जाते।

"हम कम-से-कम एक बार हग तो कर ही सकते हैं।" आखिरकार कोमल के मुँह से वे शब्द फूटे, जो वो कब से कहना चाह रहा था।

चाहती तो किशोरी भी यही थी, पर वह ऐसे जंगल में नौकरी कर रही थी, जहाँ हर पल एक अदृश्य आँख की उस पर नजर थी। बात को टालने के लिए वह बेबात हँस पड़ी, "अब ऑफिस बन्द करने का समय हो गया है।"

"मैं कहीं नहीं जाऊँगा।" कोमल ने किसी छोटे बच्चे-सी जिद की।

"यहाँ रहने के लिए पहले तुम्हें यहाँ की नौकरी पानी होगी।" किशोरी के होंठों पर आमंत्रण भी था और चुनौती भी, कोमल धरती पर निढाल पड़ गया और दूर आकाश को देखने लगा। नौकरी अब भी उसके लिए आकाश जितना ही दूर थी। उसे विदा करने से पहले किशोरी ने उसे अन्तिम हिदायत दी—"तीन दिन बाद इंटरव्यू है। किसी के पास पैसा होगा, किसी के पास पहुँच और किसी की ऊँची जाति। तुम कोई ऐसी चीज लाना जो इन सबसे क़ीमती हो।"

केवल पैसे और प्यार के लिए ही नहीं, बल्कि जिन्दा रहने के अहसास के लिए भी अब यह जरूरी था कि कोमल को यह नौकरी मिले, लेकिन नौकरी पाने के लिए उसे कुछ गिरवी रखना था और गिरवी रखने के लिए उसके पास कुछ नहीं था। दीमक के पास भी उसकी अपनी खोल होती है, लेकिन भगवान मनुष्यों को इतना नंगा करके क्यों भेजते हैं?

वह रास्ते भर भगवान को गाली देता रहा। ऐसा नहीं कि वह बचपन की उस न्यूड देवी को बिलकुल भूल गया था लेकिन बचपन में हुए यौन-शोषण की तरह अब वह इस पर यक़ीन नहीं कर पा रहा था। सच्चाई पता करने का एक ही तरीका था—अतीत की यात्रा। उस अतीत की, जिसे आगे बढ़ने के लिए वह काफ़ी पहले बहुत पीछे छोड़ आया था।

दादाजी की तेरहवीं के बाद उसे गाँव जाने की कभी जरूरत नहीं पड़ी थी। जब वे बीमार थे, उन्होंने उसे फोन करवाया था। लेकिन तब उसकी परीक्षाएँ चल रही थीं। वह उनके मरने के बाद ही गाँव पहुँच पाया था। गाँव में किसी को उनके मरने का दुख नहीं था। सब "बुढ़उ का तो बन गया" और "अब पूड़ी खाने को मिलेगा" जैसी चुहल करते हुए उनकी अर्थी तैयार कर रहे थे। बस एक आदमी की आँखों में आँसू थे—कामाख्या के पिता। वे कभी कामाख्या दर्शन करने गए थे। वहीं से लौटकर उन्होंने अपने लड़के का नाम कामाख्या रख दिया। वे देह पर राख मलते और अधिकतर चुप

रहते। उनसे कोई बात नहीं करता था। दादाजी भी उनसे कोई बात नहीं करते थे, पर वे घंटों उनके साथ चुपचाप बैठे रहते थे। इस दौरान कोमल और कामाख्या एक दूसरे के साथ खेलते रहते। उसी कामाख्या के पिता से कोमल को अपने दादाजी के अन्तिम शब्द पता चले थे—"बस एक अड़हुल का फूल है, जो अपनी डाल से टूटकर भी खिल जाता है।"

गाँव वाले इस सामान्य से खुलासे पर जोर से हँसे थे—"गजबे, बड़ा रहस्य उजागर कर दिए तुम तो तांत्रिक...!"

उस समय कोमल ने इस पर कोई विशेष ध्यान नहीं दिया था, पर अब गाँव लौटते हुए वह यह सोच रहा है कि उसके दादाजी ने अपने अन्तिम समय में क्या बस अड़हुल के फूल की विशेषता बताई थी या हम आदमियों की? लेकिन अपने जड़ों से अलग होकर वह अब तक तो नहीं खिल पाया है? क्या उसके दादाजी इस बारे में जानते थे और इसलिए अन्तिम शब्द के रूप में, उसके लिए एक उम्मीद छोड़कर जाना चाहते थे?

ट्रेन में हवाई-जहाज की सी खामोशी है। बहुत पहले ही लोगों ने एक दूसरे को अपना खाना खिलाना बन्द कर दिया था और अब एक दूसरे से बातें करना और एक दूसरे की ओर देखना भी। लगभग सभी लोग अपने कुछ मरे हुए अहसासों के साथ बस सोशल मीडिया पर जिन्दा हैं। कोमल सामान की तरह लदा-लदा गाँव पहुँचा। उसे लगा था कि सालों बाद गाँव में उसे देखकर सब आश्चर्य करेंगे, लेकिन अब तक इतने बेरोजगार गाँव लौट चुके थे कि लोग निराश हुए—"ल्यो, यहू आ गए!"

गाँव में शहरों की तरह भीड़ बढ़ रही है और वैसी ही वीरानी। किसी ने इस भय से उसका हालचाल नहीं पूछा कि मदद न कर पानेवाली इस हालत में कहीं उन्हें मदद न करनी पड़ जाए। जैसे सब अपने-अपने बिलों से निकले थे, वैसे ही लौट गए। कोमल अपने घर के साथ अकेला रह गया—पुश्तैनी घर। वह सबसे पहले उस कच्चे कमरे की ओर गया, जहाँ उसने बचपन में कुलदेवी के दर्शन किए थे। दादाजी के मरने के बाद भी उसने वह कमरा खोला था, तब भी देवी वहाँ नहीं थीं और अब तो उस कच्चे भाग को मिट्टी ने धोबी पछाड़ देकर जमीदोज ही कर दिया है। वह पहले से जानता था कि

कुलदेवी उसे यहाँ नहीं मिलेंगी। लेकिन अगर वह सदियों से उसके खानदान में रह रही हैं तो उन्हें बुलाने का कोई तो रास्ता होगा?

इस भारी सवाल को मन-ही-मन ढोता हुआ वह घर के पक्के भाग की ओर गया। वहाँ के कई हिस्सों को परे सरकाकर दरारों ने अपनी पूरी गृहस्थी जमा ली थी। दीवारों का श्रृंगार करने अनगिनत लताएँ लपक आई थीं और दालान का दलन करते हुए रेंड़ घर के बली बन चुके थे। कभी लोग बेटियों की शादी के लिए खेत और पुश्तैनी घर देखने आते थे, क्या वे भविष्य के प्रति इतने लापरवाह थे कि इसके इतने गर्त में गिरने का अन्दाजा तक नहीं लगा पाए? वह पुश्तों के पिछड़ेपन के मध्य किसी सवाल की तरह भटकता रहा और उसे इसका भी कोई उत्तर नहीं मिला!

रात-भर वह कुलदेवी को बुलाने की जुगत बिठाता रहा। उसे न तो देवी का मंत्र पता था और ना ही चालीसा। उसने अब तक केवल एक ही बार देवी के दर्शन किए थे और वो भी अपने दादाजी के साथ। वह उस दर्शन के हर डिटेल्स को मन-ही-मन दुहराता रहा। उसमें कोई पूजा-पाठ, कोई टोना-टोटका या आडम्बर नहीं था। जब वे कमरे में घुसे थे, बस उनके हाथ में अड़हुल का एक फूल था। उसे अपने दादाजी के अन्तिम शब्द याद आए—"बस एक अड़हुल का फूल है, जो अपनी डाल से टूटकर भी खिल जाता है।"

तो क्या दादाजी उसे कुलदेवी के आवाहन का तरीका बताना चाहते थे? जरूर यही बात थी। शायद देवी तक पहुँचने का यही एकमात्र रास्ता है—अड़हुल का फूल...!

भोर ही भोर नहा-धोकर वह बगल के मन्दिर गया। बचपन में वहाँ केवल तुलसीदल और ढेरों फूल के पौधे थे, लेकिन अब यह मन्दिर किसी पार्क-सा लग रहा है—फ़ौवारों, लाइटों और सुन्दर बेंचों से सजा हुआ। कंगाली के इस दौर में पता नहीं कौन मन्दिरों पर इतना खर्च कर रहा है? हो सकता है यह भी किसी का स्टार्ट-अप हो!

उजाले में कई डेकोरेटिव फूल थे लेकिन अड़हुल नहीं था। वह अँधेरे की ओर बढ़ता चला गया। उन अँधेरों से एक मदमाती गन्ध आ रही थी।

वह हैरान था कि दुनिया में यह कौन सा नया फूल आ गया? वह करीब पहुँचा तो फूल के वे पौधे फुसफुसाने लगे और उनमें ऐसी असम्भव हलचल हुई, जैसे वे उखड़कर भागनेवाले हों! भक्ति में रंगा उसका मन भय से भर गया। पौधों की शाखों पर मोबाइल के फ्लैश जल उठे और हारते हुए जंग में आखिरी जज़्बे की सी ललकार उठी—"कौन है बे?"

कोमल को अपना नाम नहीं बताना पड़ा, क्योंकि वे पौधे नहीं उसके बचपन के दोस्त थे, जो झाड़ियों में छुपकर गाँजा पी रहे थे। गनीमत थी कि वे फेसबुक पर फ्रेंड थे, इसलिए एक दूसरे को झट पहचान गए। सबने फिर से अपनी-अपनी जड़ें जमा लीं और उसके सबसे करीबी कामाख्या ने चिलम उसकी ओर बढ़ाया—"गाँजा पीना शुरू किए कि अभी नये-नये बेरोजगार हो?"

वह मना न करता अगर उसे कुलदेवी का आवाहन न करना होता, "अभी बस मुझे अड़हुल का फूल चाहिए।"

सबने एक दूसरे की ओर देखा। संयोग से अड़हुल का एक पेड़ कामाख्या के घर में भी था। उसे उठना पड़ा।

"मुझे लगा था कम-से-कम तुम मुझसे मिलने आओगे?" रास्ते में कामाख्या को उलाहना मिला। कामाख्या इसका कोई जवाब नहीं दे पाया। पर रास्ते भर उसके मन में कुछ शब्द खुदकते रहे। वह अपने ही घर में चोरों की तरह घुसा और अड़हुल के पेड़ की ओर इशारा भर कर पाया। पेड़ के नीचे एक आदमी समाधि लगाए बैठा था। वह कामाख्या के पिता थे। केवल लंगोट पहने, न जाने किस साधना में रत। कोमल ने एक उलझी हुई नजर कामाख्या पर डाली—"क्या इस समय फूल तोड़ना ठीक होगा?"

कामाख्या ने उसे इशारे से बताया कि अब ये पूरे पागल हो गए हैं। चुपचाप फूल लो और निकलो यहाँ से। कोमल को भी यही ठीक लगा। वह सँभलकर आगे बढ़ा, पर जैसे ही उसने पहला फूल तोड़ा, पिता की आँखें खुल गईं।

"कौन है?"

"मैं...मैं हूँ चाचा..." वह हकलाया—"नमस्ते...!"

पिता ने सिर हिलाया। ऐसे नहीं जैसे उसे जानते हो, बल्कि ऐसे जैसे वो, उसे जान गए हों। उन्होंने उसे अपने करीब आने का इशारा किया। कोमल ने कामाख्या की ओर देखा। उसने अपने कन्धे उचकाए। जैसे कह रहा हो कि इस पागलपन का वह कुछ नहीं कर सकता। कोमल उपदेश लेने की मुद्रा में पिता के करीब झुक गया। तब वे ऐसे बोले जैसे उसे गुरुमंत्र दे रहे हों—"सब जड़ हैं। केवल शिव चेतन हैं।"

कोमल को कुछ समझ नहीं आया, पर उसे इस बात पर सहमत हो जाना ही ठीक लगा। उसने हाँ में सिर हिला दिया। पिता खुश हुए और उन्होंने फिर से आँखें मूँद लीं। उसने फूल चुने और फिर दोनों दोस्त राहत की एक साँस लेकर वापस लौट पड़े। जब वे उस मोड़ पर पहुँचे, जहाँ से उन्हें जुदा होना था तो एक लम्बी चुप्पी के बाद कामाख्या के होंठों पर कुछ अधपके शब्द आए, "हमारे पास ना प्यार है, ना पैसा, ना इज़्ज़त। शर्म इतनी है कि अब केवल रात में ही घर से बाहर निकल पाते हैं।"

मोड़ चौंकी। सालों से वह लोगों के चाल में इस दुख को महसूस कर रही थी। लोग सीने में इसे दबाए यहाँ से गुजरते थे, लेकिन कहता कोई नहीं था। अगर वह मनुष्य होती तो दोनों को गले लगा लेती। दोनों मनुष्य थे पर ऐसा नहीं कर पाए। कोमल ने बस अपनी गर्दन थोड़ी सी झुकाई, "मैं समझ सकता हूँ"

और फिर दोनों दोस्त अपने-अपने अधूरे काम पूरा करने अपने-अपने रस्ते चल पड़े।

अड़हुल का फूल लिए वह सीधे उस ढहे हुए कच्चे कमरे तक गया। उस जगह पर अब एक मेढ़क का कब्ज़ा था। मेढ़क पेट फुला-फुलाकर उसे ललकारने लगा। वह अभी हिंसा नहीं करना चाहता था इसलिए इन्तजार किया और जब मेढ़क किसी मेढ़की की खोज में चला गया, तब उसने अपने घुटने मोड़े और सर नवाकर अपनी कुलदेवी को अड़हुल का फूल अर्पित किया—"मेरे पूर्वजों ने पीढ़ियों से आपकी सेवा की है, मुझे नहीं पता कि आपको कैसे पुकारूँ, पर आज मुझे आपके आशीर्वाद की जरूरत है। मुझे दर्शन दीजिए देवी, मुझे दर्शन दीजिए।"

उसने अपना सिर जमीन पर टेक दिया और बहुत देर तक इस कल्पना के साथ प्रतीक्षा करता रहा कि उसे आकाशवाणी की तरह कोई दैवीय आवाज सुनाई देगी—"आँखें खोलो वत्स..." लेकिन उसकी यह कल्पना सच नहीं हुई। आखिरकार उसने आँखें खोलीं और एक झूठी उम्मीद के साथ इधर-उधर देखने लगा कि शायद देवी ने कुछ बोला न हो लेकिन वो प्रकट हो गई हों, पर उसकी उम्मीद सचमुच में झूठी निकली। उसे ऐसा लगा जैसे वह दो फुट और नीचे धँस गया हो। उसकी आँखें भर आईं और वह आकाश की ओर देखकर अपने दादाजी को याद करने लगा—"क्या आपके साथ-साथ कुलदेवी भी यहाँ से चली गईं? क्या कुलदेवी के साथ रहनेवाले आप आखिरी पीढ़ी थे? या उन्हें पुकारने का और भी कोई मार्ग है?"

कुलदेवी की तरह उसके दादाजी भी मौन और गायब रहे। देवी-देवता कुछ भी करें पर अपनों के न बोलने पर हमेशा एक चिड़चिड़ाहट होती है। कोमल को वैसी ही कौंच मचने लगी। अपनी कौंच से उसे कौंचनेवाले ऋषि याद आए और फिर टीवी पर देखी हुई उनकी तपस्या। उसे इस बात का अहसास हुआ कि शायद वह कुछ हड़बड़ी कर रहा है। अपने आराध्य का दर्शन करने के लिए ऋषि-मुनि कई-कई युगों की तपस्या करते थे। अभी इंटरव्यू में दो दिन बचे थे। अगर वापस लौटने के लिए एक दिन को घटा दें तो भी तपस्या करने के लिए उसके पास पूरा एक दिन तो है ही। उसने अड़हुल के फूल को सीधा करने अपने सामने रखा और पुराने ऋषियों की तरह हाथ जोड़कर मन-ही-मन बोला, "हे देवी! अब जब तक आप मुझे दर्शन नहीं देतीं, तब तक मैं यहाँ से नहीं उठूँगा।"

सुबह से दोपहर हो गई और फिर शाम। देवी तो नहीं आईं लेकिन दिन में निकल सकनेवाले, मुहल्ले भर के लोग कोमल को आ-आकर देख गए—"इहो पगला गया क्या?"

"का करोगे भइया, टाइम ही कुछ अइसा चल रहा है...!"

कोमल फेसबुक पर आनेवाले कमेंट्स की तरह इन कमेंट्स को भी साइलेंट होकर सुन रहा था, लेकिन बन्द आँखों से वह दिखा ऐसे ही रहा था जैसे उन्हें न सुन रहा हो। धीरे-धीरे वे बेवजह चिन्ताएँ, अफसोस और आवाज़ें दबने लगीं और बिना बोले ही रात ने बता दिया कि वह आ गई है। खुली आँखों से हम इतना कुछ देखते हैं कि चाहकर भी उन्हें महसूस नहीं कर सकते; कोमल चाहे भले ही अभी कुछ देख नहीं पा रहा लेकिन वह समय और संसार को अपने भीतर घुलते महसूस कर रहा है। केवल एक दिन के मौन से वह समझ गया कि टीवी के अभिनेताओं की तपस्याएँ कितनी सतही और नकली हुआ करती हैं। वे तपस्या को जिद की तरह करते हैं। बढ़ते समय और बदलते मौसम के साथ उनका चेहरा और, और कठोर होता जाता है, लेकिन उसके उलट कोमल अपने भीतर एक नरमी को उतरते देख रहा है। जैसे धूप में करक चुकी मिट्टी पर ओस की बूँदें पड़ रही हों। यह अहसास इतना सुकून देनेवाला था कि कुछ समय के लिए वह ये तक भूल गया कि वह तप क्यों कर रहा है?

जब से वह गाँव से निकला था, उसमें वो सब पा लेने की बेचैनी थी, जो उसके पास नहीं था, बिना यह जाने कि उसके पास क्या है? इसी कारण वह दिन-ब-दिन कुलदेवी को भी भूलता गया था और उस वजह को भी, जिसके चलते उसकी कई पीढ़ियाँ, एक छोटे से गाँव में मर-खप गई थीं। लेकिन वो पीढ़ियाँ भी कहीं-न-कहीं से चलकर आई थीं और सैकड़ों सालों के ठहराव के बावजूद उन्हें यह अहसास था कि एक दिन उन्हें यहाँ से जाना पड़ सकता है। तभी उसके दादाजी ने उसे गाँव से बाहर भेजा था। उस जगह और नये काम का पता लगाने, जहाँ उनकी आनेवाली पीढ़ियाँ खिल सकें। लेकिन अब बाहरी दुनिया में खिलने का अर्थ ही बदल गया था। अब खिलने का अर्थ था—बिना कुछ सोचे-समझे, ऐसी चीजों को पाने में अपनी जिन्दगी नष्ट कर देना, जिनकी असल में कोई जरूरत ही नहीं।

अपनी मुँदी आँखों से कोमल ने सारी दुनिया पर आकाश की तरह फैले उस अन्धकार को देखा और अपनी पूरी जिन्दगी में सबसे अधिक निराश हो

उठा। लेकिन तभी अन्धकार के आकाश में उसे नजर आई, किसी स्वतंत्र इच्छा की तरह तैरती हुई एक कली- अड़हुल की कली।

ठीक इसी समय बहुत पहले मर गए उसके दादाजी, धरती के किसी गुमनाम अँधेरे में एक बार फिर से अपनी अन्तिम साँसें लेते हुए बुदबुदा उठे—"केवल एक अड़हुल की कली है, जो अपनी डाल से टूटकर भी खिल जाती है।"

और अचानक से कोमल को अपनी गलती का अहसास हुआ—"कली खिलती है, फूल नहीं और वो देवी के लिए फूल लेकर आया था।"

कोमल की आँखें खुल गईं—"तो ऐसे काम करती है तपस्या? हमें बाहर के थपेड़ों से नहीं, भीतर के विचारों से टकराना होता है।" उसके होंठों पर उस राही की सी मुस्कुराहट थी, जिसने बहुत भटकते हुए पहली बार सही रास्ते पर कदम रखा हो। अभी वो सोच ही रहा था कि अब क्या करे कि इतने में कल का गया हुआ मेढ़क लौट आया और अपने शब्दों में उसे समझाइस देने लगा—"टर्र...टर्र...टर्र...।"

"टर...यहाँ से जल्दी टर...और बिना देर किए लेकर आ अड़हुल की कली..."

"हाँ हाँ जा रहा हूँ..." उसने मेढ़क से कहा। अब वह समझ चुका था कि प्रकृति हर पग पर हमें इशारा करती है, वो हम ही हैं जो अपने श्रेष्ठताबोध में कुछ भी नहीं सुनना चाहते। वह उठा और सीधे कामाख्या के घर गया, वहाँ कामाख्या के पिता पहले से ही अड़हुल की कली लिए हुए उसका इन्तजार कर रहे थे। जैसे वो जानते हों कि वो आएगा। शायद वे प्रकृति के इशारों को समझने में कोमल से अधिक माहिर थे। उन्होंने एक पूरे गोहरौरे में आग लगा दी थी और उसके उजाले में घर की चहारदीवारी पर कोयले से बनाए गए उनके आढ़े-टेढ़े चित्र ऐसे उभर आए थे कि कोमल उन्हें नजरन्दाज नहीं कर सकता था। उन चित्रों में एक कबीले का नायक, हाथ में त्रिशूल लिए हुए, एक यति जैसे महादानव से लड़ रहा था। उसके पीछे अपने ही लम्बे बालों में ढँकी हुई कोई कन्या थी और यति के साथ हजारों की संख्या में साधु जैसे दिखनेवाले लोग। कोमल को चित्रों में खोया देख, कामाख्या के

पिता, उन चित्रों की ओर मुड़ गए—"ब्रह्मा का सिर कटने के बाद, उनसे प्रभावित लोगों और शिव में घनघोर युद्ध हुआ था। शिव अकेले थे फिर भी वे उनसे जीत नहीं पाए थे। अन्त में उन्हें भागना पड़ा था। पर आगे चलकर उन्होंने वैखानस सम्प्रदाय की स्थापना की थी और सतरूपा के साथ-साथ वे उन सभी लोगों के दुश्मन हो गए थे, जो जीवों की आजादी में विश्वास रखते थे। तभी से ये दुनिया दो भागों में विभाजित हो गई। एक सबकी आजादी को माननेवाले और दूसरे आजाद लोगों को खत्म कर देनेवाले।"

"ये सब आपको कैसे पता?" कोमल ने पूछा।

"तुम्हारे दादाजी! वही ये सब कहानियाँ सुनाया करते थे।" कामाख्या के पिता ने बोलना जारी रखा, "वे तो यहाँ तक मानते थे कि बुद्ध, गांधी, आम्बेडकर, भगत सिंह, ये सभी सतरूपा से प्रभावित या उन्हें माननेवाले लोग थे और इन सबकी हत्या ब्रह्मा को माननेवालों ने की थी और केवल इतना ही नहीं, अंग्रेजों को चौथे आयाम से आए शक्तिशाली जीवों की जानकारी भी इन्होंने ही दी थी, तभी अंग्रेज उन विशेष जीवों को दुनिया भर में खोजते फिर रहे थे और शायद उनमें से कुछ जीवों को अंग्रेजों ने बन्दी भी बना लिया था, तभी उनका सूरज कभी नहीं डूबता था।"

"पर जब ये सब हो रहा था तो शिव कहाँ थे?"

कामाख्या के पिता ने कोमल को अड़हुल की कली सौंपी और एक बार फिर से बोले, "जो चेतन है, वही शिव है।"

इस बार कोमल ने वैसे सिर नहीं हिलाया, जैसे उसने पहली बार किया था। इस बार भी उसका सिर हिला मगर उस अर्थ में कि जो आप कह रहे हैं, मैं उसे समझने की कोशिश जरूर करूँगा। कामाख्या के पिता के मुख पर एक ऐसी राहत उतर आई जैसे उन्होंने अपने जीवन का उद्देश्य पूरा कर लिया हो।

रात आधे से कुछ अधिक बीत चुकी है। चमगादड़, उल्लू और लज्जा से भरे हुए बेरोजगार, बुझे हुए सितारों की तरह अपनी-अपनी मांदों से निकल

आए हैं। बाक़ी खा लेने भर कमा सकने या उपजा लेनेवाले लोगों का घर किसी कैदखाने में बदल गया है। जहाँ दिन-भर की थकी औरतें, अपनी देह तुड़वाकर, अगले दिन के काम के लिए खुद को आराम दे रही हैं और पुरुष इस समय की समस्याओं से अछूते रह गए हीरो की मूर्खताओं में रस ले रहे हैं। बूढ़ों के पास आनेवाले सौ सालों में, देश की बदलनेवाली तस्वीर के भाषण हैं और किशोरों के हाथ में विज्ञापनों की तरह बड़े-बड़े दावे करनेवाले सोशल-साइट्स के प्यार। अब भी कुछ ऐसे लोग बचे हैं, जिनके तपते हुए सीने पर रेडियो है और उनकी ख्वाहिशों की कब्रगाह में भी पुराने समय की ठंढक को लौटा लाने का ख्वाब अब तक जिन्दा है। केवल एक दिन के तप से कोमल में वह शक्ति आ गई है कि गली से गुजरते हुए, वह इन न दिखनेवाली भावनाओं को सचमुच में देख पा रहा है। उसके वश में होता तो वह घर-घर जाकर, टीवी, मोबाइल और लैपटॉप में खुद को भूले लोगों को एक दिन के लिए तप करने के लिए कहता, ताकि वे जो जी रहे हैं, उन्हें देख भी सकें, लेकिन अभी वह खुद बेरोजगार है और किसी को कुछ भी समझाने के लिए सबसे पहले उसके पास नौकरी का होना जरूरी है।

वह अपने पुश्तैनी घर में पहुँचा और कब्ज़ा किए हुए मेढ़क से दूर एक खाली जगह तलाशी। पहले उसने वहाँ अड़हुल की कली को रखा और फिर ठीक उसके सामने पाल्थी मारकर बैठ गया। इस बार उसने देवी का आवाहन नहीं किया। वह बस कली को देखता रहा। ऐसे जैसे हम अपनी अन्तिम उम्मीद को देखते हैं—होना तो यह चाहिए था कि बिजली कड़कनी चाहिए थी या कम-से-कम हवाओं को ही तेज हो जाना चाहिए था, लेकिन इन सब के विपरीत देवी ने खुद को किसी जुगनू की तरह प्रकट किया—एकदम शान्ति और किसी सतत प्रक्रिया के अंग-सा। जैसे अपनी अनुपस्थिति में भी वह हमेशा से यहीं उपस्थित रही हों और केवल अपने तेज से उन्हें ढँकनेवाले पंख हटाए हों। बीस वर्ष बाद भी समय ने उन्हें छुआ तक नहीं था। वह अब भी एकदम वैसी की वैसी ही थीं, जैसा कोमल ने उन्हें अपने बचपन में देखा था।

गाँव आते हुए उसने रास्ते भर यह सोचा था कि एक नंगी लड़की को वह किस तरह देखेगा? और चूँकि वह लड़की उसकी कुलदेवी थीं, इसलिए

अपने खयालों में पवित्रता लाने की उसने भरसक कोशिश की थी। उसने सोचा था कि वह देवी को वैसे ही देखेगा जैसे वह कोई नंगा पेड़ देखता है, या कबूतर या शावक। नग्नता से बहुत दूर और कृतज्ञता से एकदम भरा हुआ। लेकिन जब सचमुच में उसने देवी को देखा तो ऐसा नहीं कर पाया। कोमल के मन के सारे आदर्श यथार्थ की आँधी में हवा होने लगे और अपनी ही कुलदेवी पर उसका मन डोलने लगा। उसके अन्तस ने उसे धिक्कारा तो वासना ने गुस्से का रूप धर लिया—"इन्होंने कभी मेरी सहायता क्यों नहीं की?"

देवी ऐसे मुस्कुरा रही थीं जैसे उसके मन के हर करवट को पढ़ रही हों। उसके मन के ज्वार इतने साधारण थे कि उन्हें शान्त होने के लिए बस समय की आवश्यकता थी। देवी उसके सामने किसी सजीव मूर्ति-सी बैठी रहीं। कुछ देर तक नग्नता के ज्वार में डूबने-उतराने के बाद जब वह थिर हुआ तो दुनिया की सबसे तरासी हुई कोमलता और किसी हसीन ख्वाब की-सी कमनीयता और जीवन की सबसे उत्तेजक सुन्दरता भी अचानक से उसे साधारण लगने लगी और तब पल-पल बदलते उसके मनोभावों ने अपनी तैराकी छोड़ दी और वह बाहर की अपेक्षा अपने अन्दर डूबने लगा। उसके डूबने में देवी ने कोई व्यवधान नहीं डाला। वह जितना डूबता गया, उसे अपना यहाँ आना उतना ही व्यर्थ लगने लगा और इतनी बेशक़ीमती देवी के बदले एक अदद नौकरी उतनी ही फालतू। जब उसके मन से अपनी पारिवारिक सीख और सामाजिक जरूरत और देश और समय से उपजा ज्ञान पूरी तरह से धुल गया तो देवी मौन की सी भाषा में बोलीं, "क्या अब भी कुछ है जो तुम्हें चाहिए?"

अब उसे कुछ नहीं चाहिए था, मगर उसके भीतर जो एक अधूरापन था, जिसके लिए वह तमाम तरह के नशे करता था ताकि उसका आत्म (?) सो सके या कुछ रचने की कोशिश करता था, ताकि वह खुद को और अपने अधूरेपन को कुछ क्षण के लिए भूल सके, बस उन्हीं कुछ क्षणों के लिए और हमेशा के लिए नहीं, मगर हमेशा ही, किसी प्रेरणा की कमी की तरह उसे अपने प्यार के न मिलने की कसक होती और वे धुँधले क्षण इतने गाढ़े होते कि उसके अस्तित्व के हर क्षण से लिसट जाते। तो अब सवाल यह था

कि क्या वह अपने पहले प्यार के लिए अपने पुरखो की पीढ़ियों से कमाई हुई सारी दौलत गिरवी रख सकता है? और क्या उसे इसका हक भी है?

वह शायद अपनी सारी उम्र पशोपेश के इस दलदल में फँसा रहता, लेकिन देवी ने केवल सात शब्दों में ही उसे उबार लिया, "मैं तुम्हारे साथ चलने को तैयार हूँ।"

एक कसमसाहट के साथ उसका अन्तर्मन खुल गया और आँखों से ना जाने कौन सा अपराधबोध टप-टप कर चूने लगा, "आप तो कुछ भी कर सकती थीं तो आपने मुझे पहले ही कोई नौकरी क्यों नहीं दिला दी?"

जैसे हवाएँ बोलती हैं, उसी तरह से देवी ने कहा, "सभी जीव केवल प्रकृति के अधीन हो सकते हैं, किसी और की नौकरी करना उनकी प्रकृति के विरुद्ध है।"

यह स्पष्ट था कि उन्हें केवल दुनिया के बनने के दिनों का पता था और मनुष्यों ने सबको अपने अधीन करके कितना विकास कर लिया है, इसकी कोई खबर नहीं थी। लेकिन उसने देवी से इस बारे में कोई बहस नहीं की। उसकी पारदर्शी आँखों में अब कोई सवाल नहीं, बस एक नन्हा-सा कौतुक था, "तो अब?"

देवी मुस्कुराईं और फिर उसका अर्पण किया हुआ अड़हुल उठा लिया, "अब वक्त आ गया है कि तुम अपने पुरखों को जानो और खुद को भी।" और इतना कहते ही अचानक से देवी का शरीर दीप्त होने लगा...और दीप्त, और फिर प्रकाश की एक किरण की तरह वह कली में समा गईं। कली देदीप्यमान हो उठी और उसकी पंखुड़ियाँ खुलने लगीं। खिलते-खिलते कली एक फूल में बदल गई और फिर वह अड़हुल का फूल स्वयं ही हवा में तैरते हुए कोमल के हाथों में आ गया।

कोमल अवाक था। पता नहीं देवी उससे क्या कहना चाहती है? पर इतना तो निश्चित था कि यहाँ से आगे जरूर ही कुछ ऐसा होनेवाला था, जो उसके अब तक के जीवन में नहीं हुआ था...!

अगले दिन वह न्यू माया के ऑफिस में था। शुद्ध हवा और अद्भुत जीवों के बोलते मौन के बीच। मन को गहराई देनेवाले हरे रंग से घिरा हुआ। पुरखों के उस जंगल में आते ही देवी अपने मौलिक रूप में आ गईं। उनकी नग्न देह से स्वयमन्तक मणि-सी ज्योति फूटने लगी और उस प्रकाश में नहाकर पूरा जंगल नया हो उठा और सभी जीव अचानक से, गिरवी रखे जाने से पहले वाली आजादी महसूस करने लगे। किशोरी हैरान थी। उसे स्वयं भी ऐसा लग रहा था, जैसे उसने ह्वाइट वाइन पी ली हो और शायद उसी नशे में उसने वह किया जो वह स्कूल के दिनों में नहीं कर पाई थी। वह आगे बढ़ी और उसने देवी और अपनी मैना और अपने ऑनर की अदृश्य आँखों के सामने ही अपने पहले प्यार को पूरी शिद्दत से बाँहों में समेट लिया—"यू गॉट दि जॉब।"

ब्रह्मा के कटे हुए सिर से एक नाराज गुर्राहट निकली—"सतरूपा..."

इस नाराजगी से बेखबर दोनों ने एक दूसरे को ऐसे देखा जैसे दो "लॉन्ग डिसटेंस रिलेशनशिप" वाले प्रेमी लम्बे बिछोह के बाद बीच के किसी स्टेशन पर मिले हों। जाग्रत पेड़-पौधे, अलौकिक पशु-पक्षी और एक दिव्य देवी की दिव्यता से खचाखच भरे स्टेशन पर। उन्हें अपना एकान्त चाहिए था। दोनों ने एक दूसरे का हाथ थामा और जंगल के उस हिस्से में पहुँच गए, जहाँ एक साधारण-सी नदी थी। उन्होंने अपने अहसासों से एक नाव बनाई और उस नाव में सवार हो गए। नाव जैसे-जैसे नदी में दूर जा रही थी, वैसे-वैसे वे एक दूसरे के समीप आते जा रहे थे। नदी के उस पार पहुँचते ही चुम्बनों ने उन पर आक्रमण कर दिया। उनके रोम-रोम लहर उठे, रक्त की हर बूँद थिरकने लगी और वर्षों का धैर्य उतना ही आक्रामक हो गया।

मैना अपनी आदत-अनुसार तीखी मिर्ची के पीछे भागती आई थी, लेकिन उन्हें प्रेम में आकंठ डूबा देख उसने मुँह फेर लिया और अपनी पीली चोंच ऊपर उठाकर बादलों को डाँटने लगी, "तुम लोग क्या देख रहे हो...एँ?"

"हम और कर भी क्या सकते हैं?" बादलों ने अपनी मजबूरी बताई।

"देखते नहीं, देवी आ गईं हैं।" मैना बोली, "अब तुम भी स्वतंत्र हो।"

बादलों की आँखों में आँसू आ गए, उन्हें लगा कि वे अभी बरस पड़ेंगे, पर जिस जमीन ने उन्हें बन्दी बना रखा था, अब वे उसे और नहीं सींचना

चाहते थे। उनमें एक जोर की गड़गड़ाहट हुई और वे ऑफिस के आकाश को छोड़कर अपने मन से जहाँ-तहाँ भटकने लगे और अपनी मीठी फुहारों से शहर और गाँव-गाँव को तर करने लगे।

आकाश क्या खुला, गिरवी रखे जीवों का जोश बढ़ गया। सबसे पहले शुभ का संकेत देनेवाले एक सुनहले नेवले ने अपना सिर उचकाया, उसे देखते ही शेर को गुण सिखानेवाली बिल्ली ने अँगड़ाई ली और फिर विद्या बाँटनेवाले बगुले के पंख फड़फड़ाने लगे। ऑफिस के इस बन्दीगृह से बाहर निकलने से पहले सबने मुड़कर एक बार कुलदेवी को देखा। उनकी सजल आँखों में उस देवी के लिए एक गहरा आभार था, जिनके होने मात्र से वे अपने-अपने आलस और आराम की क़ैद से मुक्त हो रहे थे।

सबके जाने के बाद भी हाथी सबकी फैलाई गन्दगी में जस का तस खड़ा रहा। जब उसे कुछ समझ नहीं आया तो, दूसरों के जाने से खाली हुई जगह पर डोलते हुए और बेशक़ीमती मनीप्लांट को चबाते हुए ही वह अपनी आजादी का जश्न मनाने लगा।

कायनात खुश थी, पर यह मुक्ति पता नहीं क्यों एक पत्थर को बुरी लग रही थी—ब्रह्मा के सिर को। वह गुस्से से थर-थर काँपने लगा—"सतरूपा... सतरूपा...सतरूपा...।"

जो उन्हें सुनने के लिए नियुक्त किए गए थे, वे एक दूसरे के सुकून में इस दुनिया से ओझल हो गए थे। उन्हें वापस लाने के लिए हवा दूर हो रही बारिश में से नमी चुरा-चुराकर ला रही थी और मिट्टी की सोंधी खुशबू भी। लेकिन जिनके पास पारस हो वो सोने का लालच क्योंकर करें? क्या केवल इसलिए क्योंकि आदमी की जात होती ही है लालची? वह जो पा जाता है, उसे खोने का रिस्क उठाकर भी वह वो पाना चाहता है, जो उसने नहीं पाया है? शायद हाँ, क्योंकि दो लोगों की पूर्णता से बनी दुनिया को आखिरकार कोमल ने तोड़ दिया और न जाने किस अतृप्ति में दूर हो रही बारिश को मंत्र-मुग्ध हो निहारने लगा—"यह बारिश कितनी ऊपर होती है?"

किशोरी अब भी इस दुनिया में वापस नहीं आना चाहती थी, पर वह जहाँ थी, वहाँ अकेले नहीं रहा जा सकता था। उसकी आँखें खुलीं तो उसने पाया कि अँधेरा हो चुका है और बारिश अब केवल स्ट्रीट लाइट के नीचे ही दिखाई दे रही है, पर उसे बारिश के अलावा भी और कुछ दिखा और वह बिजली की गति से उठ बैठी, "ये तो ऑफिस के बादल हैं, ये सड़क पर कैसे बरस रहे हैं?"

जब पत्थर की पुकार किसी ने नहीं सुनी तो देवी अपने स्थान से उठीं। उनके हृदय में सभी उपेक्षित लोगों के लिए करुणा थी। उन्होंने प्यार से पत्थर के सिर पर हाथ फेरा और उसे शान्त कराने लगीं, "स्वतंत्र होना जीवों का मूलभूत अधिकार है, तुम्हें इस पर दुखी नहीं होना चाहिए, चाहे भले ही उन्हें तुमने रचा हो...!"

देवी के शब्दों से पत्थर और तिलमिला उठा, लेकिन उनके स्पर्श में कोई तो ऐसी शक्ति थी, जिससे पत्थर को बल मिल रहा था। अगले ही पल वह जोर-जोर से हँसने लगा। हँसने से पत्थर में एक मुँह खुला और ब्रह्मा के मुँह से उनकी हवस जन्मी। उसका आकार किसी आदमी की तरह था, पर एक ऐसा आदमी जिसकी त्वचा न हो और उसके मांस से सदियों की घृणा टपक रही हो—"आखिरकार...मैंने तुम्हें खोज ही लिया...!"

किशोरी हवा की गति से गिरवी रखे जीवों की ओर लौट रही थी। उसके पीछे-पीछे उसका असिस्टेंट कोमल भी—"क्या ऑफिस के बादल कभी यहाँ से बाहर नहीं जा सकते?"

"तब तक तो नहीं जब तक कि हमारे ऑनर न चाहें..." अचानक से किशोरी कुछ बोलते-बोलते रुक गई, "या सचमुच में सतरूपा ही यहाँ न आ जाए...!"

"सतरूपा में ऐसा क्या खास है?" कोमल ने पूछा।

अब तक वे ऑफिस के शुरुआती हिस्से तक आ चुके थे। वह स्थान, जहाँ अधिकतर जीव चरा करते थे, पर आश्चर्य कि अब यहाँ केवल हाथी रह गया था, मनीप्लांट के कुछ आखिरी प्लांट की ओर लपकता हुआ।

“नहीं...नहीं...नहीं...” किशोरी ने हाथी को रोकने की कोशिश की। पर हमेशा उसकी बात मान लेनेवाला हाथी अपने मन का हो गया था—बिलकुल बेकहल। वह तभी रुका जब जंगल से पूरा मनीप्लांट खत्म हो गया। किशोरी ने उसे अंगार भरी आँखों से देखा। बदले में हाथी की मासूम आँखें मुस्कुराईं। उस मासूमियत में स्वतंत्रता का उल्लास था। उस उल्लास में किशोरी को अपना वह उत्साह दिखा जो कुलदेवी के यहाँ आते ही उसमें आ गया था। उसका जी धक्क से रह गया। वह अपने असिस्टेंट की ओर मुड़ी, “तुम सतरूपा की खासियत जानना चाहते थे ना? देखो इस हाथी को...”

उसने हाथी को देखा—मनीप्लांट खत्म करने के बाद उसने जंगल चरना शुरू कर दिया था। उसे हाथी में इसके अतिरिक्त और कोई खासियत नजर नहीं आई कि वह सब कुछ चर सकता है। तब निराश होकर किशोरी को बोलना ही पड़ा, “जब हम पैदा होते हैं, हमारे पास एक आजाद मन होता है, जो धीरे-धीरे परिस्थितियों का गुलाम होते जाता है। हम अपनी स्वतंत्रता को गिरवी रखकर, जीवन में अपने लिए सुविधा जुटाते हैं। लेकिन सतरूपा ने कभी वह समझौता नहीं किया, वो परमपिता के सामने भी नहीं झुकीं। इसलिए उनमें लोगों को उनके समझौते से आजाद कर देने की ऊर्जा है...”

अब उसे खुशी से झूमते हाथी की खासियत समझ आई, “लेकिन सतरूपा यहाँ कब आई?”

किशोरी को अपने प्रेमी की इस नासमझी पर गुस्सा भी आया और लाड़ भी। अभी एक दिन पहले तक वह ऐसा नहीं कर सकती थी। पर अब जैसे गुलामी के इस जंगल में एक आजाद क्षण आ गया हो। वह आगे बढ़ी और अपने प्रेमी के गालों पर दाँत धँसा दिए, “तुम क्या सचमुच में यह नहीं समझ पा रहे?”

“क्या?” उसने अपना गाल सहलाते हुए पूछा।

“यही पागल! कि तुम्हारी कुलदेवी ही हैं सतरूपा...!”

उसके सामने वह पहला क्षण घूम गया, जब उसने कुलदेवी के दर्शन किए थे और फिर उसका वह पूरा जीवन, जिसमें उसे कभी नौकरी नहीं मिली और साथ ही उसके मन में बार-बार गूँजने लगा, देवी का वह महत्त्वपूर्ण

उपदेश—"सभी जीव केवल प्रकृति के अधीन हो सकते हैं, किसी और की नौकरी करना उनकी प्रकृति के विरुद्ध है।"

"तो क्या इसलिए मुझे कभी नौकरी नहीं मिली?" वह रुआँसा हो उठा, "तब तक जब तक कि मैंने देवी को गिरवी नहीं रख दिया!"

उसे ऐसा लग रहा था, जैसे खुला आकाश उसके सिर पर धड़ाम से गिर पड़ेगा और पूरा जंगल बरछी बनकर उसके सीने में घुस जाएगा। ऐसे धिक्कराते वक्त में उसे प्रेम ने थामा, "अगर हमारे ऑनर ने सतरूपा को अपना गुलाम बना लिया तो उसका सपना सच हो जाएगा। एक दिन पूरी दुनिया को उसकी गुलामी करनी होगी।"

गिल्ट के समन्दर में डूबते आदमी को जैसे जीने की फिर से एक वजह मिल गई हो, उसने अपना सिर हिलाया, "हमें उसे रोकना होगा।"

दूसरी ओर ब्रह्मा की हवस और सतरूपा आमने-सामने थे। हवस की लार टपकती होंठों पर विजयी मुस्कुराहट थी और सतरूपा की आँखों में आत्मविश्वास की चमक—"तुमने मुझे नहीं खोजा, मैं खुद तुम्हारे पास आई हूँ, ताकि तुम्हारे इस खेल को रोक सकूँ।"

हवस ठहाका मार के हँसा, "अब कौन रोकेगा मुझे? अब तो तुम्हारे शिव का विद्रोह भी हमारे मन्दिरों में मजे में पूजा और भक्ति का प्रसाद खा रहा है...!"

ठीक यही वक्त था, जब सतरूपा को पूरे जंगल में खोजते हुए दोनों यहाँ पहुँचे। कुलदेवी को सही-सलामत देखकर जितना खुश वे हुए, उतना ही प्रसन्न उन्हें देखकर हवस भी हुआ, "अच्छा हुआ जो तुम लोग आ गए...जाओ और खुद को आजाद महसूस कर रहे लोगों को क़ैद कर लाओ और सबको समझा दो कि मेरी इच्छा के बग़ैर कोई यहाँ से बाहर नहीं जा सकता।"

ऐसे लिजलिजे आदमी का आदेश सुनकर किशोरी को गुस्सा आ गया, "पहले ये बताओ तुम अन्दर कैसे आए? कौन हो तुम?"

इस प्रश्न पर हवस की छाती और चौड़ी हो गई, “कितने दुर्भाग्य की बात है कि आज से पहले तुम कभी अपने ऑनर से नहीं मिली...!”

किशोरी का गुस्सा सिटपिटा सा गया, “तुम...ऑनर...?”

हवस ने अपनी मुंडी भी नहीं हिलाई। बस अँगूठे से अपने त्वचाहीन माथे को ऐसे दबाया कि वहाँ तिलक बराबर रक्त आ गया। किशोरी हैरान थी। यही तो उनके कम्पनी का लोगो था। वह जो सोचकर आई थी अचानक से उससे पलट गई और बिना कुछ कहे ही ऑनर की आज्ञा-पालन करने चली गई।

अब ऑनर ने असिस्टेंट की ओर देखा। उसका मानना था कि अगर माथे पर तिलक हो और आँखों में देखने की ताकत, तो सामनेवाला बिना कहे ही सब कुछ समझ जाता है। पर वह जिसकी ओर देख रहा था, वह अपनी कुलदेवी की ओर देख रहा था। झुँझलाकर उसे बोलना ही पड़ा—“मैं जानता हूँ कि तुममें नौकरी करने लायक समर्पण नहीं है, पर अभी मुझे तुमसे ही काम चलाना होगा। जाओ और जाकर उस हाथी को रोको, इससे पहले कि वो मेरा पूरा जंगल खत्म कर दे।”

अगर यह बात किशोरी कहती तो शायद वह मान भी जाता, पर एक गलीच हवस को वह अपना ऑनर मानने के लिए तैयार नहीं था, “अभी तो मुझे अपॉइंटमेंट लेटर भी नहीं मिला है!”

ब्रह्मा का हवस एक पल के लिए भाड़ में भूँजे जा रहे धान की तरह तिड़का, लेकिन फिर उसने खुद को सँभाल लिया, “अपना मेल चेक करो।”

उसे अपना मेलबॉक्स खोलना ही पड़ा। उसके इन्बाक्स में सचमुच में एक अपॉइंटमेंट लेटर था, जिसमें उम्मीदों से कई-कई गुना अधिक सैलरी पर मुहर लगी हुई थी। हैरान होकर उसने अपनी कुलदेवी की ओर देखा, “आप कुछ करती क्यों नहीं?”

“तुम यही तो चाहते थे।” कुलदेवी ने अपनी पुरानी मुस्कुराहट के साथ कहा।

“पर अब मैं ये नहीं चाहता।” वह लगभग चीखा।

कुलदेवी की आँखों में अब भी वो विश्वास था, जो तूफान के समय में भी एक कुशल नाविक के पास होता है, “तुमसे जरा सी देर हो गई...अब तुमने मुझे गिरवी रख दिया है।”

वह ऐसे दुखी हो उठा, जैसे किसी बच्चे को जबरदस्ती स्कूल भेजा जा रहा हो, "आप तो सबको आजाद करती हैं, आप किसी बन्धन में कैसे बँध सकती हैं?"

हवस का धैर्य चुक रहा था। वह किसी बलात्कारी की कुंठा की तरह लपलपाया, "यह रोना-धोना बाद में करना, पहले जाकर उस हाथी को रोको।"

नौकरी के आगे मजबूर आदमी की तरह कोमल को जाना पड़ा। "रुक जाओ" उसने हाथी को आदेश दिया। हाथी रुक गया, जंगल फिर से बढ़ने लगा और मनीप्लांट उसके चारों ओर, फिर से एक चहारदीवारी बुनने लगी। किशोरी भी भाग गए जीवों और बादलों के साथ फिर से ऑफिस में आ गई, पर अब सारे जीव वैसे ही शान्त नहीं थे, जैसे वे पहले थे। सतरूपा के गिरवी रखे जाने के कारण, उनकी भी आजादी खत्म हो गई थी, पर सतरूपा के होने के कारण उनमें आजाद होने की इच्छा कसमसा रही थी और सभी गुस्से से उस हवस की ओर देख रहे थे, जिसने उन्हें गुलाम बना रखा था, "तुम्हारी एक मूर्खता के कारण मुझे तेरह दिन तक इन्तजार करना पड़ा!" हवस सतरूपा पर चिल्लाया।

"सिर्फ़ तेरह दिन" कोमल, किशोरी के कान में फुसफुसाया, "मुझे लगा था कि ब्रह्मा का सिर कटे हजारों साल हो गए।"

"वह चौथे आयाम के हिसाब से समय की बात कर रहा है। वहाँ समय की गति बहुत धीमी है—बहुत ज्यादा धीमी।" किशोरी ने समझाया।

"पर अब मैं अपने सभी माननेवालों के सामने, जो आज तक की मेरी इस यात्रा में मेरे साथ रहे हैं, उन सबके समक्ष अब मैं अपना अधूरा काम पूरा करूँगा और फिर उस बच्चे को जन्म दूँगा, जो हम सबको एक साथ ग्यारहवें आयाम तक लेकर जाएगा।" हवस अतीत के क्रोध और भविष्य के उल्लास के बीच किसी पेंडुलम की तरह हिल रहा था।

"और अपने रचयिता से मिलकर, क्या करोगे तुम?" सतरूपा ने मुस्कुराकर पूछा, "क्या उन्हें भी अपने अधीन बनाओगे?"

हवस ने इसका जवाब देने के बदले, किशोरी को आदेश दिया—"आमंत्रण भेजो, मेरे सभी पूजनेवालों को।"

इससे पहले कि किशोरी उनकी लिस्ट माँगती, उसके मोबाइल पर एक-एक कर उन सभी लोगों के नाम चमकने लगे, जिनकी जिन्दगी का एक ही मकसद था—दूसरों पर हुकूमत। उसमें हिटलर का भी नाम था, मुसोलिनी का भी, गद्दाफ़ी का भी, स्टालिन का भी, पुष्यमित्र शुंग का भी और उन सभी देशों के उन कई राष्ट्र-अध्यक्षों का भी जो आज के समय में दुनिया के नक़्शे पर सबसे ताकतवर देश के रूप में जाने जाते हैं और उन प्रधानमंत्रियों का भी जो केवल खुद को प्रधानमंत्री बनाए रखने के लिए, अपने देश के लोगों की जिन्दगी जानवरों से भी बदतर बनाए हुए थे और उन विचारकों का भी "जो समरथ को नहीं दोष गुंसाई और शक्तिशाली ही सर्वश्रेष्ठ है" के सिद्धान्त के प्रचारक थे और उन हत्यारों का भी जो स्वतंत्रता, समानता और बन्धुत्व की बात उठानेवालों को भी दुनिया से उठा देने के लिए बन्दूक लिए घूमते रहते थे/हैं। पर उस सूची में सबसे ऊपर उन धनकुबेरों के नाम थे, जो आज की दुनिया में किसी मसीहा की तरह पूजे जाते हैं और चारों तरफ चाहे कितनी ही बेरोजगारी बढ़ रही हो पर जिनकी सम्पत्ति उनकी हर आनेवाली पीढ़ी के साथ दिन दूनी, रात चौगनी होती जा रही थी।

"मैं तो प्रतीक्षा में पत्थर हो चुका था, पर तुम्हारे एक स्पर्श ने मुझे फिर से जीवित कर दिया।" हवस सतरूपा को देखकर हँसा।

"काश! मेरे स्पर्श से तुम्हारे भीतर का रचयिता जागता, तुम्हारी हवस नहीं और तुम खुद को नये सिरे से रचते।" सतरूपा ने सम भाव से कहा।

किशोरी ब्रह्मा के आदेश का पालन करने के लिए जंगल के शुरुआती हिस्से में आ गई थी। उसके साथ-साथ उसका असिस्टेंट भी। वह हैरानी से किशोरी को आमंत्रण भेजते हुए देख रहा था, "इनमें से कई लोगों को मरे तो सालों हो चुके हैं?"

"हो सकता है कि वो मरे न हों और सालों से उस चौथे आयाम में जी रहे हों, जहाँ समय रुक सा जाता है और जहाँ से समय में आगे जाए जा सकता है।" किशोरी बस नौकरी करने की तरह बिलकुल निरपेक्ष भाव से

अपना काम करते जा रही थी। पर कोमल को अभी नौकरी करते हुए इतना समय नहीं हुआ था कि वो प्रतिरोध भी न कर सके। वह ब्रह्मा की हवस को किसी भी तरह रोकना चाहता था। हर भेजे जा रहे आमंत्रण के साथ उसकी बेचैनी बढ़ती जा रही थी, "हमें कुछ करना होगा?"

"हम नौकरी-शुदा लोग हैं। हम क्या ही कर सकते हैं?" किशोरी ने अपनी बेबसी बताई, "एक शिव थे जो ये सब रोक सकते थे, पर अब वे कहाँ हैं ये कोई भी नहीं जानता।"

अचानक से कोमल को कामाख्या के पिता की बात याद आई, "जो चेतन है, वही शिव है", और उसका दिमाग चलने लगा और उसने अपना प्लान किशोरी को बताया।

किशोरी घबरा गई, "हम ऐसा नहीं कर सकते?"

"हम कर सकते हैं, हम नौकरी करते हुए भी विद्रोह कर सकते हैं।"

"तुम्हारे पास नौकरी है, प्यार है और फिर भी तुम खुश क्यों नहीं हो?" किशोरी बौखला उठी।

"क्योंकि मैं चेतन नहीं हूँ...!!!" कोमल ने सपाट उत्तर दिया, "क्योंकि सब जड़ हो चुके हैं, हमें सबको जगाना होगा।"

किशोरी फिर भी कोमल का साथ देने के लिए तैयार नहीं हुई। तब कोमल ने उसे वो क्षण याद दिलाए, जो उन्होंने कुछ देर पहले नदी-पार बिताए थे, "तुम्हें प्यार की वो आजादी चाहिए या हवस की गुलामी?"

गुलामी कौन पसन्द करेगा? इसलिए इस नई गुलामी ने ऐसा रूप धर लिया था कि अब वही आजादी लगती थी। किशोरी गहरे पशोपेश में थी। उसने अपने बाल खोले, उन्हें बाँधा, फिर खोला। कोमल उसका डर समझ रहा था। उसने उसके बिखरे मन और बालों को समेटा, "हमारे प्यार की खातिर प्लीज...!!!"

इस मासूम निवेदन के आगे किशोरी का डर लड़खड़ा गया, "नाम बोलो।"

कोमल के पास ब्रह्मा के हवस से भी बड़ी लिस्ट थी। उसमें उन हजारों लोगों के नाम थे, जो हर हाल, हर सदी में गुलाम बनानेवाली मानसिकता के विरोधी थे। वे लाखों अनाम लोग थे, जो बस एक मकसद के लिए मर-मिटे

थे। करोड़ों बेरोजगार थे, जिन्हें कभी कुछ करने को ही नहीं मिला था, पर उसने सबसे पहले अपने दादाजी का नाम लिखवाया, "वे तो मर चुके हैं ना?" किशोरी ने आश्चर्य प्रकट किया।

"हो सकता है कि वे भी चौथे आयाम में हमारे आमंत्रण की प्रतीक्षा कर रहे हों?" कोमल मुस्कुराया।

अगले दिन तक हवस द्वारा आमंत्रित सभी अतिथि-गण न्यू माया में पधार चुके थे। जंगल के ठीक बीचोंबीच, देवदार, चीड़ और शमी के लम्बे-लम्बे वृक्षों के नीचे, सुहाग-सेज सज चुका था। यह किसी स्वयंवर जैसा दृश्य था। बस इसमें लड़की को अपना वर नहीं चुनना था, बल्कि सभी गणमान्य जनों के सामने उसका बलात्कार किया जाना था। पर लड़की थी कि निस्फ़िकिर थी। उसे अब भी कोई डर नहीं था, बल्कि वो मन्द-मन्द मुस्करा रही थी। मानो वो सर्वज्ञानी हो। उसे मालूम हो कि क्या होनेवाला है।

उसकी ये निश्चिन्तता हवस की आग में घी डाल रही थी, फिर भी बलात्कार से पहले उसने सभी बलात्कारियों को सम्बोधित करना जरूरी समझा, "मुझमें, तुम-सबकी हवस शामिल है। मैं, तुम सबकी ओर से सतरूपा को सजा देने जा रहा हूँ।"

ये भाषण शुरू होने के बहुत पहले से ही न्यू माया की चहारदीवारी के चारों ओर बेरोजगारों का जुटान शुरू हो गया था। कोमल, जब पहली बार न्यू माया के ऑफिस आया था, तब उसे लगा था कि न्यू माया का ऑफिस केवल उसके शहर में है, पर अब वह जान चुका था कि न्यू माया चौथे आयाम में स्थित है और उसकी अदृश्य दीवारें, हर शहर, हर गाँव तक फैली हुई हैं। बस उसे वही देख सकते हैं, जिसके पास या तो गिरवी रखने के लिए कुछ खास हो या जिसे खुद न्यू माया से आमंत्रण मिले। बेरोजगार न्यू माया के चहारदीवारी तक तो आ चुके थे, पर उन्हें ये नहीं पता था कि अन्दर जाने के लिए सामने खड़ी इस बाधा को पार कैसे करें? तब भीड़ को चीरते हुए कोमल के दादाजी आगे आए और उन्हीं की तरह, हर गाँव, हर शहर के वे लाखों क्रान्तिकारी

जो न्यू माया के करीबी लोगों के सत्ता में आ जाने के कारण, सूरज और चाँद की रोशनी से भी छुप कर रह रहे थे। न्यू माया की आकाश में स्थित अदृश्य आँखों से बचने के लिए वो केवल बारिश में बाहर निकलते थे, वो भी छाता लेकर। आज उन्होंने अपने-अपने छाताओं को डिग्री मिलते समय की टोपी की तरह हवा में उछाल दिया और लोगों का नेतृत्व करने के लिए सबसे आगे आ खड़े हुए। उनमें सालों से एक भी कविता नहीं लिख पा रहे कवि थे, घरवालों की गालियाँ खा रहे फटेहाल समाज-सेवी थे, नौकरियों से निकाल दिए गए लेक्चरर और पत्रकार थे, शादी न करने के कारण परिवार द्वारा भी दुश्चरित्र घोषित कर दी गई महिलाएँ थीं, किसान थे, मजदूर थे, नाले में उतरकर उसकी सफाई करनेवाले मेहतर थे और कुछ तो बड़े अधिकारी भी थे जो सरकारी नौकरियों में रहकर, अपनी आँखों के आगे हो रहे गलत को सहन नहीं कर पा रहे थे और इसलिए धीरे-धीरे सतरूपा के होते चले गए थे। सबने चहारदीवारी के चारों ओर खड़ी गुस्साई, झुँझलाई, खिसियाई और मजबूर ताकत को देखा और कोमल के दादाजी की तरह अपनी-अपनी जगह से अपने-अपने लोगों को सम्बोधित करना शुरू किया—"तुम सब आज भी हर साल किसी-न-किसी प्रतियोगी परीक्षा में बैठते हो।"

"और हर बार फेल हो जाते हैं।" भीड़ में से किसी बेरोजगार ने कहा।

"तुम फेल नहीं होते, फेल कर दिए जाते हो, ताकि दुनिया में ज्यादा से ज्यादा बेरोजगार हों। ऐसे बेरोजगार जिनका खुद पर भी विश्वास ना हो। पर आज कोई और तुम्हारी परीक्षा नहीं ले रहा। आज तुम सब खुद अपने-अपने सवाल हो और खुद तुम्हें ही उसका जवाब देना है।"

"मतलब पेपर लीक हो गया है!" बेरोजगार इतने जले-भुने थे कि इस कठिन समय में भी तंज करने से खुद को रोक नहीं पा रहे थे।

"हाँ कह सकते हैं, पर तुम्हारे सामने अब भी एक कोरा कागज है..." दादाजी ने कहना जारी रखा, "तुम लोग किसी भी सवाल का जवाब दे सकते हो, पर क्या खुद सवाल बन सकते हो? तुम देख सकते हो, पर जिसका अस्तित्व मिटा दिया गया हो, जो भूत बन चुके हैं, क्या उसे भी देखने की नजर है तुम्हारे पास? तुम सोते हो, जागते हो, पर सोने और जागने के बीच

जो एक दुनिया खुलती है, क्या कभी भी, एक सेकंड के लिए भी तुमने वहाँ की सैर की है?"

"रात में गाँजा पीकर हम तो रोज ही वहाँ जाते हैं।" एक बेरोजगार ने ठिठोली की, "और असल जिन्दगी में हमें जो भी चाहिए होता है, हम बिना किसी रोक-टोक के वहाँ से उठा लाते हैं।" उसकी इस बात पर सभी नशेड़ी हँस पड़े। पर दादाजी बिलकुल गम्भीर थे, "तो फिर जहाँ तुम लोग बेरोक-टोक के जाते रहते हो, आज वहाँ जाने से ये दीवार तुम्हें कैसे रोक रही है?"

पहली बार कुछ लोगों को ये उम्मीद बँधी कि वे न्यू माया की इस दीवार से पार पा सकते हैं। हमेशा चुप-चुप रहनेवाला कामाख्या भी ये सुनकर जोश में आ गया और जेब से रोल की हुई एक सिगरेट निकालकर, उसे तलवार की तरह, सबको दिखाते हुए तैश में चिल्लाया, "तो जलाओ तीली।"

तीली जली। एक मदमाती गन्ध फेफड़ों में भर गई और जब नथुनों को कँपाते हुए वह बाहर निकली तो एक ही दुनिया में मौजूद कई-कई दुनियाओं की तहें खुलने लगी। देह जैसे हवा में मौजूद नमी से अधिक और कुछ न हो और जो हवा पर सवार हो जाए, उसे कौन रोक सकता है? और इस तरह बेरोजगारों की पहली खेप न्यू माया में दाखिल हुई। हवस जैसे अब भी अपने विजय के रथ पर आरूढ़ था—"विज्ञान, अन्धविश्वास और ताकत का ये बेजोड़, जोड़ ही हमें ग्यारहवें आयाम तक लेकर जाएगा।"

विज्ञान की बात करते हुए भी वह ये भूल गया था कि हर क्रिया की एक निश्चित प्रतिक्रिया होती है और यह केवल प्रतिक्रिया ही नहीं, बल्कि प्रतिरोध था। पर अभी भी प्रतिरोध की पूरी ताकत उनके सामने नहीं पहुँची थी। अभी भी करोड़ों की संख्या में ऐसे लोग थे, जो उनकी माया को भेद नहीं पाए थे। पर दादाजी और अन्य क्रान्तिकारियों के पास उसका भी समाधान था। वे कई पीढ़ियों से इतना भटक चुके थे कि अब चौथे आयाम में जाने के उनके पास दसियों रास्ते थे, "जब बच्चे पैदा होते हैं, उनके आगे कई आयामों के दरवाजे खुले होते हैं, तभी वे बिना किसी के बुलाए भी बोलने की कोशिश करते हैं। बिना किसी दुख के भी रोते हैं, बिना किसी कारण के भी मुस्कुराते हैं।"

"हाँ क्योंकि उन्हें भगवान जी खेलाते हैं।" एक भोला बेरोजगार जो अपने अथाह गम के इन दिनों से राहत पाने के लिए, अब भी अपने बचपन का चक्कर लगाया करता था, बोल पड़ा।

"तो जो भगवान जी एक-एक नवजात बच्चों का इतना ध्यान रखते हैं, वे उनके बड़े होते ही उन्हें बिसरा क्यों देते हैं?" दादाजी कड़के, "इसलिए भगवान के इस खेला से बाहर निकलो। भगवान जी कभी तुम्हें तुम्हारी इस बेरोजगारी से बाहर नहीं निकाल सकते। इसलिए उन बच्चों की उन मासूम और मजबूत आँखों में झाँकने की कोशिश करो जो भगवान द्वारा ठगे नहीं गए हैं।"

"पर अभी इतने बच्चे कहाँ से आएँगे?"

"तो उन जानवरों की आँखों में देखो, जो अपनी भूख के लिए लड़ना और मरना जानते हैं और अगर बिना भटके हुए इस दीवार को पार करना चाहते हो तो तुम्हें सबसे सीधा रास्ता मिलेगा बिल्लियों की आँखों में।"

"पर बिल्लियाँ तो अशुभ होती हैं।" एक आवश्यकता से अधिक धार्मिक बेरोजगार ने अपनी चिन्ता जाहिर की।

"इसलिए तो ब्रह्मा को माननेवालों ने बिल्लियों को इस दुनिया के लिए अशुभ घोषित कर रहा है, ताकि उनसे चालाकी सीखकर, हम लोग उनकी चालाकी का पर्दाफाश ना कर दें।"

अब काफ़ी लोगों के लिए न्यू माया की दीवार को पार करने का रास्ता खुल चुका था। नवजात शिशुओं और बिल्लियों की आँखों में एकटक देखते हुए उनके बदन में एक झुरझुरी-सी उठने लगी। उनका शरीर अकड़ने लगा। धड़कनें धीमी होने लगी। सबने रास्ता दिखानेवाले लोगों की ओर देखा, "ये हमें क्या हो रहा है? कहीं हम मरनेवाले तो नहीं?"

"तुम सबने पहले भी अपनी जिन्दगी में इस क्षण को कभी न कभी जरूर महसूस किया होगा। याद करो, ऐसा कितनी बार होता है, जब तुम्हें बेवजह ही किसी की बहुत याद आने लगती है। ऐसा कितनी ही बार होता है, जब माँ या दादी द्वारा खिलाए गए खाने का स्वाद तब भी तुम्हारी जीभ पर उतर आता है, जब कि उन्हें मरे सालों हो चुके होते हैं। ऐसा कितनी बार होता है कि अकेले सफर करते हुए भी तुम्हें लगता है कि तुम अपने प्रेमी

या प्रेमिका के साथ हो! जानते हो ऐसा क्यों होता है?" दादाजी ने हवा में सवाल उछाला—"क्योंकि हर आयाम में हमारा एक प्रतिरूप होता है और जब हमारी जीभ को बिना खाए भी खरबूजे का स्वाद लगता है, मतलब उस दूसरे आयाम में हमारा प्रतिरूप खरबूजा खा रहा होता है। जब हमें बिना किसी के साथ हुए भी उसके साथ होने का अहसास होता है, मतलब दूसरे आयाम में हमारा प्रतिरूप हमारे उस प्रिय के साथ सच में होता है और इसका मतलब है कि अभी तुम मरनेवाले नहीं हो, बल्कि उस आयाम में जानेवाले हो, जहाँ तुम्हारा स्वागत करने के लिए तुम्हारा जाग्रत रूप पहले ही आ चुका है।"

और सचमुच जब वे दीवार लाँघकर न्यू माया में दाखिल हुए तो उन्होंने देखा कि हुबहू उनके जैसे लोग आँखों में आँसू लिए खड़े थे। खुद को खुद के सामने देखकर सभी बेरोजगारों की आँखें भी भर आईं। उन्होंने आज जाना कि दुनिया की सारी खुशियाँ एक तरफ और खुद के खुद से मिलने की खुशी, अकेले एक तरफ। अब सब दुगुने जोश और दुगुनी ताकत से न्यू माया में हो रहे, आजादी के बलात्कार को रोकने चल पड़े।

पर अब भी ऐसे बहुत से लोग बचे थे, जो मनीप्लांट से ढँकी दीवार के इसी पार अटके हुए हुए थे और अपने लोगों की कोई मदद नहीं कर पा रहे थे। तब दादाजी ने किसी डूबती हुई नाव में सवार, नाविक की तरह उन्हें ललकारा, "चौथे आयाम में जाने का ब्रह्मास्त्र है अकेलापन।"

"पर यहाँ तो लाखों लोग हैं। हम इस समय अकेले कैसे हो सकते हैं?" एक बेरोजगार लड़की ने अपनी बेबसी जाहिर की।

"ये बात तुम कह रही हो? अरे! लड़कियों ने तो हर सदी, हर युग, हर समय में अकेलेपन का दंश झेला है।"

"पर हम तो स्त्री नहीं हैं, तो हम क्या करें?" एक युवक बेरोजगार की निराशा बोली।

"पर तुम बेरोजगार तो हो? और अगर सबके बीच रहकर भी तुम अकेले नहीं हुए तो कैसे बेरोजगार?" दादाजी ने उसे धिक्कारा।

दादाजी की इस बात से बेरोजगारों को गहरा धक्का लगा। पर यह वैसा ही धक्का था, जैसा जेन धर्मगुरु अपने शिष्यों को अध्यात्म के सागर में

उतारने के लिए लगाते थे। वैसा ही धक्का, जिससे नदी किनारे खड़ा, तैरना न जाननेवाला आदमी भी नदी पार करने के लिए मजबूर हो जाए। वैसा ही धक्का जैसा गोरखनाथ ने अपने गुरु मछेन्द्रनाथ को दिया था। वैसा ही धक्का, जैसा कि रत्ना ने दिया था—वन की घास तुलसी को, तुलसीदास बनाने के लिए और इसका तत्काल असर भी हुआ। बेरोजगारों ने ये दिखा दिया कि वे बेरोजगार थे पर अयोग्य नहीं थे और दुनिया की ऐसी कोई परीक्षा नहीं थी जिसे वो पास न कर सकें। चाहे वो परीक्षा चौथे आयाम में पहुँचने की ही क्यों ना हो!

अब तक हवस का भाषण खत्म हो चुका था और वह सतरूपा को सबक सिखाने के लिए, किसी अट्टहास की तरह उसके समीप आता जा रहा था। पर सतरूपा को अब भी अपनी फिक्र से अधिक अपने पिता की गिरावट की चिन्ता थी, "इतनी वासना तो तुम्हारे रचे मनुष्यों में भी नहीं कि वो मेरी इच्छा के विरुद्ध मुझे पाना चाहें।"

"इसीलिए तो वे मेरे गुलाम हैं।" हवस हँसा, "क्योंकि उन्हें नियम बनाकर बांधा जा सकता है। पर ब्रह्मा के लिए कोई विधान नहीं।"

यह वही क्षण था, जब परिधि के बाहर की सारी जमात, पूरे जोश और जूनून के साथ, आजादी के नारे लगाती, उस केन्द्र तक पहुँची जहाँ सतरूपा थी। तब सभी बलात्कारी जैसे अपने-अपने हवस के उन्माद पर थे। अचानक से खुद को करोड़ों लोगों से घिरा देखकर उनकी सिट्टी-पिट्टी गुम हो गई। उनके अट्टहास तक ने उनके कंठ का साथ छोड़ दिया। बेरोजगारों के उबाल के आगे उनका रक्त बर्फ़ की तरह जमने लगा। हिटलर ने ये क्षण पहले भी देखा था। तब जब उसने आत्महत्या की थी। पर मरने के बाद भी वो जीवित रहा था क्योंकि वो विचार बन गया था और ये उस तानाशाही विचार के भी अन्त का क्षण था।

जब हर युग और हर समय में उत्तेजित रहनेवाला हवस भी शिथिल होता जान पड़ा तो एक लोकतांत्रिक देश के प्रधानमंत्री ने, जिसने पूरे देश का सोना हड़पकर, अपने लिए एक सोने की चिड़िया बनाई थी और उसी पर बैठकर यहाँ तक आया था, अपनी बिरादरी का हौसला बढ़ाया—"चिन्ता मत करो,

ऐसी भीड़ को कई-कई बार गुमराह किया है मैंने। यही भीड़ का चरित्र है, वे एक झूठे वादे पर भी अपना सब कुछ गिरवी रख देते हैं।" उसकी आवाज में ऐसा जादू था कि हर हाल में आजाद होने की तरंगें भी मद्धम पड़ने लगीं।

तब दादाजी के हुंकार ने एक बार फिर से उनकी शिराओं में लहरें उठाईं, "आज ये लोग गुलाम बनने नहीं आए हैं, बल्कि जो कुछ भी इन्हें गिरवी रखने के लिए मजबूर किया गया, उन्हें लड़कर लेने आए हैं।"

क्रान्ति का समन्दर फिर से उमड़ने लगा, पर अब तक आततायी भी सँभल चुके थे। ये सदियों से विजेता थे। भलमनसाहत के मसीहाओं तक को मात दी थी उन्होंने। हर अतीत में विजयी रहे लोगों ने अपने-अपने शस्त्र निकाल लिए। हर युद्ध में हारे और मारे गए निहत्थे लोग उनके सामने थे। पर आज वो खाली हाथ नहीं थे। उनकी उम्मीद अलक्षित और अदृश्य नहीं थी। उनकी देवी, उनके जीवन का उद्देश्य, उनका बल, उनका हौसला, उनकी सतरूपा आज उनके ठीक सामने थी और जैसे हर बार वो अपनी उस अन्तिम आशा को देखा करते थे, आज ठीक वैसे ही सतरूपा उन्हें देख रही थी और इसलिए बिना बिगुल, बिना शंख और बिना किसी चेतावनी के ही आरम्भ हो गया—दुनिया का सबसे बड़ा महायुद्ध।

किशोरी अब तक भी पशोपेश में थी। वह अब तक भी अपना पक्ष तय नहीं कर पा रही थी। उसे गुलाम बनानेवाले लोगों से इतने फायदे मिले थे कि वो नहीं समझ पा रही थी कि वो गुलाम बनानेवाले लोगों के साथ है या गुलामी से लड़नेवालों के साथ। पर अपने दादाजी को देखते ही, कोमल को अपनी सभी गलतियों का अहसास हो गया था। वह लड़ रहा था और रो रहा था—"मुझे माफ कर दीजिए दादाजी...मुझे माफ कर दीजिए"

बचपन में जब वह शहर गया था। तब उसके दादाजी नहीं चाहते थे कि वह शहर जाए। पर यह कोमल ही था, जिसे गाँव के लोगों को देख-देखकर यह लगने लगा था कि गाँव में कोई भविष्य नहीं है और एक बेहतर भविष्य की उम्मीद में वह गुलामी की तैयारी करने शहर चला गया था। दादाजी चाहते

तो उसे रोक सकते थे। पर वे ब्रह्मा के नहीं, सतरूपा के उपासक थे। वे किसी के साथ जबरदस्ती नहीं कर सकते थे। इसलिए उन्होंने बस एक बार उसे असली आजादी के दर्शन कराए—साक्षात सतरूपा के और फिर उसे उसके निर्णय के साथ छोड़ दिया। आज से पहले तक दादाजी को भी अपने इस निर्णय पर पछतावा होता रहा था और जब अन्तिम घड़ी में भी कोमल उनसे मिलने नहीं आया था, तब तो उन्हें ये पक्का विश्वास हो गया था कि कुछ ज्यादतियाँ सिर्फ़ तानाशाहों के लिए ही नहीं, बल्कि तानाशाहों से लड़नेवालों के लिए भी जरूरी हैं। पर अब वो, ये समझ पा रहे थे कि तब वे कितने गलत थे...! क्योंकि आज वह, ये साफ-साफ देख पा रहे थे कि तब कोमल को रोककर वे उसे अपनी जंग का साथी तो बना लेते, पर तब भी वो एक कमजोर सिपाही से अधिक और कुछ नहीं होता। एक ऐसा सिपाही, जिसके हाथ में विचारधारा का शस्त्र तो होता पर जिसमें मकसद को अंजाम तक ले जाने की ताकत कभी नहीं होती। इसलिए स्टालिन की छाती पर पाँव रखकर, हिटलर और मुसोलिनी की सामूहिक सेना से घिरे अपने नाती से वो चीखकर बोले, "मैंने जिन्दगी भर सबको यही सिखाया बाचा कि जो चेतन है वही शिव है, पर आज से पहले मैं ये कभी नहीं समझ पाया कि हमें शिव से अधिक जरूरत बुद्ध की है, क्योंकि शिव अकेले चेतन होते हैं और बुद्ध किसी को अकेले नहीं रहने देते। शिव एकान्त में रमते हैं और बुद्ध आकाश में चमकते हैं। शिव की आग उनके तीसरे नेत्र में क़ैद हो जाती है, जबकि बुद्ध सूरज की तरह सबको धूप और रोशनी बाँटते हैं। मुझे खुशी है कि तुम हमारे बुद्ध बने बाचा।"

"पर मैंने तो सतरूपा को भी गिरवी रख दिया।" कोमल का गिल्ट, दादाजी के इन तपते शब्दों की ऊष्मा पाकर और भी तेज़ी से पिघल रहा था, "मेरे ही कारण आज दुनिया की सबसे पुरातन हवस को उसका शरीर मिल सका। मेरे ही कारण ये लोग एक ऐसी दुनिया बनाने के कगार पर हैं, जहाँ सब हमेशा-हमेशा के लिए इनके गुलाम होंगे।"

"नहीं बाचा! तुम्हारे कारण आज हमें ये समझ आया कि लोगों को जगाने के लिए अपना सब कुछ गिरवी रखना पड़ता है—अपनी आजादी भी।

हम आजाद खयाल लोग थे। हमें अपनी हिम्मत का इतना गुरूर हो गया था कि हम ये देख भी नहीं पा रहे थे कि हम अपने ही भय के गुलाम बनते जा रहे हैं। भय कि हम अपनी अन्तिम उम्मीद भी खो देंगे। इसलिए हम सतरूपा को गिरवी रखने का साहस कभी नहीं कर पाते, पर तुमने हमें हमारी पीढ़ियों की बुजदिली से बचा लिया।" फिर दादाजी ने सबकी ओर देखा, जैसे वो सिर्फ़ कोमल से नहीं, बल्कि सबसे कह रहे हों—"अब हमारे पास खोने के लिए कुछ नहीं है।"

"अब हमारे पास खोने के लिए कुछ नहीं है।" बाक़ी सबने भी दादाजी का नारा दुहराया।

ब्रह्मा का हवस उनके इस दुस्साहस पर बौखला उठा। उसने अपना सिर चारों दिशाओं में इस तेज़ी से घुमाया कि ऐसा भ्रम होने लगा जैसे उसके चार सिर हों और फिर उसके हाथों में इतनी तेज़ी आ गई जैसे उसके सहस्त्र हाथ हों और फिर हजारों क्रान्तिकारी हर क्षण उसके हवस का शिकार बनने लगे। शिव और बुद्ध से ताकत लेनेवाले सतरूपा के लोग आज पहली बार सच में ब्रह्मा की ताकत देख रहे थे। अलग-अलग आयामों से आए दिव्य जीव, जिनके अन्तस में कहीं फिर से आजादी का ख्वाब पलने लगा था, वे फिर से निराश हो उठे। अभी कुछ पल पहले तक जो बेरोजगार कोमल को अपना नायक समझने लगे थे, उनके लिए कोमल फिर से उसी असफल और बेरोजगार युवक में तब्दील हो गया, जो यहाँ आने से पहले था। दादाजी के मरहमी शब्दों से अभी कोमल के घाव भरे भी नहीं थे कि ब्रह्मा के इस बेरहम युद्ध से वह फिर से तार-तार होने लगा। पर इससे पहले कि वह अपने नासूर के दलदल में फँसकर खत्म हो जाता, उसने अपने दादाजी का दिया हुआ अन्तिम नारा, किसी मंत्र की तरह जपना शुरू कर दिया—"अब मेरे पास खोने के लिए कुछ नहीं है...अब मेरे पास खोने के लिए कुछ नहीं है...अब मेरे पास खोने के लिए कुछ नहीं है..."

और वो अपनी जगह पर खड़े-खड़े ही अपने स्थान से ऊपर उठने लगा। ऐसे समय में जबकि वह चारों ओर से दुश्मनों से घिरा हुआ था और ब्रह्मा

की हवस उसके सभी अपनों को लीलती जा रही थी, खुद का ऐसे साथ छोड़ना उसके लिए बहुत घातक था। पर हर डर से ऊपर उठे बिना वह खुद को देख भी नहीं सकता था, इसलिए जैसे-जैसे वो ऊपर उठता गया, उसके अन्तर्मन के रेशे धुएँ की तरह विस्तृत होते हुए खुद को खोलते गए और इस चौथे आयाम की विशेष धूप उन पारदर्शी कणों के अणु-परमाणु तक को रोशन करती चली गई और तब कोमल ने देखा अपने जीवन के सबसे बड़े सत्य को। वह सत्य, जिसे उसने अपने बचपन में ही दफन कर दिया था—दरअसल अब तक वह किशोरी को ही अपना पहला प्यार समझते आ रहा था, पर आज उसने दादाजी के मंत्र का जाप करते हुए ये जाना कि किशोरी नहीं, बल्कि सतरूपा है उसका पहला प्यार। पर बचपन में इसे उसने अपना बचपना समझा और बड़े होने के बाद, उसकी नैतिकता ने उसके इस सच्चे भाव को अपने बोझ तले कुचल दिया। पर अब, जबकि वो अपना सच जान चुका है और ये भी कि सबको अपनी गुलाम बना लेनेवाली हवस किसी भी पल उसे खत्म कर सकती है—वो पहली और अन्तिम बार सतरूपा को अपनी सच्ची निगाह से देखना चाहता है।

वह आकाश की ऊँचाई से धम्म से खुद के ऊपर गिरा और उसका मन और शरीर दोनों एक होकर सतरूपा की ओर पलटे। लेकिन तभी उसके विरोधी मन ने एक बार फिर से उसकी गर्दन पकड़ ली—"कहीं ये ब्रह्मा की हवस तो नहीं? कहीं सतरूपा को बुरी नजर से देखने से ही तो तुम खत्म नहीं होनेवाले?"

पर हर बार की तरह इस बार भी कोमल ने अपने विरोधी मन की नहीं चलने दी। युद्ध, शान्ति, गुलामी, आजादी, जीवन, मृत्यु हर डोर से उसने खुद को आजाद किया और किसी पागल प्रेमी की तरह सतरूपा की ओर दौड़ पड़ा। सबको ऐसा लगा जैसे पूरे युद्ध में चुपचाप बैठी सतरूपा पर अचानक से कोई संकट आ गया हो और इसलिए कोमल उन्हें बचाने के लिए उनकी ओर भाग रहा है। अपने लोगों के लिए सबसे बड़े ढाल बने कोमल के दादाजी ने ये देखा तो उन्होंने उसे हिदायत देना जरूरी समझा—"कोई भी जंग सतरूपा को छू भी नहीं सकती बाचा।"

पर अपने दादाजी को भी अनसुना करते हुए कोमल, सतरूपा से लिपट चुका था। उन्हें अपनी बाँहों में भरता हुआ, वो किसी टूटे हुए हार के बिखरते हुए मोती की तरह बोला, "आई लव यू सतरूपा।"

अपने प्यार का इजहार करना, आजादी से गले लगने जैसा होता है और कोमल दुनिया का पहला ऐसा आदमी था जो आजादी को गले से लगाकर अपने प्यार का इजहार कर रहा था। इससे पहले भगत सिंह जैसे कुछ-एक गिने-चुने लोग ही थे, जिन्होंने आजादी को गले लगाया था, पर अपने प्यार का इजहार वे भी नहीं कर पाए थे। इसलिए पृथ्वी के पूरे इतिहास में ये घटना पहली बार घट रही थी। पहली बार ऐसा हो रहा था कि कोई सतरूपा की दुनिया में प्रवेश कर रहा था। दादाजी और उनके जैसे कुछ समर्पित लोगों ने जरूर सतरूपा को प्रकाश बनकर अड़हुल की कली में समाते और अँधेरे का नाश करनेवाली उजाले की किरण की तरह खुद को प्रकट करते देखा था, पर वे भी नहीं जानते थे कि ये प्रकाश किस दुनिया से आता है और कहाँ तक जाता है। इसलिए कोमल का अपनी कुलदेवी के गले पड़ना, उन्हें बेतरह खल रहा था। सभी क्रान्तिकारियों को इस समय कोमल अपना सबका बड़ा दुश्मन लग रहा था, उस ताकत से भी बड़ा दुश्मन, जिसके खिलाफ वे सदियों से लड़ते आ रहे थे। पर फिर भी वे चुप थे क्योंकि कुलदेवी चुप थीं। वे अवाक थे क्योंकि कुलदेवी अब भी मुस्कुरा रही थीं और यह कोई सामान्य मुस्कुराहट नहीं थी बल्कि इस बार उनके मुस्कुराने से उनके होंठों पर एक ज्योति झिलमिलाने लगी थी और यह मुस्कुराहट उनके पूरे शरीर तक फैलती जा रही थी और वह स्त्री-देह से प्रकाश के एक पुंज में बदलती जा रही थीं। बाहर किसी को कुछ समझ नहीं आ रहा था पर अन्दर कोमल पूरा का पूरा उस प्रकाश पुंज में समाहित हो चुका था। एक ऐसे प्रकाश पुंज में जिसका न कोई ओर था न छोर। ना आदि था न अन्त। ना समय था ना स्पेस। पर जहाँ हर युग थे, हर दुनिया थी, हर आयाम थे—समय में स्थिर इस दुनिया का तीसरा आयाम और भविष्य में ले जानेवाला चौथा आयाम और

वो पाँचवा आयाम भी जहाँ से समानान्तर ब्रह्मांड में स्थित अपने प्रतिरूपों को देखना सम्भव था और वो छठा आयाम भी जहाँ न केवल भूत और भविष्य में जाए जा सकता था, बल्कि उन्हें बदला भी जा सकता था और वो सातवाँ आयाम भी जहाँ से समानान्तर ब्रह्मांड में जाने का रास्ता खुलता था और वो आठवाँ आयाम भी जहाँ जाकर अपने प्रतिरूपों का हृदय और विचार और कर्म परिवर्तित किया जा सकता था और वो नौवाँ आयाम भी जहाँ से समानान्तर ब्रह्मांड को बदलना भी सम्भव था और वो दसवाँ आयाम भी जहाँ से किसी भी ब्रह्मांड के भूत और भविष्य को बनाया और बिगाड़ा जा सकता था और...और...वो...वो अन्तिम और ग्यारहवाँ आयाम भी जहाँ सभी ब्रह्मांडों, सभी दुनियाओं, सभी आयामों और सभी जीवों के रचयिता रहते थे और जब उस अन्तिम आयाम का दरवाजा खुला तो कोमल ये देखकर स्तब्ध रह गया कि, वो रचयिता, जिनसे ब्रह्मा मिलना चाहते थे, जिनसे मिलने के लिए उन्होंने इतने षड्यंत्र रचे थे, इतने अनुसन्धान किए थे, इतनी प्रतीक्षा की थी...वो रचयिता और कोई नहीं, बल्कि स्वयं सतरूपा हैं...!!!

सतरूपा ने ब्रह्मा की बेटी के रूप में जन्म लिया था क्योंकि वो ब्रह्मा की लगन से प्रभावित थीं। वो स्वयं चाहती थीं कि ब्रह्मा उन तक पहुँचें। पर ब्रह्मा हठपूर्वक वहाँ जाना चाहते थे, जबकि सतरूपा तक जाने का एक ही मार्ग था—सहज प्रेममार्ग। ब्रह्मा अपना सारा प्रयोग शरीर पर कर रहे थे, जबकि वह आत्मा का पानी था जो किसी को भी उसकी सपाट, एक-आयामिक जीवन से निकालकर ग्यारहवें आयाम की यात्रा पर ले जा सकता था। यह प्यार था जो आपको, आपके रचयिता से मिला सकता था...!

इसलिए कोमल जब अपने ग्यारहवें आयाम की यात्रा से वापस लौटा तो उसे सबसे पहले किशोरी का ध्यान आया। वो अब भी अपने अन्तस के अन्तर्द्वन्द्व से लड़ रही थी, जबकि कोमल हर द्वन्द्व से मुक्त हो चुका था। वह शव से शिव बन चुका था। इसलिए उसके शब्द किशोरी के भीतर किसी नाद से बज उठे—"जब किसी को पहला प्यार नहीं मिलता तो वह जिन्दगी

भर के लिए समझौता करना सीख जाता है। इसलिए गुलाम बनानेवाले लोगों ने ये साजिश रची कि इनसान चाहे सब कुछ पा ले पर, पर अपना पहला प्यार ना पा सके। क्योंकि इसके बाद व्यक्ति या तो खुद को मार डालता है या अगर जीता भी है तो समझौता करना सीख लेता है और जो एक बार समझौता करना शुरू कर दे, उसे गुलाम बनाना कौन सा मुश्किल काम है?"

हवस जानता था कि सभी गिरवी जीवों को आदेश देने का अधिकार अब भी किशोरी के पास है। यदि वो पराजित लोगों के पक्ष में चली गई, तो इस महायुद्ध को एक पल में खत्म कर सकती है। इसलिए उसने किशोरी को रोकने की जी तोड़ कोशिश की, "अगर तुमने इसकी बात मानी तो वह सब कुछ खो दोगी, जो तुमने अब तक पाया है।"

कोमल मौन रहा, क्योंकि अब अन्तिम निर्णय किशोरी को खुद करना था। किशोरी ने उन करोड़ों बेरोजगारों को देखा जो अपना सब कुछ खोकर भी नौकरी पाने की व्यवस्था की वजह से लगभग अस्तित्व-हीन हो चुके थे और फिर अपनी उस आजाद मैना को जिसे सिर्फ़ नौकरी पाने के लिए उसे गिरवी रखना पड़ा था और उसे इस पूरी व्यवस्था से नफरत हो गई। उसे उस नौकरी से भी घिन आने लगी, जिसने उसे पूरी दुनिया से काट दिया था, और जब वह घिन चींटी की तरह उसके रगों में रेंगने लगी तो वह बौखला उठी—"यति...!!!"

किशोरी के आवाज देने की देर थी कि न्यू माया के चौथी ओर जो सदियों से सोया पहाड़ था वह हिलने लगा। वह वास्तव में कोई बरफदार पहाड़ नहीं, बल्कि विशालकाय यति था। अपने भारी भरकम देह से बर्फ़ झाड़ता हुआ वह उठा और चिंघाड़ते हुए किशोरी की आज्ञा की प्रतीक्षा में उसका मुँह ताकने लगा।

हवस जानता था कि ये यति उनका भी अस्तित्व मिटा सकता है, इसलिए इससे पहले कि किशोरी कुछ कहती, उसने अपने रक्त से हस्ताक्षर किया हुआ एक कागज उसके मुँह पर फेंका, "मैं तुम्हें नौकरी से निकालता हूँ।"

कोई और समय होता तो किशोरी के लिए इससे बड़ा सदमा और कोई नहीं होता। पर अभी उसके लिए इससे बड़ी और कोई खुशी नहीं थी, "क्या तुम मुझे आजाद कर रहे हो?"

"मैं आजाद करता हूँ...तुम्हें...तुम्हारी मैना को...सभी गिरवी रखे जीवों को...।" हवस चीखा, "अब ये सभी जीव अपने-अपने आयाम में जाने के लिए स्वतंत्र हैं, ये यति भी।"

हवस को लगा था कि उसके ऐसा कहते ही आजादी के लिए अकुलाए सभी दिव्य जीव अपने-अपने आयाम में लौट जाएँगे, पर दिव्य जीव यहाँ से जाने से पहले अब ये सुनिश्चित कर लेना चाहते थे कि उन्हें फिर कभी गुलाम न बनाया जा सके। इसलिए सब के सब गुलाम बनाए जानेवाले इस मंशा के विरुद्ध हो उठे। यति ने सभी तानाशाहों को मसलने के लिए अपना हाथ आगे बढ़ाया। वो भेड़िए जो सिर्फ़ अपना पेट पालने के लिए कुत्ते बन गए थे, आततायियों की ओर झपटे। बगुले ने बिना माँगे ही बेरोजगारों को गुलामी से लड़ने की विद्या दे दी, बिल्ली ने क्रान्तिकारियों को गुरिल्ला युद्ध के गुर सिखा दिए। जिनका सब कुछ छीन लिया गया था, वो अपना सब कुछ वापस पाने के लिए, इस बेताबी से आगे बढ़े कि सभी विजेता हवस के पीछे छुपने को मजबूर हो गए। अब एक ओर क्रूर हवस था और दूसरी ओर हर क्रूरता का सामना करनेवाला एक कोमल भाव। एक के पीछे हर सदी के शासक थे और दूसरे के साथ हर समय में सताए गए जाग्रत लोग। ब्रह्मा एक शिव का सामना नहीं कर पाए थे। अब उसके हवस के सामने करोड़ों चेतन लोग थे। हवस समझ गया कि वो इन सबका सामना नहीं कर सकता। इसलिए उसने अपने सभी लोगों को आदेश दिया—"भागो...!" और स्वयं ब्रह्मा के कटे हुए सिर की ओर दौड़ पड़ा। उसके पीछे-पीछे उसे पूजनेवाले सभी लोग भी और इससे पहले कि कोमल और उसके दादाजी और सभी दिव्य जीव उन्हें खत्म कर पाते, सब के सब एक बार फिर से ब्रह्मा के पत्थर बन चुके सिर में समा चुके थे।

"अब?" सबने हैरान होकर सतरूपा की ओर देखा।

सतरूपा मुस्कुराई, "इस समय वे अस्तित्व और अस्तित्वहीनता के मध्य हैं। जब तक वे फिर से जीवन ग्रहण नहीं करते, उनका अन्त नहीं किया जा सकता।"

"मतलब वे वाइरस बन गए हैं।" डॉक्टरी की तैयारी कर रहे एक बेरोजगार ने आश्चर्य जताया, "अब ये तभी जिन्दा होंगे, जब इन्हें इनका वाहक मिलेगा।"

सतरूपा ने कहा कुछ नहीं। पर उनकी स्निग्ध मुस्कुराहट से जान पड़ रहा था, जैसे वो हाँ कह रही हों। पर फिर भी उस पत्थर के प्रति लोगों में इतना गुस्सा था कि सबने उस पर लात-घूँसे बरसाने शुरू कर दिए। जब इससे भी उस पत्थर का कुछ नहीं हुआ तो सबको परे सरकाते हुए यति ने उसे उठाया और अपनी भुजाओं में मसलकर उसे चकनाचूर कर दिया और फिर धूल की तरह हवा में बिखेर दिया। सदियों पहले जो एक विचार इस दुनिया में आया था, जिसने एक ख्वाब दिखाकर, दूसरों को गुलाम बनाने की मानसिकता का प्रचार-प्रसार किया था, वो खुद अब अपने ही बनाए घर में अस्तित्वहीन हो चुका था। अब न उसे पूजनेवाले बचे थे, ना पूछनेवाले और ना ही कोई ऐसा जो उसे यहाँ से बाहर निकालने के बारे में सोचे भी। अब उसके हर बिखरे हुए कण की एक ही नियति थी, हर बिसरते हुए क्षण के साथ खुद बिसर जाना। हारे हुए लोगों ने अन्ततः अपनी अन्तिम लड़ाई जीत ली थी। सबने एक राहत की साँस ली।

ऐसा नहीं था कि अब दुनिया की सारी समस्याएँ समाप्त हो चुकी थीं, पर अब सभी आजाद थे। सभी दिव्य जीवों ने अपनी दिव्य शक्तियों से सभी लड़नेवालों की आत्मा को रोशन किया और अपने-अपने आयाम में लौट गए। बस एक किशोरी की मैना को छोड़कर। वह किशोरी से ऐसे जुड़ चुकी थी कि अब उसके लिए किशोरी को छोड़ना सम्भव नहीं था। सब चाहते थे कि किशोरी की मैना की तरह सतरूपा भी उनके साथ रहे और एक आजाद दुनिया को रचने में उनकी सहायता करे, पर यह कहकर कि अपनी दुनिया

हर किसी को खुद रचनी होती है, सतरूपा ने सबसे विदा ली और विहान की लालिमा की तरह आलोकित होते हुए, सन्ध्या की धूमिलिका-सी इस दुनिया से हमेशा-हमेशा के लिए अलौपित हो गईं।

कोमल के दादाजी और जिनका जीवन तीसरे आयाम में समाप्त हो चुका था और जो लम्बे समय से इस क्रान्ति की उम्मीद में अपने-अपने आयाम में जी रहे थे—ये उनकी भी मुक्ति का क्षण था, पर यहाँ से जाने से पहले दादाजी की निगाहें किसी को ढूँढ़ रही थीं। अपने जीवन के सबसे सच्चे सखा; कामाख्या के पिता को। अन्त में उन्हें कामाख्या से पूछना ही पड़ा, "तुम्हारे पिता क्यों नहीं शामिल हुए इस लड़ाई में?"

कामाख्या के पास इसका कोई उत्तर नहीं था। उसने कोमल की ओर देखा और कोमल ने किशोरी की ओर। हड़बड़ाकर किशोरी बोली, "मैंने उन्हें आमंत्रण तो भेजा था।"

दादाजी मुस्कुराए, "नहीं! इसमें तुम्हारी कोई गलती नहीं। उसकी समाधि ही इतनी गहरी होती है, कि उस तक बाहर का कुछ पहुँच पाना, लगभग असम्भव है।"

सभी मुस्कुरा उठे। तब दादाजी ने कोमल और किशोरी के सिर पर प्यार से हाथ फेरा, "अब ये दुनिया तुम लोगों की है बाचा।" और फिर वे और उनके सभी साथी वाष्पित होकर उन बादलों में मिल गए, जो अपना सब कुछ गिरवी रखकर गुलामी ओढ़नेवाले लोगों को अपनी गड़गड़हाट से सचेत करते थे।

कामाख्या के पिता सचमुच में इतनी गहरी समाधि में थे कि उन्हें न कोई आमंत्रण मिला और न ही इतने बड़े युद्ध के लड़े जाने और उसके जीते जाने की कोई खबर हुई। जब वे समाधि से बाहर आए तो रोज की तरह उन्होंने अपने और कामाख्या के लिए चाय बनाई और जब वे कामाख्या को चाय देने गए तो वो अब तक सो रहा था और उसके हाथ में अब भी गाँजे से भरी, आधी जली सिगरेट थी। उन्होंने उसे प्यार से उठाया,

"उठो! जब तक मैं जिन्दा हूँ, तुम्हें नौकरी मिले न मिले पर दोपहर की चाय मिलती रहेगी।"

कामाख्या जगा तो उसे ये समझ नहीं आया कि वह कोई सपना देख रहा था या सच में कोई क्रान्ति करके लौटा है। यही हाल बाक़ी लोगों का भी था। सबको ये तो लग रहा था कि इस दुनिया में कुछ तो बदला है, पर वो बदलाव उन्हीं के कारण आया है, इसका वे विश्वास नहीं कर पा रहे थे। सिवाय कोमल और किशोरी के। कोमल को इसलिए सब कुछ याद था क्योंकि उसने ग्यारहवें आयाम तक की यात्रा कर ली थी और पूर्ण रूप से चेतन हो चुका था और किशोरी को इसलिए क्योंकि उसके पास एक आजाद मैना थी। तीनों अब खुशी-खुशी एक साथ रहते थे। किशोरी को कई बार ये जानने की इच्छा होती कि ग्यारहों आयाम की यात्रा करके कोमल ने क्या पाया? कोमल बार-बार खुद भी ये समझने की कोशिश करता, पर जो उसने पाया था, उसे 'गूँगे के गुड़' की तरह बता नहीं पाता था। पर एक रोज जब वह चैन से सोती हुई किशोरी को प्यार से एकटक देख रहा था, तो अचानक से उसके मन में कुछ कौंधा और वो किशोरी को जगाने से खुद को रोक नहीं पाया।

"क्या हुआ?" किशोरी हड़बड़ाकर उठ बैठी।

तब कोमल ने उसे अपने उस अस्पष्ट अनुभव के बारे में बताया जो उसने ग्यारहों आयाम की यात्रा करके पाया था, "एक स्त्री जितना हमें दिखाई देती है, उसकी दुनिया उससे कहीं अधिक बड़ी होती है।"

किशोरी खिल उठी। दोनों एक दूसरे का हाथ पकड़े हुए कमरे से बाहर आ गए और खुले आकाश के नीचे एक दूसरे के कन्धे पर सिर टिकाकर बैठ गए। आखिरकार घंटों के मौन के बाद किशोरी को कुछ कहने की जरूरत महसूस हुई, "एक स्त्री जितना ऑफर करती है, उसके पास हमेशा उससे कहीं ज्यादा सौंपने के लिए होता है।"

आह्लाद से भरकर कोमल ने उसे गले से लगा लिया। दोनों के पुलकित रोम-रोम में बस एक ही कामना थी, कि उनके इस आयाम में कभी कोई

तीसरा ना आए, पर तभी वो कोयल, जिसे न्यू माया में आने और जानेवाले लोगों पर नजर रखने के लिए नियुक्त किया गया था और जिससे कोमल पहली बार न्यू माया में प्रवेश करते हुए मिला था, बिलकुल बदहवास-सी यहाँ पहुँची और उसकी फूलती साँसों से एक भयभीत कूक निकली—"वो हाथी...वो...उसने...पूरा जंगल खा चुकने के बाद, उस पूरे आयाम को भी अपने पेट में समेट लिया है, जिसमें ब्रह्मा, उसकी हवस और सभी लोग धूल धुसरित हो गए थे...और...और अब वो उन्हें लेकर तुम्हारी इस दुनिया में आ रहा है।"

आजादी के जश्न में सभी ये भूल गए थे कि सब कुछ खा सकनेवाला वो हाथी, अब भी उसी जंगल में रह रहा था और सबके चले जाने के बाद बिना किसी रोक-टोक के अपने खाने की हवस मिटा रहा था। अचानक से कोमल और किशोरी की सारी खुशी काफ़ूर हो गई, क्योंकि कोयल की इस खबर का एक ही मतलब था कि जिस वायरस को जड़ से खत्म मानकर वो सुकून की ये जिन्दगी जी रहे थे, उसे एक बार फिर से जीवनदान देनेवाला वाहक बन चुका था ये हाथी...।